1980년 5월 24일

May 24th, 1980
by Cho Sung-Ki

Published by Hangilsa Publishing Co. Ltd., Korea, 2023

1980년 5월 24일

조성기 장편소설

한길사

1

1980년 5월 24일

오늘은 내가 사형당하는 날이다.

내가 나를 사형하는 날이다.

그동안 줄곧 스스로 자결하게 해달라고 호소했으나 허락받지 못했다.

오늘 드디어 다른 사람들의 힘을 빌려 자결하게 되는 날이다.

이 새벽 나의 자결을 도와줄 사람들을 기다린다.

아니, 기다리지 않는다. 그저 꼼짝없이 맞이할 뿐이다. 이 우주에서 가장 후미진 도린곁에서.

어릴 적 여덟 살 무렵인가 스스로 나를 사형시키려 한 적이 있었다.

목을 맸다. 내가 나의 목을.

무명 허리끈을 풀어 대문 들보에 걸고 다리 하나가 반쯤 부러진 나무의자에 올라가 내 목에도 둘렀다.

이제 의자를 발로 차버리면 이 세상을 떠날 수 있다. 전에는 이승과 저승의 경계가 하늘 위에 있는 줄 알았는데 이제는 발 밑 의자 끝에 있다.

엄마의 베틀에서 속대를 뽑아 팽이채를 만들려고 하다가 엄마에게 들켰다.

"이놈아, 속대를 뽑으면 어떡하노?"

"엄마가 잘 쓰지도 않는 베틀이잖아예."

"그래도 그렇지 이 베틀은 어머님이 물려준 거야. 언제 또 사용할지도 모르고."

"에이씨, 나 팽이채 만들 거야."

"안 돼!"

엄마가 속대를 내 손에서 홱 뺏아 갔다. 내가 속대 끄트머리를 붙잡고 늘어지자 엄마가 사정없이 나를 때리며 밀쳐버렸다. 나는 뒤로 자빠져서 엉덩방아를 찧고 소리내어 울어버렸다. 엄마는 내가 울든지 말든지 거들떠보지도 않고 베틀에 속대를 꽂아 넣고는 휑하니 베틀방을 나가면서 소리를 내질렀다.

"다시 베틀에 손대면 혼날 줄 알어!"

'혼날 줄 알어' 하는 말이 '죽을 줄 알어'로 들렸다.

그래 죽자. 엄마가 나를 저리 싫어하니 죽어서 없어지자.

나는 집에 아무도 없는 틈을 타 허리끈을 들고 대문으로 다가갔다.

목을 매기에 알맞은 시간이었다. 아버지나 엄마, 정미소나 미선소 일꾼들이 오기 전에 목을 매야 했다.

내가 의자를 발로 밀려는 순간 할머니 목소리가 들렸다.

"에구, 이게 무슨 짓이고."

할머니가 비틀거리면서 나에게 달려들어 와락 껴안았다. 그 바람에 목을 맸던 허리끈이 끊어지고 할머니와 나는 의자와 함께 마당 쪽으로 나자빠지고 말았다.

"이놈아, 이놈아, 목을 매면 어떡하노? 우리 집 장손이. 아이구 내 심장이야."

할머니가 숨을 헐떡거리면서도 다친 데가 없는지 내 얼굴을 쓰다듬어 보며 내 몸을 어루만졌다.

"할무이 할무이, 내가 잘못했다."

내가 울음을 터뜨리자 할머니도 같이 울었다.

"니는 귀한 집 장손인 기라. 니 목숨이 니께 아닌 기라. 알았제?"

"할무이 할무이, 알았다. 다신 안 그러께."

나는 퍼져앉은 채로 할머니 품에 얼굴을 묻었다. 정미소 냄새를 닮은 쿰쿰한 내음이 할머니 가슴에서 풍겼다.

한순간 할머니 몸이 아래로 처지는 느낌이 들었다. 내가 머리를 들어 쳐다보니 할머니는 고개를 푹 숙이고 앞으로 쓰러지려 했다.

"할무이, 할무이!"

내가 할머니를 두 손으로 잡고 흔들어보았으나 아무 대답이 없었다.

"엄마, 아부지!"

사방을 둘러보며 소리쳤다. 바로 길 건너편 정미소에서 아버지와 일꾼 한 명이 달려왔다. 미선소에서 쌀에서 돌을 고르던 아주머니 두 명도 달려왔다.

안방으로 옮겨진 할머니는 잠시 후 정신이 돌아왔다. 할머니가 기절한 자초지종을 들은 아버지가 나를 사랑방으로 데려갔다.

"우째 그런 짓을 한 거야? 어린것이."

아버지도 충격을 받았는지 목소리가 떨렸다. 내가 한 짓이 어른들을 크게 놀라게 하고 기절까지 시킬 수 있는 일임을 새삼 깨달았다.

"잘못했어예. 엄마가 때려서 그만."

나도 모르게 무릎을 꿇고 있었다.

"엄마가 왜 때렸는데?"

"팽이 돌리려고요. 저수지 얼음판에서. 팽이채가 없어서 베틀에서 빼내다가."

"그렇다고 목을 매?"

아버지는 목소리를 높이려다가 참는 기색이었다. 자기까지 야단을 치다가는 내가 또 무슨 짓을 할지 염려하는 듯했다.

"팽이채는 내가 만들어주께. 앞으로는 절대 그런 짓 하면 안 된다."

"네."

오랜만에 아버지에게서 따뜻한 마음이 느껴져 핑 눈물이 돌았다.

자정이 지난 시각이라 육군교도소 전체가 적막에 잠겨 있다. 지금은 바깥 바람 소리도 들리지 않는다. 천장에 달린 30촉 전등만이 간혹 치직거린다.

내가 수감되어 있는 7호 특별감방으로 발자국 소리가 다가오나 온몸의 신경이 청각 세포로 변한 듯 날을 세우고 있다. 잠시 육군교도소 전체 모습을 그려보며 어디서부터 교도관들이 내 감방으로 다가올지 추측해본다.

육군교도소는 1949년 3월 군 내부 사상범과 사고자를 수용하기 위해 군수창고를 개조해 만든 영등포 육군형무소에서 시작됐다. 육이오 전쟁이 발발하자 육군형무소 수감자 800여 명이 석방됐다. 전쟁 중에 육군형무소는 대구·부산으로 이동했다가 1962년 경기도 남한산성 서쪽 기슭에 자리를 잡으면서 제1, 제2 교도소로 운영됐다.

육군형무소는 1979년 제1, 제2 교도소를 통합해 육군교도소로 개편되었다.

아버지는 나에게 팽이채를 만들어주겠다고 약속하고는 또 슬그머니 김문기 할아버지 이야기를 꺼냈다.

"니는 김녕 김씨 가문 장손이다. 전에도 말했지만 김문기 선조 할아버지 18대손이다. 얼마나 훌륭한 할아버지인지 잘 알제?"

또 아버지 말이 길어질 것 같아 내가 얼른 대답했다.

"잘 알지예. 공조판서 할아버지."

공조판서라는 말을 하도 많이 들어 입에 붙어 있었다. 물론 아버지 입에도 붙은 '공조판서'가 무슨 뜻인지 물어본 적이 있었다.

조선 시대 공조판서는 육조 중 공조에 관한 일, 즉 궁궐 짓기와 수리, 길 닦기, 산림 돌보기, 개천 모래 퍼내기, 임금 옷만들기, 화초 가꾸기, 종이와 기와·도자기·벽돌 만들기, 저수지 파기, 농사짓기, 불 끄기 등등 온갖 궂은일을 하는 관리들의 우두머리였다.

아버지가 일꾼들을 데리고 일하는 정미소도 조선에서는 공조에 들 거라는 생각이 들었다. 아버지는 공조판서 후손답게 우리 동네 선산면 감천강 둑을 쌓는 데 돈도 많이 내고 감독 일도 했다.

"공조판서 할아버지는 단종 임금을 다시 모시려고…"

이 이야기도 자주 들어 귀에 못이 박힐 지경이었다.

김문기 선조 할아버지는 세조에 의해 폐위된 단종을 다시 세우기 위해 신하들과 일을 꾸미다가 세조의 손에 처형당하고 말았다. 사육신에는 들지 못했지만 나중에 충신으로 인정되어 삼중신(三重臣)에는 들었다.

나는 그런 이야기를 아버지에게서 들으면서 김문기 할아버지처럼 임금 죽이기를 꾀하는 일은 나와는 아무 상관 없는 일이라고 생각했다. 임금을 죽이려다가 임금에게 죽는 것이 얼마나 무서운 일인가.

"그것도 잘 알아예. 아부지 팽이채 만들어준다 했지예. 저수지 얼음 얼기 전에 꼭 만들어주이소."

아버지도 내가 아버지 말을 끊는 것을 눈치채고 마무리를 하려고 했다.

"꼭 만들어주께. 훌륭한 할아버지 후손답게 허튼짓하면 안 된다. 가서 옷 갈아입고 목욕도 하거라."

"네. 감사합니더."

나는 조용히 일어나 내 방으로 건너가 간편한 옷으로 갈아입고 부엌을 지나 목욕방으로 갔다.

목욕탕이 만들어져 있는 집은 동네에서 우리 집밖에 없었다. 학교 같은 반 동무들을 집으로 데리고 와 구경시키면 동무들이 제일 부러워하는 것이 바로 목욕탕이었다.

그 목욕탕의 온기와 피어오르던 보얀 김이 지금도 생생히 느껴진다. 죽기 전에 그 목욕탕에 다시 들어갈 수 있다면. 생각만 해도 전율이 흐르고 전율이 온몸을 정결케 해준다.

김문기 할아버지는 임금을 죽이려다가 죽었으나 나는 임금을 죽이고 뒤따라 죽는 셈이다.

나는 보안사령관, 중정차장, 중정부장 시절에 종종 육군형무소를 시찰 겸 방문했다.

육군형무소는 붉은 벽돌담에 둘러싸인 하얀 육각 건물 형태를 하고 있었다. 독일 건축가가 설계한 건물로 중앙에 경비와 통제를 총괄하는 교도과 사무실이 있어 지름 1미터 정도 되는 중앙 기둥을 중심으로 한 바퀴 돌면 5개 동의 감방을 다 지켜볼 수 있다. 육각 형태이지만 5개 동만 있는 이유는 나머지 한 각에 해당하는 공간을 재소자(수련생)들이 출소 이감하고 공장으로 작업 나갔다가 들어오는 통로로 이용하기 때문이었다. 그 통로는 바닥이 붉은 벽돌로 촘촘히 박혀 있었고 공장 작업 마치고 들어오는 재소자들의 쩌렁쩌렁한 신고 소리로 메아리쳤다.

통로 양편으로는 잔디가 곱게 깔려 있고 장미, 철쭉 등 계절에 따라 꽃들이 만발하여 도무지 형무소 공간 같지 않았다.

5개 동을 중심으로 5개 중대로 편성되어 있었는데 1중대는 미결·기결 포함하여 징역 4년부터 사형수까지의 죄수, 2중대는 징역 3년 이하의 재판 중인 미결수, 3중대는 징역 6개월에서 3년까지의 기결수, 4중대는 교육중대로 징역 1년 미만의 기결수, 5중대는 취사반, 목공반, 두부공장, 꽃 작업

장, 영농반, 벽돌공장 등에 근무하는 재소자들과 장교, 하사
관, 여호와의 증인 들로 이루어져 있었다.

　나는 육군교도소 개편을 축하하러 그곳을 방문하여 화문
(花紋)이 정교하게 양각된 값비싼 청동 향로를 기념품으로
선물했다. 이 향로는 '중앙정보부장 김재규' 이름으로 진열
되어 있다가 내가 갇힐 무렵에는 어디론가 자취를 감추고 말
았다.
　왜 내가 육군교도소에 향로를 선물했을까.
　불교에서 향(香), 등(燈), 차(茶), 화(花), 과(果), 미(米) 등
여섯 가지를 공양하는 것을 육법공양이라고 하는데, 육법공
양 중에서 향 공양을 제일로 친다. 향을 피우지 않고 부처님
께 공양을 올리거나 의식을 행한다는 것은 상상조차 할 수
없는 일이다. 나쁜 냄새를 없애고 정신을 맑게 해주는 향을
범어로는 '간다'(Gandha)라고 한다. '간다'를 피워 올리는
향로는 주요한 법구(法具) 중 하나다.
　『금강명경』(金剛明經)에서도 손으로 향로를 받들고 경전
에 공양할 때에 그 향기가 순식간에 헤아릴 수 없는 온 우주
에 퍼져 만물을 정결케 한다고 했다.

육군교도소에 갇힌 자들이 향로와 향의 공덕으로 조금이나마 갱생할 수 있기를 염원하는 마음으로 그 향로를 선물했을 터였다.

나는 육군교도소에 갇히자마자 내가 기념품으로 선물했던 그 향로를 떠올렸고 비록 향은 없다 하더라도 마음의 기도로 향을 피워 올리기로 했다.

독방에 감금된 나는 다른 책들은 제대로 읽을 수 없었지만 비치된 불경과 성경은 마음껏 읽을 수 있었다. 성경을 읽으면 인간들의 적나라한 본성이 드러나 보여 마음이 불편해지고 긴장되었다. 하지만 불경은 마치 은은한 향처럼 내 마음을 어루만져주며 잠시나마 아늑한 평온에 젖게 했다.

그동안 애독했던 『법구경』 말씀들이 새롭게 다가왔다.

"저 쓰레기 시궁창 속에서 한 송이 연꽃이 피어나 향기를 품듯 영혼이 깨어난 자는 눈먼 무리 속에서 찬란한 지혜의 빛을 발한다."

유신이라는 쓰레기 시궁창 속에서 한 송이 연꽃으로 피어난 자는 누구인가. 유신을 무조건 추종하던 눈먼 무리 속에서 영혼이 깨어난 자는 누구인가.

『숫타니파타』에서는 "저 광야를 가고 있는 코뿔소의 외뿔처럼 혼자 가라"는 후렴구가 반복되는 수십 편의 시구가 마음을 파고들었다.

"큰 소리에도 놀라지 않는 사자와 같이, 그물에 걸리지 않는 바람과 같이, 물에 젖지 않는 연꽃과 같이, 저 광야를 가고 있는 코뿔소의 외뿔처럼 혼자 가라."

"자녀나 아내에 대하여 애착하는 것은 큰 대나무 가지들이 서로 뒤얽혀 있는 것과 같다. 그러나 죽순은 다른 가지에 달라붙지 않듯이, 저 광야를 가고 있는 코뿔소의 외뿔처럼 혼자 가라."

"잎이 다 저버린 저 나무와 같이 세속의 속박을 미련 없이 잘라버리고 저 광야를 가고 있는 코뿔소의 외뿔처럼 혼자 가라."

원래 우리 인생은 코뿔소의 외뿔처럼 광야를 혼자 가는 여정이 아닌가. 이제 나는 삶과 죽음의 경계를 홀로 넘어가려 한다.

나는 여러 불경 중에서도 『금강경』 경문을 주로 암송했다.

'금강'은 인도의 번개와 벼락 신인 제석천이 지니고 있는 '금강저'라는 무기에서 비롯된 말로 모든 것을 끊어낸다는 뜻이었다. 모든 감각과 의식을 통해 들어오는 온갖 '상'(相)들이 헛것임을 알고 '금강'할 때, 즉 끊어낼 때 비로소 깨달음에 이른다는 내용이었다.

"불법이라고 하는 것도 불법이 아니요 불법이 아니라고 하는 것도 불법이다"라는 식으로 앞의 인식들을 계속 부정해나가는 경문들이 이어졌다.

'응무소주 이생기심'(應無所住 而生其心).

머무는 바 없이 마음을 내야 한다.

어딘가에 머물려고 하기에 집착이 생기므로 머무는 바가 없어야 집착을 끊을 수 있다. 이 땅에 머물고자 하기 때문에 이생에 대한 집착이 생기고 죽음에 대한 거리낌과 공포가 마음을 사로잡는 것이 아닌가.

어제와 그제 가족들과 마지막 면회 시간을 가졌다.

그저께 아내와 여동생 김정숙이 어머니를 모시고 면회실로 들어섰다.

"합수부에서 가족들에게 빨리 면회하라 해서 어머님 모시고 왔어예. 오늘이 아마도 오빠를 보는 마지막 날인 거 같아예."

여동생의 두 눈에 눈물이 그렁그렁했다. 초췌해진 아내는 어머니를 부축하느라 나를 제대로 쳐다보지도 못했다. 노쇠할 대로 노쇠한 어머니는 모든 걸 체념한 듯한 표정이었다.

나를 바라보는 어머니의 눈빛에는 말할 수 없는 연민이 담겨 있었다.

"어머님, 제가 큰 불효자식입니다. 하지만 어머님 아들은 할 일을 하고 먼저 갑니다. 어머님, 다른 자식들과 손자들 생각하시고 오래오래 건강하게 사셔야 합니다."

"넌 불효자식이 아니다. 나라에 충성하고 가는 기다."

어머니의 한마디에 왈칵 눈물이 솟구치려 했으나 눈물을 보이지 않기 위해 어금니를 악물었다.

"어머님, 큰아들 절 받으십시오."

나는 면회실 시멘트 바닥에 담요를 깔고 맞은편 의자에 어머니를 앉히고는 엎드려 큰절을 올렸다. 아내와 여동생의 흐느낌이 등을 묵직하게 누르는 느낌이었다.

내가 아내의 목에 염주를 걸어주며 유언 겸 마지막 부탁을 했다.

"내가 죽으면 부하들의 유가족을 보살펴주시오. 내 무덤 양편에 부하들의 무덤이 함께 있도록 해주시오. 사육신처럼. 관에 들어갈 때 장군복을 입혀주시오. 장군으로 죽고 싶소. 당신을 만나 행복했소. 마음 단단히 먹고 부처님의 가피를 입어 수영이를 자랑스런 딸로 키우시오. 어머님 잘 모시고."

아내에게 그렇게 유언을 남겼으나 정부 당국이 유언이 이루어지지 못하도록 방해하리라는 것도 예상했다.

아내를 만나 결혼한 것은 육이오 전쟁 중이었다.

나는 육이오 전쟁이 일어나기 전 미군과 다툰 일 때문에 면직당했다가 1948년 10월 다시 소위로 복직하여 3여단 수송중대장직에 보임되었다. 수송중대는 말 그대로 각종 수송 업무를 맡고 있는 부대라 군용트럭들이 수시로 드나들고 수리작업도 이루어졌다. 주유도 했기에 부대는 기름 냄새로 찌들 정도였다.

수송중대장직을 수행하면서 군대에서 수송과 보급이 얼마나 중요한지 절감했다. 몸의 혈관과도 같았다.

내가 새로 맡은 업무를 살필 무렵, 박정희는 남로당 비밀당원 군사책임자라는 사실이 탄로나 군법회의에서 사형을 구형받고 무기징역 선고를 받았다. 소령 계급에서 파면당하고 급료도 몰수되었다.

박정희는 살길을 찾기 위해 일본군 인맥과 미군사고문단 참모장 제임스 H. 하우스만의 도움을 받았다. 결국 형집행 정지로 풀려나 소령으로 복직되어 육군본부 작전정보국 제1과장직을 맡았다.

박정희가 남로당 조직을 밀고하여 사면을 받았다는 소문도 있었다.

나는 3여단에서 대구 22연대로 옮겨 정보주임을 잠시 맡았다가 25연대로 가서 안동지구 공비 토벌에 참여했다. 그 공로로 소령으로 진급하고 충무무공훈장을 받은 후 22연대 제2대대장으로 발령받았다.

바로 그 발령을 받던 날 육이오 전쟁이 발발했다.

나는 즉시 제2대대를 이끌고 의정부로 달려가서 전투를 치렀다. 의정부에서 황간까지 내려가서 치열하게 싸웠다.

황간 전투에서 제2대대 병사들이 많이 전사하고 북한군에게 밀렸다. 제2대대는 황간에서 기차로 대구까지 이동하여 3사단에 복귀했다.

그 무렵 전선이 동해안 쪽으로 바뀌어 나는 대대를 이끌고 영덕지구 전투에 참여했다. 영덕지구 181고지 전투는 그야말로 악전고투였다. 호위병과 운전병도 전사하고 말았다.

전황이 불리해져 포항까지 밀려나 형산강을 사이에 두고 혈전을 벌였다. 포항으로 내려와서 나는 22연대 부연대장으로 승진했다. 그 이후 유엔군의 반격을 힘입어 이북으로 진격해나갔다.

하지만 너무 무리한 탓에 나는 전신쇠약으로 쓰러져 포항으로 후송되어 야전병원에 2주 동안 입원하지 않을 수 없었다.

퇴원한 후 중령으로 진급하여 여수 제2보충연대장에 부임했다. 여수지구 계엄사령관도 겸하는 자리였다. 아직 전쟁은 1년이 넘도록 끝나지 않고 있었다.

그 무렵 조선경비사관학교(육군사관학교로 이미 개칭되어 있었음) 동기생이 순천 유지 김완근의 셋째 딸 김영희를 소개해주었다. 김영희는 숙명여자대학교 4학년 때부터 이미 순천여고에서 교편을 잡고 있었다.

영희를 약속 자리에서 만나는 순간 일단 그녀의 훤칠한 미모에 끌리지 않을 수 없었다. 이야기를 나누어 보니 그녀가 속이 깊고 지식의 폭도 넓다는 것을 느낄 수 있었다. 나에게 부족한 점들을 채워줄 수 있을 것 같았다.

나는 그녀가 마음에 들어 결혼까지 생각했지만 그녀의 부모는 군인이라는 나의 직업 때문에 망설였다.

3년 전 1948년 10월 국군 제14연대가 제주 4·3 사건 진압 명령을 거부하고 폭동을 일으킨 여수반란사건이 있었기에 더욱 꺼려했다.

부모의 반대로 서로 만나기가 쉽지 않았지만 그래도 만남을 은밀히 이어가다가 마침내 이듬해 봄에 결혼식을 올렸다.

아버지의 강요로 혼례를 올렸던 첫 부인하고는 자식도 없고 혼인신고도 하지 않은 채 10년이 넘도록 별거 상태로 지

내 사실상 헤어진 거나 다름없었다. 전쟁 중에 어디로 피난 갔는지도 알지 못했다. 그녀를 생각하면 마음이 아프기도 했지만 새로운 아내를 맞는 기쁨이 나를 들뜨게 했다.

내 유언을 듣는 아내의 눈에서는 하염없이 눈물이 흘러내렸다. 나는 아내와 살아온 28년의 세월이 아내의 얼굴 주름마다 고여 있는 것을 보았다.

어제 오전에는 육군교도소에 녹음기를 가져다달라고 부탁하여 유언을 녹음했다. 그동안 재판정에서 진술했던 내용들을 요약하고 사형선고를 받은 부하들과 유족들에 대한 심정을 밝힌 다음 국민들에게 당부하는 내용을 담았다. 일종의 공적 유언인 셈이었다.

"나는 보통군법회의, 고등군법회의, 대법원 재판까지 3심을 거쳤지만 또 한 차례의 재판이 남아 있다고 생각합니다. 그건 제4심인데 제4심은 하늘이 심판하는 것입니다. 변호사도 필요 없고 판사도 필요 없고 하늘이 판결을 내리는 것입니다."

"나는 자유민주주의를 회복했다는 자부와 자유민주주의는 확실히 보장되었다는 확신을 가지고 명예롭고 즐겁게 갑니다. 대한민국의 무궁한 발전과 민주주의의 영원한 발전을 빌면서 10·26 민주회복 국민혁명의 정신이 영원히 빛날 것을 믿으면서 갑니다. 국민 여러분, 민주주의를 마음껏 만끽하십시오."

어제 오후에는 남동생 김항규가 아내와 아이들 넷을 데리고 면회했다. 조카들의 손을 일일이 잡아주고 마지막 말을 남겼다.

"큰아버지는 세상에 부끄러운 일을 절대 하지 않았다. 내가 재판정에서 한 최후진술이 세상에 알려질 날이 올 거야. 거기에 진실이 있어. 자손 대대 전해주도록 하거라."

아직 어린아이들이었지만 알아들었다는 듯 "네" 하며 고개를 끄덕였다.

"이제 마음이 편안하다."

내 얼굴에 나도 모르게 미소가 번진 모양이었다.

"형님, 생사를 초월하신 듯합니다. 어머님은 저희가 편히 모시겠습니다. 안심하시고…"

안심하고 세상을 떠나라는 말은 항규가 차마 하지 못했다.

"아무렴. 어머님 잘 모시고 형수도 잘 모시고. 부탁한다."

항규가 손등으로 눈물을 훔치며 말했다.

"형님, 어릴 때 함께 부르던 노래 한 곡 해드릴게요. 낭화절(浪花節), 나니와부시 있잖아요.「이별 노래」."

"함께 불렀었지."

'나니와부시'는 흰 꽃처럼 일어나는 파도의 거품이 곧 사그라들 듯이 헛된 꿈이라는 의미를 담고 있는데, 노래 제목이 아니라 일본의 정통음악 장르로 '로쿄쿠'(浪曲)라고도 한다. 전통 현악기 샤미센의 반주에 따라 한국의 판소리처럼 서사적인 내용이 가창과 이야기 말로 표현된다.

일제 강점기 말기에는 내선일체의 정책으로 나니와부시의 조선화가 이루어져 한국어로 녹음한 나니와부시 음반이 제작되기도 했다. 그중 하나가「이별 노래」였다.

항규가 어린 시절 추억에 잠긴 듯 목이 메어가며 노래를 불렀다. 내 눈앞에 항규와 함께 노래 부르며 앉아 있던 고향 선산면 감천강 강둑과 눈이 시리도록 맑은 강물, 강 속 무성한 물풀 안에 숨어 있던 잉어, 붕어, 모래무지 들이 어른거렸다.

내 눈을 보라
아무 말도 하지 마라

사내들끼리의 뱃속 아니랴
　　한 사람쯤 나 같은 바보가 없으면
　　이 세상에 아무도 눈을 뜨지 못한다

　나 같은 바보가 있어 세상이 눈뜨도록 했다는 말인가.
　노래는 울먹임으로 끊어졌다 이어지고 끊어졌다 이어지고 하다가 끝내 마무리되지 못했다.
　항규가 무릎을 꿇으며,
　"형님, 형님!"
　끄억끄억 울음을 삼켰다.
　"제 절 받으십시오."
　항규가 나를 향해 큰절을 올렸다. 나는 어금니를 악물고 울음을 참으려다가 가슴에서 토하듯 "음!" 소리를 내고 말았다.
　절을 하고 일어서는 항규에게 내가 속삭였다.
　"항규야, 나 내일 영원히 이별한다. 너만 알고 있어라."
　그러면서 '할'[喝]을 하듯 항규의 등짝을 손바닥으로 세게 때렸다.

복도에서 발자국 소리가 다가오나 귀를 기울이고 있는데 배 안에서 꼬르륵 소리가 났다.

나는 사흘 동안 일절 음식을 먹지 않았다. 교수형인 경우 몸에서 배설물이 나간다는 걸 알고 있었기에 몸을 깨끗이 비우고 싶었다.

교수를 당하는 순간 사형수는 남자인 경우 어찌 된 일인지 쾌감의 절정에 달한 듯 앞으로는 정액을 토하고 뒤로는 대변을 배설한다. 몸을 비운다고 해서 정액과 대변을 배설하지 않는다는 보장은 없지만 그래도 최대한 준비는 해야 한다.

복도를 걸어오는 발자국 소리가 들린 듯하다. 그러자 온몸에 소름이 돋으며 가늘게 떨린다. 심호흡을 해보아도 진정이 되지 않는다.

쉬르륵.

발자국 소리치고는 빨리 지나간다. 아무래도 쥐새끼 한 마리가 복도를 가로지른 모양이다. 가만히 한숨이 쉬어진다.

발자국 소리가 빨리 다가오든 늦게 다가오든 결과가 달라질 리는 없지만 지금은 한 탄지(彈指) 한 탄지, 한 찰나 한 찰나가 그야말로 여삼추 같다. 순간을 영원처럼 산다는 말이 이처럼 절감되는 때는 없으리라.

모든 인생은 사실 태어날 때부터 사형선고를 받은 셈이라는 말을 어디서 읽었던가. 내가 발자국 소리에 온 신경을 쓰듯 모든 인생 역시 죽음이 다가오는 소리에 귀를 쫑긋 세우고들 있다. 그러면서 스스로 달래기를, 순간을 영원처럼 살아라 한다. 죽음의 유일한 특성은 두 번 반복되지 않는 것이며 죽음의 순간이 죽음이므로, 다시 말해 죽음이 죽음을 죽이므로 죽음은 경험되지 않는다고도 한다.

죽음은 경험되지 않을지 모르지만 죽어가는 과정이 경험되니 기막힐 일이다. 사형을 기다리는 이 순간이야말로 죽어가는 과정을 가장 압축적으로 경험하는 것이 아닌가.

사형당하는 것이 아니라 사람들의 힘을 빌려 자결하는 거라 마음먹어도 죽음의 무게는 여전히 가슴을 짓누른다.

박흥주 대령은 그런 면에서 나보다 선배다. 내가 지금 가려고 하는 길을 먼저 갔다. 내 직속부하였으나 이제는 죽음을 앞서 통과한 직속상관이 되었다. 저세상에 가서 내가 그에게 먼저 경례를 붙여야 할 것 같다.

지난 3월 하루는 잠을 자는데 박흥주가 꿈속에서 내게로 뚜벅뚜벅 걸어오더니 정중하게 경례를 올리고 말없이 돌아서서 멀어져 갔다. 꿈속에서도 소름이 와락 돋아 잠에서 깨어났다. 이마의 식은땀을 훔치며 박흥주가 총살형을 당했다는 것을 온몸으로 느꼈다.

과연 안동일 변호사가 접견 시간에 박흥주 사형 집행 사실을 알려주었다. 또한 박흥주의 부하였던 교도관 황 상사를 통해 들은 이야기도 들려주었다.

박흥주는 1980년 3월 6일 공교롭게도 내 생일날 수형번호가 붙은 군복을 입은 채 세 명의 사형수와 함께 경기도 시흥군 소래면 야산에서 총살형을 당했다.

군목이 박흥주에게 기도하겠느냐고 하니 박흥주는 잠시 자신을 하나님께 의탁하며 가족과 나라를 위한 기도를 드렸다.

군목의 마지막 기도가 있은 후 집행병들이 사형수들을 나무 기둥에 묶고 검은 두건을 머리에 씌우려 했다. 그러자 박흥주가 두건을 씌우지 말라고 소리를 높였다. 당황한 집행병이 어떻게 해야 할지 몰라 육군교도소장을 돌아보았다. 교도소장이 박흥주가 원하는 대로 해주라고 신호를 보냈다.

옆의 세 사형수는 두건을 쓴 채 머리를 푹 숙이고 있으나 박흥주는 머리를 들고 푸른 하늘을 응시했다.

12명의 집행병이 일제히 M1소총을 들어 사형수들을 향해 사격하기 시작했다. 누구 총알이 사형수에게 명중했는지 알 수 없도록 사형수 한 사람당 3명의 집행병을 배정하여 그들의 죄책감을 덜게 한다고 했으나 얼마나 효과가 있는지는 알 수 없었다.

그 순간 박흥주가 외치는 우렁찬 소리가 야산에 메아리 쳤다.

"대한민국 만세! 대한민국 육군 만세!"

그 소리가 워낙 커서 어느 집행병은 자기도 모르게 서서 쏴 자세에서 엎드려쏴 자세로 바꾸기도 했다.

박흥주는 흉부에 세 발을 맞았으나 숨이 금방 끊어지지 않았다. 집행병을 지휘하는 장교가 다가와 권총을 그의 머리에 대고 방아쇠를 당겼다.

내 명령에 순종했을 뿐인 박흥주의 사형 집행 소식을 듣고 정신이 아득해졌다. 내가 먼저 죽어 부하들의 사형 집행 소식을 듣지 않기를 바랐는데 전두환 세력은 나에게 심적 고통을 더하기 위해 일부러 내 생일날을 골라 가장 아끼는 부하를 총살형시킨 것 같았다. 현역 군인이고 계엄령 시기라 단심(單審)에서 사형이 확정되었다는 이유로.

주범의 최종 선고가 확정되기도 전에 종범의 사형 집행을 먼저 시행하다니. 세상에 있을 수 없는 일이었다.

원래 육군교도소에 1년 6개월 이상 무기징역까지의 형을 받고 들어오면 제적(전역) 조치를 하여 민간인 신분으로 바꾸어 일반 교도소로 보낸다. 박흥주도 사형선고를 받았으므로 제적하여 민간인 신분으로 바꿀 수도 있을 텐데 '사형선고'에 관해서는 규정이 없다는 핑계로 총살형을 고집한 것이었다.

박흥주는 서울고등학교 10회 동기들이 장례를 치러주어 경기도 포천 재림공원묘지에 묻혔다. 육사 동기생이나 군 관계자는 한 사람도 오지 않았다.

박흥주 독방 벽에는 '사위지기자사'(士爲知己者死)라는 문구가 적혀 있었다고 한다. 선비는 자기를 알아주는 사람을 위해 죽는다는 뜻이었다. 『사기열전』의 「자객열전」에 등장하는 예양이 남긴 말이 아닌가.

나도 나를 알아주는 박정희를 위해 죽을 각오를 한 적도 있었다. 하지만 선비는 자기를 알아주는 사람을 죽일 때도 있는 법이다.

언젠가 『임제록』을 읽다가 '수처작주 입처개진'(隨處作主 立處皆眞)이라는 문구 앞에서 숨이 턱 막힌 적이 있다.

어디서든지 주인이 되고 어디에 있든지 진리의 자리가 되게 하라.

늘 박정희의 지시를 받고 그의 눈치를 보며 그의 칭찬에 기뻐하고 그의 질책에 낙심하며 사는 것이 과연 '수처작주' 하는 일인지 회의가 들었다. 그럼 '수처작주'하지 못하게 하는 대상을 없애는 수밖에 없다. 임제 선사는 그 해결책을 명쾌하게 제시했다.

'봉불살불 봉조살조'(逢佛殺佛 逢祖殺祖).

부처를 만나면 부처를 죽이고 조사(祖師)를 만나면 조사를 죽여라.

'조사'는 가정에서는 아버지요 학교에서는 스승이요 나라에서는 최고 통치자다.

안동일 변호사는 며칠 후 접견을 와서 박흥주가 아내와 딸들에게 남긴 유언도 알려주었다. 특히 국민학교 6학년, 3학년 딸들에게 남긴 유언이 가슴을 찔렀다.

"그동안 아빠가 없어 마음고생이 많았겠구나. 아빠는 너희가 자라가는 모습과 좋은 남자를 만나 가정을 이루고 오순도순 사는 것까지 모두 보고 싶지만 그리할 수 없어 미안하구나.

딸들아, 아빠가 없다고 절대로 기죽지 말고 전처럼 매사를 떳떳하게 지내거라. 아빠는 군인으로서 조금도 부끄러움이 없는 사람이다. 스스로 무슨 일이든 헤쳐 나갈 수 있는 독립정신을 가져야 한다.

우리가 살아가면서 무엇보다 중요한 것은 바로 선택을 어떻게 하느냐에 달려 있단다. 자기 판단에 의한 선택이면 그 선택에 대한 책임을 반드시 져야 한다. 그러므로 신중히 생각해서 후회 없는 선택을 해야 하는 것이다.

부디 사회가 필요로 하는 사람이 되기를 간절히 바란다."

생후 8개월 아들은 아버지가 죽었는지도 몰랐다.

그동안 잠잠하던 바람 소리가 다시 들린다. 청량산을 타고 내려온 바람이 육군교도소 감방을 스치고 지나간다.

쏴아아.

바람 소리와 발자국 소리를 혼돈할 것 같지는 않다.

지난 11월 차가운 초겨울 바람이 불던 날에 처음 들어간 7호 특별감방은 혼자 누우면 거의 꽉 차는 좁디좁은 공간이었다. 30촉 전등에 배식구와 감시하는 시찰공만 뚫려 있을 뿐 창문 하나 없었다. 이미 사형집행을 당하여 관 속에 들어와 있는 느낌이었다.

이제 바람은 초여름 온기를 띠고 있겠지만 감방은 새벽의 습기와 냉기를 그대로 지니고 있다. 변기의 대소변 냄새와

20년 세월 동안 벽에 스며든 재소자들의 체취가 퀴퀴하게 코의 점막을 자극한다.

지난 7개월 동안 수도 없이 반추한 그날의 일을 또 떠올리지 않을 수 없다. 그날의 기억은 아주 특별한 뇌 부위에 저장되어 있음에 틀림없다. 떠올릴수록 세밀한 부분들이 더욱 선명하게 보태어진다. 영화를 여러 번 반복해서 감상하면 보지 못했던 장면들이 새로 보이는 것과도 같다.

그날 아침부터 나는 머리를 단정히 깎고 새 양복으로 갈아입었다. 거울을 보며 양손으로 머리를 살짝 가다듬는데 순간 거울에 비친 얼굴이 영정처럼 느껴져 고개를 얼른 돌렸다.

내 얼굴이 영정처럼 느껴진 데는 지난밤 꿈이 영향을 미쳤을 터이다.

내가 조종하는 신풍기, 가미카제 돌격기가 태평양을 지나 미 군함을 향해 내리꽂혔다. 그런데 내 몸뚱어리가 산화되면서 보니 미 군함이 아니라 '유신호'라고 적혀 있는 한국 군함이었다. 그 군함에 박정희가 타고 있음이 틀림없었다.

일제 강점기 말기 일본 52비행사단에서 가미카제 돌격기

조종사 훈련을 받을 때도 어지러운 꿈들을 많이 꾸었다.

안동농림학교 4학년으로 올라갈 무렵 나는 졸업도 하지 않았지만 일본군 특별간부후보생으로 선발되었다. 일 년 전부터 징병제와 학병제가 실시되고 있어서 어차피 학교를 그만두고 군대로 가야 할 처지였다.

비록 교련 성적은 좋지 않았지만 교련 수업을 받으면서 종종 군인이 되어 있는 내 모습을 상상하며 뿌듯해하기도 했다.

특별간부후보생 면접을 받을 때는 군인이 되면 무엇보다 양놈을 쳐부숴야겠다는 각오를 밝히기도 했다. 일본이 지금 싸우고 있는 미국에 지면 조선이 미국 식민지가 될 텐데 차라리 동양 국가인 일본 밑에 있는 게 낫지 죽어도 서양 놈 밑에는 있을 수 없다고 생각했다. 학교 교사와 학생들도 마을 어른들도 대부분 그런 생각을 하고 있었다.

간부후보생은 학력에 따라 갑종간부후보생과 을종간부후보생으로 나뉘어 있었다. 특별간부후보생은 그야말로 특별한 목적을 위해 모집되었다. 그 특별한 목적은 일본으로 가서 52비행사단에 배속되고 나서야 비로소 알게 되었다.

그 비행사단은 놀랍게도 '신풍'(神風), 가미카제 특공 훈련소였다. 나는 생전 처음 조종사 훈련을 받았다. 연습기의 복잡한 계기를 작동시키고 처음으로 상승 기어를 당겼을 때 벅찬 흥분을 느끼지 않을 수 없었다.

매일 가미카제 정신교육이 실시되었다. 천황 폐하와 조국을 위해 인간 폭탄이 되어 미 군함을 향해 돌진하여 산화하는 일이 영광스럽기 그지없다고 스스로 세뇌시켰다.

그렇게 하지 않고는 하루하루 죽음의 공포를 견뎌내기가 힘들었다. 이제 와서 가미카제 지원을 거부할 수도 없었다. 거부해도 죽은 목숨과 다름없고, 가미카제로 투입되어도 죽고, 이래저래 죽는 것은 마찬가지였다.

이미 훈련을 마친 특공 조종사들이 유서를 쓴 후 일장기 태양 양편에 '特' '攻'이라 새겨진 두건을 머리에 질끈 두르고 군가를 부르며 건배하고 나서 폭격기로 다가가는 모습은 장엄하기 이를 데 없었다. 그 순간에는 죽음의 공포는 멀어지고 뜨거운 열정만 가슴을 메우는 듯했다. 하지만 폭격기에 오를 때 고개를 푹 숙이고 눈물을 훔치는 조종사들도 꽤 있었다.

매일 밤 꿈에 폭격기와 함께 산화하는 사수와 동기들이 미친 듯이 웃기도 하고 단말마 비명을 지르기도 했다. 어떤 꿈에서는 조종사가 아예 폭격기 기수를 돌려 달아나다가 미군의 포격에 추락하기도 했다.

내가 이미 가미카제가 되어 폭격기와 함께 미 군함으로 내리꽂히는 꿈을 꾸다가 화들짝 놀라 잠에서 깨기도 했다. 어떤 날은 내가 폭격기를 조종하여 미 군함으로 급강하하는데 어느새 군함은 사라지고 동굴 같은 데로 빨려 들어가는 희한한 꿈을 꾸기도 했다. 꿈속에서 나는 이상하게도 포근함을 느끼면서 그 동굴이 어머니의 자궁처럼 여겨졌다.

꿈에서도 죽음은 곧 어머니의 자궁으로 돌아가는 게 아닌가 하는 생각이 얼핏 떠올랐다.

가미카제로 최후를 맞이할 때 일본인 조종사들은 천황 폐하 만세를 부르기보다 "오카상!"이라 외치고, 조선인 조종사들은 "어머니!" "어무이!"라고 외친다는 소문이 돌기도 했다.

내가 가미카제로 투입되기 직전에 히로시마에 원자탄이 터졌고 천황의 항복선언이 온 천지에 울렸다. 나는 꿈속에서 본 어머니의 자궁이 나를 살렸다는 생각이 들었다.

지난밤의 가미카제 꿈뿐만 아니라 하루 전에 읽은 김형욱 관련 신문기사도 내 얼굴을 영정처럼 보이게 했는지도 모른다.

아침에 출근하니 수행비서 박흥주가 외신 자료들을 들고 왔다.『뉴욕 타임스』에 전 중정부장 김형욱 실종 특종 보도가 실렸다. 리처드 헬로란 기자가 쓴 기사였다. 미연방 법무부가 10월 24일 김형욱 실종 사건에 대해 수사에 착수했다는 내용이었다. 2주일 전 파리로 건너간 김형욱이 실종되었다고 했다.

드디어 올 것이 왔군.

늘 예상하고 있던 일이라 놀랍지도 않았다. 박정희가 김형욱에 대한 분노를 드러내면서 살의가 담긴 말들을 내뱉곤 했다. 차지철과 나에게 김형욱 암살을 암시한 셈이었다. 나는 불교 신자로서 될 수 있는 한 살생을 멀리하려고 했기에 김형욱 문제를 미루고 있었다. 어쩌면 차지철이 먼저 결행해주기를 바라고 있었는지도 몰랐다. 차지철이 결행하더라도 중정부장인 나에게 의심의 눈초리가 쏠릴 것은 뻔한 일이었다.

나는 평소에 종종 연락하는 한국계 미국 기자 문명자에게 전화를 걸어 김형욱 실종 사건에 관한 정보를 얻으려 했다. 문명자는 49세로 대구 출신이었다. 숙명여고, 연세대 영문학과, 일본 메이지대 상학과, 와세다대 대학원을 거친 재원이었다. 와세다대에서는 국제법을 전공했고 영어에 능통해

『조선』『동아』『경향』 등 한국 신문과 방송들은 그녀를 미국 특파원으로 영입하려고 경쟁했다.

1961년부터 워싱턴 백악관을 출입했고 MBC 특파원 재직 당시 김대중 납치 사건이 한국 중앙정보부의 공작이라는 사실을 처음 단독 보도했다. 그 일로 살해 위협을 받게 되자 미국 망명을 택했다. 유신체제를 견디지 못하고 망명하려는 인사들을 미국 인맥을 통해 도왔다.

『대지』의 작가 펄 벅 여사와도 친분이 있어 펄 벅이 그녀의 미국 이름을 지어주기도 했다.

줄리 문.

김형욱이 미국에서 망명 생활을 하고 있을 때도 줄리 문이 그와 종종 만나 집에까지 초대받아 방문했다. 김형욱 집 화장실 손잡이가 18금으로 되어 있더라고 나에게 알려주기도 했다. 그녀의 정보망이 광범위하여 이번 김형욱의 실종 사건에 관한 정보도 그녀에게서 얻는 것이 보다 확실할 듯싶었다.

줄리 문은 김형욱이 파리로 떠나기 전의 상황을 알기 위해 그의 아내 신영순을 만났다.

신영순은 눈물을 흘리며 말했다.

"나머지 돈을 준다는 말에 속아서 갔다가 그만. 파리로 오면 스위스 계좌에서 돈을 빼내 주겠다고 했다는군요."

김형욱이 회고록을 출간하지 않는 대가로 받을 나머지 돈을 미끼로 누가 유혹한 모양이었다.

내가 줄리 문에게 물었다.

"김형욱이 어떻게 파리에서 실종되었는지 믿을 만한 정보가 있나요?"

"확실한 정보는 없고 몇 가지 소문이 돌고 있습니다. 한국에서 온 요원들이 현지인들과 합세해서 김형욱을 납치하여 센강에 버렸다는 소문도 있고 KAL기에 태워 서울로 압송했다는 소문도 있습니다."

"서울로 압송했다면 차지철이 한 짓인데."

"나한테 불어를 영어로 번역한 것으로 보이는 괴편지가 날아왔습니다. 그 편지에서도 서울로 압송했다고 되어 있습니다."

"차지철이 김형욱을 서울로 납치하여 죽였다면 박정희 앞으로 끌고 갔다가 죽였을까."

나는 줄리 문에게는 박정희를 각하라고 부르지 않았다.

"그럴 가능성이 크지요. 비밀 루트로 해서 박정희 앞으로 끌고 갔겠지요. 김형욱은 살려달라고 빌었을 테고 박정희는 김형욱을 무섭게 힐난했을 거고. 직접 처단하지는 않았겠지만 잔혹한 방법으로 죽였을 겁니다. 내가 아는 박정희는 그러고도 남지요."

나는 차지철에게 혐의를 두면서도 줄리 문이 말한 '한국에서 온 요원'이라는 말이 마음에 걸렸다. 줄리 문은 단도직입적으로 '중정요원'이라고 말하려고 했으나 나를 의식하고 표현을 슬쩍 바꾸었을 것이다. 정말 중정요원들이었다면 박정희가 나를 거치지 않고 다른 선을 통해 명령을 내린 것인가.

문득 박정희가 중정부장을 곧 경질하리라는 소문이 정계에 나돌고 있음을 상기했다. 여러 후보들 중에 차지철도 포함되어 있다고 했다.

박정희가 이후락과 김형욱을 버렸듯이 나도 폐기처분할 것인가.

감방 벽을 스치고 지나가는 바람 소리가 더욱 세어졌다. 이제는 바람 소리 때문에 복도 발자국 소리를 듣지 못하면 어쩌나 하는 공연한 염려가 생기기도 했다. 발자국 소리를 듣든 안 듣든 운명의 시간은 어김없이 다가올 텐데 말이다.

앉은 자리에서 잠시 일어나 감방 안을 몇 걸음 걸어보았다. 두어 걸음만 걸어도 벽에 막히므로 금방 다시 돌아 걸어야만 했다. 걷는 것이 아니라 한 자리에서 돌고 있는 것과 같았다.

내 인생도 파란만장한 굴곡들이 있긴 했지만 결국 한 자리에서 뱅뱅 돌기만 한 것은 아닐까.

그날 나는 박정희, 차지철, 김계원 등과 함께 헬기를 타고 서산 삽교천 방조제 준공식에 참석하고 KBS 당진 송신소 건물 준공식에도 참석할 예정이었다. 특히 중정 주관으로 대북 방송을 위해 건설한 당진 송신소 준공식에는 중정 대표인 내가 필히 참석해야만 했다.

'삽교'는 땔나무를 뜻하는 섶으로 만든 다리라는 뜻으로 이전에는 섶다리, 삽다리로 불렸다. 밀물이 되면 서해 바닷물이 삽교천과 섞였고 썰물이 되면 개펄이 그대로 드러나 배가 갇히는 경우가 많았다.

무엇보다 강물이 바닷물과 섞이면 농업용수로 사용하지 못하기에 충남·당진·아산·예산·홍성 4개 시군과 22개면 지역의 농업용수를 확보하기 위해 1976년 12월부터 방조제를 건설하여 거대한 인공담수호를 만들었다. 방조제 도로 이용으로 서울에서 당진 간 거리가 40킬로미터나 단축되었다.

박정희에게는 삽교천 방조제 준공식이 큰 의미가 있고 민심을 돌리는 데 영향을 미칠 수도 있겠지만 나로서는 당진송신소 준공식이 더욱 의미가 있었다. 더군다나 당진송신소는 단파방송을 송출하게 되어 있었다.

단파방송은 대기의 전리층에 여러 번 반사되어 먼 외국까지 도달하는 단파의 특성을 이용한 방송이다. 전리층 반사는 무선 통신에서도 필수 조건이다.

나는 일본에서 무선전신학교를 다녔기 때문에 전리층 반사에 대해 기초지식이 있었다.

선주보통학교 졸업 무렵 아버지와 어머니가 안방에서 나누는 대화를 몰래 엿들었다.

"재규, 중학교 진학이 어렵겠어."

"왜요?"

"중학교 진학하려면 성적이 10퍼센트 안에 들어야 하는데 재규 성적이 안 좋아."

"난 재규가 공부 잘하는 줄 알았는데요."

"아주 못한 거 아니고."

"그럼 어떻게 해요?"

나는 얼굴이 화끈 달아오르는 것을 느끼며 귀를 더욱 기울였다.

"자식이 중학교도 못 들어가면 선산군 유지 체면이 말이 아니지."

"중학교 교사나 교장 아는 사람 있을 거 아니에요? 돈이 좀 들더라도 부탁하면 안 될까요?"

"그렇게까지 해서 보내고 싶진 않아. 차라리 그 돈으로 일본 유학을 보내는 게 나을 거야. 내 체면도 살고."

"일본 유학요? 아직 나이도 어린데."

일본 유학이라는 말에 나는 충격을 받으면서도 가슴이 설레기도 했다.

아버지가 궁여지책으로 일본 유학을 떠올린 것은 아버지의 일본 경험 때문이었을 거다. 아버지는 16세에 결혼하여 8남매 가정의 가장 노릇을 하기 위해 이듬해 일본으로 건너갔다. 실을 뽑아내는 제사공장을 운영하는 친척의 도움으로 집을 구하고 공장 일을 돕다가 나중에 공장을 아예 물려받았다. 아버지는 일본 공장에서 일할 때 이야기를 종종 들려주곤 했다. 일꾼 중에 조선인도 있고 일본인도 있었는데 조선인들이 오히려 말을 잘 듣지 않더라면서 은근히 일본인 칭찬을 하기도 했다.

"일본 사람들은 속은 잘 모르겠지만 예의가 바르고 일을 참 성실하게 해. 조선 사람들은 눈치를 보며 대강 해치우는데 말이야."

아버지는 일본인 못지않게 일본어도 잘하고 사업 수완도 좋아 일본에서 번 돈으로 고향의 논밭을 수시로 사들였다. 일본에서 귀국했을 때 아버지는 선산군에서 논밭을 가장 많이 소유한 대지주가 되어 있었다. 아버지가 운영하는 정미소 역시 선산군에서 규모가 가장 컸다.

아버지가 나를 데리고 나가 감천강 강둑을 함께 걸으며 무겁게 입을 열었다.

"재규야, 아무래도 중학교는 일본으로 가야겠다."

"일본으로예?"

나는 일부러 놀라는 척하며 반문했다.

"일본에 있는 친척 편에 다 알아봐 두었다."

"네. 근데 나 혼자만 가면…"

말끝을 흐렸다.

"아버지가 따라갈 수는 없고 동무 하나 같이 가도록 해놓았다."

"동무요?"

반가운 마음에 아버지를 올려다보았다.

"그래, 임명수라고 같은 반 동무 있잖아. 성적도 너랑 비슷하고. 명수 아버지랑 의논했다. 자식들 같이 보내기로."

명수라면 좋은 단짝이 될 수 있을 것 같았다.

"너도 아버지처럼 일본에서 성공해가지고 돌아오는 기라."

아버지가 저 멀리 피어오르는 아지랑이를 바라보았다. 과연 일본에서 잘 지낼 수 있을지 아지랑이처럼 막연했지만 그래도 도전해보기로 했다.

명수와 나는 가족들의 전송을 받고 부산으로 내려와 배를 타고 현해탄을 건너 일본으로 향했다. 현해탄을 지날 때 명수와 나는 갑판에 서서 넘실대는 광활한 바다를 바라보며 손을 마주 꽉 잡았다.

드디어 일본에 도착했다. 첫인상은 마을 집들과 거리가 조선 땅과는 달리 자못 단아하고 깨끗하다는 것이었다.

부산에서도 아버지의 부탁을 받은 지인이 나와서 안내해주었고 일본에서도 마찬가지였다. 명수와 나는 아버지 지인의 도움으로 동경 교외에 하숙집을 구하고 입학도 했다.

무선전신을 배우는 전문학교였다. 동경 중야무선전신학교.

무선전신은 말로만 들었지 실제로 접해본 것은 처음이었다. 나하고는 별로 상관이 없는 과목 같았고 이런 학교로 연결해준 아버지가 원망스럽기도 했다. 하지만 일반 공부보다는 기술을 익히는 실습이 많아 그나마 다행이다 싶었다. 무선전신이라는 신세계가 호기심을 자극하기도 했다. 전쟁 중인 일본이라 더욱 무선전신이 필요할 터였다.

전화선도 없이 통화가 가능한 무선전신 기술이 어떻게 발명되고 발전되었는지 기초 이론은 배워야만 했다. 무엇보다 무선전신을 개발하여 1906년에 노벨물리학상을 받은 마르코니에 관해 공부했다.

무선전신 담당 교사가 칠판에 도표를 그려가며 설명했다.

"마르코니가 개발한 무선전신으로 특히 바다에서 조난당한 사람들이 많이 구조되었어. 여러분도 잘 아는 타이타닉호 침몰 때도 자칫했으면 전원 사망했을 텐데 무선전신 덕분에 승선자 30퍼센트 670명 가량이 구조될 수 있었지. SOS 신호를 받은 주변 배들이 모여들어 구조해주었어. 마르코니는 1874년 4월 25일에 이탈리아 볼로냐에서 태어났는데 특히 영국 귀족 출신인 어머니가 교육열이 높아 어릴 적부터 마르코니의 과학 재능을 알아보고 유명한 과학자들에게 아들을 맡겨 배우도록 했지. 그 과학자들 중에 전자기파를 발견한 헤르츠 박사도 있었어. 그의 이름을 따 주파수 단위를 헤르츠라고 하잖아. 헤르츠가 36세로 요절하자 제자인 마르코니가 전자기파를 응용하여 무선전신을 발명한 거지. 무전을 멀리까지 보내는 문제로 고민하면서 실험을 했는데 뜻밖에도 도버 해협 너머로까지 전달되었지. 왜 이렇게 멀리까지 갈 수 있는지 마르코니도 의아해했어. 그러다가 지구 대기층에 전리층이 존재하여 그 전리층 덕분에 장거리 전송이 가능했다는 걸 나중에 알게 되지. 그러니까 처음부터 전리층이 존재한다는 걸 알고 실험한 것이 아니라 먼저 실험을 한 후에 그 결과로 전리층이 존재한다는 걸 발견한 거지."

교사의 설명을 듣다보면 과학의 세계가 신묘막측하기도 했다. 다른 무엇보다 과학이 발달해야 나라가 부강해질 수 있다는 사실을 절감했다. 일본에 나라를 빼앗긴 것도 과학 발달이 늦었기 때문이라는 생각이 들었다.

아버지도 섣불리 독립을 하려고 하지 말고 나라 힘을 길러서 독립해야 한다고 종종 말하지 않았던가. 그래서 아버지가 선산중고등학교 설립 계획을 말씀하기도 했는지 모른다.

아버지는 조선 사람들이 스스로 힘을 기르면 일본이 조선 독립을 도와줄 거라는 말도 했지만 그건 믿기가 힘들었다. 일본에 직접 와서 겪어보니 일본 사람들이 조선인을 얼마나 멸시하는지 더욱 실감할 수 있었다.

일본 학생들에게 놀림당하고 마음이 울적할 때는 무선전신을 이용해 모스 부호라도 쳐서 아버지나 어머니에게 내 심정을 토로하고 싶었다. 하지만 아버지나 어머니에게는 무전기나 단파 수신기가 있을 리 만무했다.

전화도 쉽지 않아 다다미방에 엎드려 공책에서 찢은 종이에 한 줄 한 줄 펜을 눌러가며 편지를 썼다. 한 달이 넘어 도착한 아버지의 답신에는 어떤 어려움이 있더라도 학교 졸업할 때까지 참고 견디라는 말밖에 없었다.

그래도 내 옆에 명수가 있어서 그나마 위로가 되고 힘이 되었다. 명수는 예민한 내 성격과는 달리 일본 학생들이 놀려도 허허 웃음으로 받아넘기곤 했다.

일본에 온 지 2년쯤 되는 어느 날, 쉬는 시간에 명수와 학교 화단 근처에서 이야기를 나누고 있는데 일본 학생 셋이 몰려와 또 조센진 어쩌고 하며 놀렸다. 그럴 적에 평소에는 명수의 팔에 이끌려 자리를 피하곤 했는데 그 순간에는 내가 몸을 날려 한 일본 학생의 배를 걷어차고 얼굴에 주먹질을 해댔다. 명수도 당황하고 일본 학생들도 의외의 반응에 움찔했다.

나는 일부러 일본을 떠날 구실을 찾고 있었는지도 몰랐

다. 내가 워낙 날뛰니 일본 학생들이 주뼛주뼛 물러갔다.

나에게 맞은 학생의 부모가 학교에 항의하고 나는 변명할 겨를도 없이 정학 처분을 받을 처지가 되고 말았다. 이 소식을 들은 아버지가 일본까지 와서 학교에 사정도 해보았으나 소용이 없었다. 결국 아버지는 나를 데리고 조선 땅으로 돌아왔다. 나는 내심 내 계획대로 된 것에 쾌재를 불렀다.

일본은 조선인이 살 데가 아니다. 정미소 볏짚 냄새가 나는 고향이 내가 살 땅이다.

나는 걸음을 멈추고 다시 아까 그 자리로 가 앉았다. 가부좌를 틀까 반가부좌를 틀까 하다가 가부좌 자세를 취했다. 가부좌는 양쪽 발등이 허벅지를 꾹 눌러 미미한 통증을 느끼게 하면서 몸과 마음의 안정감을 높여준다지만 지금은 긴장감만 더해준다.

발자국 소리가 들리고 내 감방문이 열려 호송되어 나갈 때 다른 감방의 죄수들이 깨어나 나를 지켜볼 것인가. 아니, 다른 죄수들도 내 사형집행 날짜를 알고 이 밤에 함께 깨어 발자국 소리를 기다리고 있는지도 모른다.

평소에 떠들썩하던 감옥도 누가 사형집행을 당하는 날은

쥐죽은 듯 고요해진다. 그 엄숙한 고요는 범접할 수 없는 죽음의 위력에 대한 경의요 죽은 자에 대한 조문이기도 하다.

그날 당진송신소 방문 일정과 관련하여 경호실의 전화를 기다리고 있었다. 아무리 기다려도 연락이 오지 않아 수행비서 박흥주에게 알아보라고 했다. 박흥주가 경호실에 전화를 해보고 나에게 연결해주었다.

전화를 받으니 역시 차지철이 아니었다. 차지철은 항상 사람을 기다리게 해놓고 시간이 좀 지난 후에 전화기를 들었다.

잠시 후 차지철과 연결되었다.

"오늘 각하 삽교천 준공식 참석 일정이 어떻게 되나요? 당진송신소 일도 있고 해서 내가 꼭 가야 하는데."

"아, 그거요? 김 부장은 오늘 참석하지 않아도 된다고 하셨습니다."

"그게 무슨 말이오? 내가 각하께 당진송신소 건립 과정과 목적을 설명하기로 되어 있단 말이오."

"글쎄, 수고하실 필요가 없다고 하시네요."

"정말 각하께서 그렇게 말씀하셨단 말입니까?"

"그렇다니까요. 내가 각하께서 하시지도 않은 말을 하고 있단 말입니까? 지금 이런 시국에 중정부장마저 서울을 비우면 되겠습니까? 그렇게 아시오."

차지철이 먼저 전화를 끊어버렸다.

"야, 차 실장, 차 실장!"

나는 너무 화가 나서 전화기를 내동댕이쳤다. 박흥주가 당황해하며 물었다.

"오늘 서산 일정은 없는 겁니까?"

"내가 오늘을 얼마나 기다렸는데. 당진송신소 준공식 말이야. 차지철 이놈이 또 중간에서 훼방을 놓은 거 같아. 내가 좀 돋보이는 걸 참지 못하거든."

"그러게 말입니다. 우리 중정 직원들이 단파 출력을 높이기 위해 방송국 직원들과 몇 달간 밤샘해가며 애를 썼지 않습니까? 부장님도 수시로 내려가 격려해주시고."

"오늘 각하와 함께 기념식수도 하고 대북방송도 처음 송출해봐야 하는데. 북한뿐 아니라 몽골, 카자흐스탄까지 방송이 나가는데…"

나는 분이 차올라 숨쉬기도 힘들어 소파에 주저앉았다. 박흥주가 들고 온 물 한 잔을 벌컥벌컥 들이켰다.

다탁에 놓인 신문에는 오늘 장충단 안중근 동상 제막식에 대통령이 참석할 예정이라고 했다. 하지만 삽교천 방조제 준공식 참석으로 동상 제막식 참석은 취소된 듯했다.

안중근 동상이 새로 건립된 장충단은 원래 민비가 살해된 을미사변 때 함께 피살된 시위연대장 홍계훈과 궁내부 대신 이경직 등을 기리기 위해 고종이 쌓은 제단이었다.

하지만 1919년 조선총독부는 항일을 상징하는 장충단 자리를 공원으로 개조했다. 더 나아가 공원 동쪽에 이토 히로부미(이등박문)를 추모하기 위한 사찰을 세워 '박문사'라 명명했다. 박문사를 건립할 때 광화문의 석재, 경복궁 선원전과 부속 건물, 남별궁의 석고각을 가져왔고 경희궁 정문인 흥화문을 이전하여 정문으로 삼았다.

박문사는 이토 히로부미 23주기 기일인 1932년 10월 26일에 완공되었다. 낙성식에는 우가키 가즈시케 총독과 이광수, 최린, 윤덕영 등 친일파 인사들이 대거 참석했다.

해방 후 박문사를 허물고 장충단 공원에 안중근 동상을 세워 이토 히로부미 저격일인 10월 26일에 제막식을 가졌다.

이번에 35년쯤 된 낡은 동상을 새로 만들어 역시 10월 26일에 제막식을 가질 예정이었다.

나는 한나절 내내 화가 풀리지 않은 채 아무것도 손에 잡히지 않았다. 안중근이 이토 히로부미를 저격한 날 나도 뭔가 일을 낼 것만 같았다. 지금 당장이라도 서산이나 당진으로 달려 내려가 차지철을 어떻게 해버리고 싶었다. 차지철만 데리고 간 박정희도 밉기는 마찬가지였다. 늘 마음으로 상상하던 일이 오늘 실제로 현실이 될 것 같은 예감이 들었다. 예감은 점점 구체적인 형상을 이루어 예감의 차원을 넘어섰다.

김형욱도 이런 마음으로 코리아게이트에 합세하여 미국에서 박정희의 비리를 폭로하고 다녔던 것인가.

1976년 10월 25일 『워싱턴포스트』지는 박정희에게 직접 지시를 받은 워싱턴 거주 한국인 실업가와 공작원이 미국 의회의원들과 정부 관리들에게 매년 50만 달러 내지 100만 달러를 현금이나 선물 혹은 정치자금으로 제공했다고 폭로했다. 미국 언론들은 워터게이트에 빗대어 '코리아게이트'라고 이름 붙였다. 하지만 박정희 정부는 보도통제를 통해 1976년 12월까지 이 일을 일절 일반에 알리지 않았다.

당시 한국 정부는 주한미군 감축에 대한 보완책과 한국군의 현대화를 위한 특별지원책이 미국 의회의 승인을 받아야 하는 상황이었기에 미국 의회에 대한 로비를 강화해야만 했다.

12월 초에는 미국 주재 중정요원 김상근이 미국에 정치적 망명을 해서 미국 내 한국 정보부의 활동에 대해 제보하고 김형욱이 미국에 망명한 후 미국 의회에서 증언함으로써 일이 더욱 얽히게 되었다. 게다가 CIA의 청와대 도청 사실이 발각되어 한미 간 갈등은 더욱 심화되었다. 이 일들을 미리 수습하지 못한 책임을 물어 박정희는 중정부장 신직수를 해임했다.

그 후임으로 1976년 12월 6일 나를 중정부장 자리에 앉혔다. 중정차장을 역임했던 적이 있어 중정이 낯설지는 않았으나 과연 초비상 시국에 제대로 감당할 수 있을지 부담이 되었다.

우선 중정차장 재직 시 느꼈던 문제점들을 하나씩 개선해 나가기로 마음먹었다. 중정의 필수시설이었던 고문실을 폐지하고 강압수사를 금지했다. 방만한 기구를 축소하고 늘 양심에 가책을 준 간첩조작은 일절 하지 않기로 했다. 또한 국내 정보 수집이나 사찰보다는 해외 업무를 중심으로 조직 개편을 했다.

하지만 내가 이렇게 개선한다 하더라도 그동안 정보 계통에서 근무하면서 지은 죄들을 지울 수는 없을 터였다.

나의 중정부장 취임을 축하하여 선배 장군 출신 이형석이 친필 한문 액자를 선물해주었다. 귀한 선물이라 중정 집무실에 소중하게 걸어두었다.

'대의멸친'(大義滅親).

대의를 위하여 가까운 것들을 버려라.

알아보니 『춘추좌씨전』「은공조」에 나오는 구절이었다. 석작이라는 자가 군신의 대의를 위하여 아들 석후를 처형한 사건을 가리키는 문구였다.

사사로운 이익에 좌우되지 말라는 경구이긴 하지만 '친'(親) 자가 의미하는 바가 무겁게 다가왔다.

'친'(親)의 범주에 박정희도 포함될 수 있었다.

중정 집무실을 방문한 박정희는 아예 그 액자에 대해서는 관심이 없었다. 으레 장식용으로 걸어두는 액자이겠거니 하고 여겼을 것이었다.

미국에서는 여전히 코리아게이트 폭로 기사가 경쟁하듯이 연일 터져나왔다. 박동선은 미국산 쌀을 한국으로 수입해주는 대가를 챙겨 정부에 바치고 미 의회의원들에게도 거액의 뇌물을 건넸다. 박동선 이외에도 미 의회의원들에게 뇌물을 주고 로비를 펼친 자들이 여럿 있었다.

미 연방 사법당국은 박동선을 뇌물 제공과 선거자금 불법 제공 등 36가지 혐의로 기소했다. 5일 후에는 재미실업가 김한조도 위증과 매수음모 혐의로 기소되었다.

나는 박정희의 재촉을 받으며 이들이 재판에 회부되지 않도록 다각도로 방책을 모색해보았다. 결국 박동선 등이 자원하여 미 의회 프레이저위원회에 출석하여 증언하기로 합의를 보고 한미 양국이 공동성명을 발표함으로써 사태를 간신히 수습했다.

돈을 뿌리며 불법적으로 미 의회를 상대로 로비를 펼쳐야 할 만큼 박정희는 불리한 처지에 있었다. 주미 한국대사관 직원들에게도 로비 강요 지시가 있자 여러 직원들이 부담을 느끼고 아예 FBI의 도움을 받아 망명 신청을 하는 사례가 속출했다.

신직수 중정부장 재직 시에 망명한 김상근 참사관을 비롯하여 손호영 참사관, 김성한 공보관, 이영인 지역책임자 등이 연이어 망명하여 한국 정부와 박정희의 은밀한 비리까지 폭로했다.

캐나다 한국대사관에서도 양영만 영사가 교민들의 반정부 운동을 적극 제지하라는 지시에 반발하여 망명을 택했다.

해외에 나가 있는 외교관들의 망명 소식을 들을 때마다 나는 몸둘 바를 모르면서도 한편 그들이 부럽기도 했다.

박동선과 망명자들에 김형욱까지 합세하여 코리아게이트

는 연일 톱 뉴스를 달렸다.

김형욱은 중정부장에서 물러난 뒤 전국구 국회의원을 했으나 유신선포로 국회가 해산되자 백수 신세가 되고 말았다. 박정희가 유정회 의원으로라도 불러줄 줄 알았는데 아무 연락이 없었다. 박정희가 자기를 버린 줄 알고 불안해지기 시작했다.

그동안 김형욱의 온갖 행패짓으로 그와 원수가 된 수많은 사람들이 이제는 김형욱에게 보복하기 시작했다. 전화로도 협박과 저주의 말을 쏟아냈다.

김형욱은 신변의 위험을 느끼고 1973년 4월 대만을 거쳐 미국으로 망명한 뒤 잠적해버렸다. 그런데 1976년 10월 말 코리아게이트가 터지자 모습을 드러내기 시작했다.

나는 중정부장 취임 초에는 코리아게이트에 관해 잘 알지 못했다. 마침 미 의회 로비스트로 일한 김한조가 귀국하여 박정희를 만나러 왔길래 그를 중정 궁정동 안가로 불러 자초지종을 물어보았다. 김한조는 코리아게이트의 상황에 대해 대강 나에게 들려주었다. 미 의회를 상대로 로비를 할 수밖에 없는 급박한 사정은 이해할 수 있었지만 정부의 눈먼 돈들이 거간꾼들의 손에 놀아나고 있는 느낌은 지울 수 없었다.

박정희가 나에게 지시하여 김한조가 이미 미 의회 로비 자금으로 사용한 40만 달러를 지불해주라고 했다. 나는 미심쩍었지만 박정희의 지시라 할 수 없이 40만 달러를 수표로 주고 영수증을 달라고 했다. 그러자 김한조는 으스대는 태도로 영수증이 왜 필요하냐고 반문했다.

"아니 한두 푼도 아니고 이렇게 많은 돈을 지불하는데 영수증을 써주지 않겠다고?"

"이건 비밀사안이라 영수증 같은 물증을 남겨놓으면 안 됩니다."

"그럼 아무리 사기를 쳐도 모르겠군. 미 의회 누구 누구에게 그 돈을 썼는지 말해봐. 중정부장이 기본적인 건 알고 있어야지."

"중정부장이라고 해도 이 일에 관여할 수 없어요. 대통령 직속 관할이라."

"뭐가 어쩌고 어째? 영수증이나 빨리 써!"

"영수증은 안 됩니다."

"쓰라니까. 써!"

나도 모르게 주먹을 김한조 면상을 향해 날렸다. 안경이 날아가고 김한조가 얼굴을 두 손으로 감쌌다.

"애국하다 온 사람한테 이러면 됩니까. 손버릇이 안 좋군요."

깐죽대는 김한조를 향해 그만 권총을 빼들었다.

"뭐? 손버릇? 너 사기꾼이지? 로비도 제대로 안 하면서 돈
만 가져가고. 떳떳하면 왜 영수증을 안 써?"

그때 차장보 윤일균이 들어와서 말리는 바람에 권총을 거
두었다. 그 순간 내가 박정희를 향해서도 권총을 빼들 수 있
을 거라는 예감이 들었다.

김형욱이 미국에서 모습을 드러내기 시작할 무렵 1977년
1월과 2월 나는 한 달 간격으로 두 번의 편지를 김형욱에게
보냈다.

김형욱 당신이 돌아온다면 박정희가 얼마나 기뻐하겠느
냐, 빙긋이 웃으며 김포공항 트랩을 내려오는 모습을 기대한
다는 둥 간곡한 어조로 감성에 호소하는 내용이었다.

하지만 김형욱은 어떤 답장도 해주지 않았다. 급기야 김
형욱은 박동선과 함께 프레이저위원회에 나가 증언하겠다
고 『뉴욕 타임스』와 인터뷰까지 하고 회고록 출간도 예고했
다. 회고록 출간은 박정희에게 치명적인 타격을 가할 수 있
었다.

나는 김형욱을 말리기 위해 여러 방면으로 노력했다. 우
선 차장보 윤일균을 미국으로 보내 김형욱을 달래보려 했다.

귀국 종용은 먹히지 않았지만 사흘 낮밤에 걸쳐 설득한 끝에 회고록 출간에 관해서는 합의를 보았다.

윤일균이 회고록 출간 포기 대가로 500만 달러를 약속하고 우선 150만 달러를 지불했다. 김형욱은 복사지 2,000장 분량의 방대한 원고를 넘겼다. 사본이 남아 있으면 깨끗이 처분하기로 서로 약속했다. 김형욱 회고록은 박사월이라는 필명으로 유신반대 운동을 벌이는 김경재가 인터뷰를 기초로 써나간 것이었다.

그런데 어떻게 된 일인지 1978년 일본 잡지 『창』에 회고록 1권 요약본이 실리고 말았다. 김형욱 본인이 그러지 않았다면 대필자가 가지고 있던 사본을 유출했는지도 몰랐다.

회고록은 박정희의 치부를 폭로하는 충격적인 내용들로 차 있었다. 일이 잘 마무리된 줄 알았는데 어그러져 나는 박정희 얼굴을 뵐 면목이 없었다. 박정희는 화가 잔뜩 나서 안절부절못했다. 나는 박정희 표정에서 김형욱의 살날이 얼마 남지 않았음을 예견했다.

윤일균은 김형욱에게 약속을 어겼다고 항의했으나 김형욱은 교묘히 변명하며 이번에 발표된 것은 원본 내용이 아니라 요약본에 불과하므로 윤일균과의 합의는 여전히 유효하다고 했다. 500만 달러 약속에 150만 달러만 받았으니 나머지 350만 달러를 마저 달라고 했다.

미 의회 프레이저위원회와 언론과의 인터뷰 등에서 폭로한 김형욱의 진술 중에는 심지어 서울 지하철공사를 외국 기업에 맡기면서 리베이트를 박정희가 직접 챙겼다는 내용도 있었다. 그외 각종 공사에서 한국 정부가 공사비의 5퍼센트를 리베이트로 챙겨왔다고 구체적인 비율까지 폭로했다.

한국 로비스트에게서 뇌물을 먹은 미 의회의원들 중 유죄 판결을 받은 자는 리처드 한나 하원의원뿐이었다. 일곱 명이 징계를 받고 나머지 거물급들은 교묘히 빠져나갔다.

코리아게이트를 총정리한 「프레이저 보고서」는 한국의 불법 로비 상황뿐 아니라 긴급조치를 남발한 박정희의 강압 정치도 세세하게 지적했다. 「프레이저 보고서」는 '유신체제 총평'이라고 해도 과언이 아니었다.

코리아게이트는 철저한 언론 통제로 국내에는 거의 알려지지 않았지만 나는 실시간으로 보고받는 바람에 그동안 예측하고 있었던 박정희의 비리를 더욱 구체적으로 인지하게 되었다.

계속 김형욱을 귀국하도록 달래기 위해 김종필, 정일권 등 수많은 명사들이 미국으로 건너가 접촉을 시도했다. 이철승, 고흥문 등 야당계 인사들도 김형욱 설득 작업에 힘을 보됐다. 한국으로 돌아오면 모든 걸 용서하고 멕시코나 브라질 대사로 보내주겠다는 제안도 했다. 하지만 김형욱은 박정희의 감언이설에 속을 수 없다면서 어떤 사람의 말에도 고집을 꺾지 않았다.

김형욱을 만나고 돌아온 어느 인사의 말이 내 폐부를 찔렀다.

"김형욱이 그러는데 박통이 언젠가는 김 부장 자네도 버릴 거라네. 눈먼 강아지처럼 충성만 하지 말고 앞길을 살펴야 할 거래. 소문에 차지철이 날뛰고 있다고 들었다면서 차지철을 가지고 박통이 자네를 요리하고 있다는 거야."

아닌 게 아니라 중정부장이 되고부터 경호실장 차지철이 사사건건 나를 의식하며 은근슬쩍 누르려고 했고 어떤 때는 노골적으로 따돌리려고도 했다. 나를 사찰하여 박정희에게 고자질을 하고 더 나아가 김종필 같은 거물 정치인들의 동태까지 부풀려 보고했다.

나는 감방 한복판에서 가부좌 자세로 앉은 채 심호흡을 하며 최대한 마음을 가라앉히려 했다. 어쩌면 다른 감방의 죄수들은 극비에 부쳐진 내 사형집행일을 모르고 내가 호송당해도 계속 자고 있을지 모른다. 차라리 그 편이 나를 지켜보는 것보다 낫겠다. 그렇게 극비리에 죽어가도 여한은 없다. 박흥주도 극비리에 죽어 사형집행 다음 날 아내가 면회하러 왔다가 남편의 죽음을 통고받았다.

중정의 일도 대개 극비에 속한 사항이 많았다. 또한 사람들이 극비에 부치고 있는 일들을 몰래 알아내는 것이 중정의 일이기도 했다.

제9대 대통령 선거를 앞두고 김종필계 사람들이 김종필을 대통령 후보로 추대하려 한다는 첩보를 접했다. 어디서 그런 첩보가 생성되었나 조사해보니 영애 박근혜와 친한 최태민 목사가 그런 말을 차지철에게 전하고 차지철이 박정희에게 보고한 것 같았다.

박정희는 그런 소문에 심한 불쾌감을 나타냈다.

또 차지철이 없는 일을 가지고 아첨을 떨었군.

괜한 일을 만들어낸 차지철이 원망스러웠지만 박정희의 심기를 외면할 수 없었다.

내가 옆에서 박정희를 안심시키며 말했다.

"설마 김종필 의원이 그런 마음을 품고 있겠습니까. 김진봉 같은 측근들이 지어낸 말일 겁니다. 제가 김종필 의원을 만나보고 확인해보겠습니다. 딴마음을 품고 있다면 제가 단단히 일러놓겠습니다."

박정희는 가만히 고개만 끄덕였다.

나는 먼저 요원들을 청구동 김종필 집으로 보내 가택 수색을 하게 했다. 그리고 혹시 김종필에게 대선 자금을 건넸을지도 모르는 측근들을 샅샅이 조사하도록 했다.

그리고 나서 1978년 1월 내가 직접 김종필을 찾아갔다.

김종필은 나를 보자 불같이 화를 냈다.

"왜 이러는 거야? 내가 뭐 역모라도 꾸몄나?"

"각하, 중정을 만든 분이시고 초대 부장까지 지내신 분이니 잘 아실 겁니다. 중정부장의 주요한 업무는 두 가지입니다. 하나는 공산당 잡는 거고 또 하나는 대통령 각하를 철두철미 모시는 겁니다."

"나보고 각하라는 호칭은 쓰지 마오."

"오래 습관이 되어서 그렇습니다. 당장 바꾸기가 힘드니 양해해주십시오. 대통령 각하를 모시는 일에 방해하는 자들이 있으면 각하도 예외가 될 수 없습니다."

"이미 난 이빨 빠진 유정회 의원에 불과하오. 무슨 일을 도모한단 말이오?"

측근들을 조사한 요원들도 뚜렷한 증거는 찾지 못했다고 보고했다.

차지철의 아첨과 박정희의 피해의식이 합해서 일어난 해프닝이었다. 내가 사과할 겸 한 달 후 김종필을 다시 찾아갔다. 김종필은 보기 싫은 사람을 또 본다는 식으로 왜 또 왔냐고 퉁명스럽게 대했다. 나도 살짝 기분이 나빠져서 대꾸했다.

"각하, 중정의 최고 목표는 대통령 각하의 영구집권입니다. 각하도 명심하셔야 할 겁니다."

김종필의 표정이 순간 굳어졌다. 내가 영구집권 운운했지만 그건 김종필이 딴마음을 품지 못하도록 과장한 것이었다. 사실은 '중정의 최고 목표는 영구집권을 막는 것입니다'라고 말할 뻔했다.

1978년 7월 6일 장충체육관에서 단독 출마한 박정희가 대통령으로 당선되었다. 통일주체국민회의 참석 대의원 2,578명 중 2,577명이 찬성이었다. 나머지 한 표도 반대표가 아니라 무효표였다. 북한 선거와 조금도 다르지 않았다.

10월 하순 무렵 박정희가 나에게 친필 편지를 보냈다. 좀체 없던 일이라 떨리는 마음으로 봉투를 열었다. 특유한 필체가 편지지에 펼쳐져 있었다.

"근간 입수된 첩보 중 김 부장의 측근 또는 가족에 관한 건 몇 가지 통보하오니 사실 여부 알아봐서 시정 조치토록 하시오"라는 문구로 시작되는 편지였다.

동생 김항규가 내 이름을 팔아 건설업계 이권에 개입한다는 첩보가 있으니 시정하라는 내용이 이어졌다.

나는 머리를 세게 얻어맞은 기분이었다. 중정부장으로서 박정희를 종종 일대일로 만나는 편인데 그때 이야기를 해도 될 내용을 공식 문서처럼 본인의 이름으로 친필로 써 보내다니.

이런 경우는 처음이었다. 갑자기 박정희가 아주 낯선 사람처럼 멀리 느껴졌다.

일 년 전 최태민의 비리를 파헤쳐 시정 처리를 간언한 데 대한 보복인가. 박근혜와 관련된 비리를 파헤치려 하지 말고 네 가족 관리나 잘하라는 뜻인가.

편지 쓴 날짜를 보니 10월 19일이었다. 한창 대통령 취임을 준비할 시기에 그런 편지를 써 보낸 것이었다. 이 첩보도 차지철이 박정희에게 보고했음이 틀림없었다.

나는 항규를 불러 박정희 편지를 보이며 질책했다. 항규는 억울하다는 표정이었다.

"사업을 꾸려나가느라 동분서주하고 있긴 하지만 형님 이름 판 적은 없습니다. 형님이 우리 7남매에게, 그리고 매제들에게까지 그 점을 주의하라고 얼마나 자주 말씀하셨습니까. 누가 형님을 모함하려고 그런 말을 퍼뜨린 것 같습니다."

"아무튼 각하께서 친필로 이런 편지를 썼다는 건 문제가 있다는 거야. 구설에 오르지 않도록 각별히 조심해. 아예 사업을 접으라고 하고 싶지만."

항규를 보내고 나서도 착잡한 마음이 풀리지 않았다. 박정희에게는 동생을 혼내서 다시는 그런 짓을 하지 못하도록 주의를 주었다고 보고했다.

"어, 내가 그런 편지를 보냈나?"

친필 편지를 보내지 않은 것처럼 시치미를 떼는 박정희에 대해 순간 거의 살의에 가까운 깊은 혐오감이 일었다.

전두환의 합수부 수사 발표 때 바로 이 친필 편지가 결정적 계기가 된 것처럼 보고해서 적이 놀랐다. 내가 자백하지도 않았는데 어떻게 전두환이 알았을까.

"자신의 비리 사실 때문에 각하로부터 경고 친서를 받은 사실이 있어 근간 요직 개편설에 따라 현 시국과 관련, 자신의 인책 해임을 우려한 나머지…"

오후 4시쯤 차지철에게서 전화가 왔다. 오후 6시에 대행사가 있을 테니 준비해달라고 하면서 또 먼저 전화를 끊었다.

오늘 대행사라?

순간 머리가 환해지는 느낌을 받았다. 드디어 때가 온 것인가.

궁정동 안가에서는 대행사와 소행사가 있었는데 소행사는 여자 없이 참모 두어 명하고만 술을 마시는 연회였고 대행사는 여자들이 동원되는 연회였다.

이번에도 박선호가 '채홍사' 수첩을 들고 직접 발로 뛰며 여자들을 구해와야 했다. 보안을 유지해야 하기 때문에 부하들에게 시킬 수도 없는 노릇이었다.

나와 박흥주, 박선호는 남산에서 궁정동으로 옮겨가서 궁정동 안가 요원들과 함께 나동에서 있을 대행사를 준비했다.

궁정동(宮井洞)은 일제 강점기 행정구역 개편 때 육상궁동과 온정동, 박정동 등을 합해 만든 지역이다. 육상궁의 '궁'과 온정동·박정동의 '정'을 따서 지어진 동네 이름이다.

육상궁은 칠궁 중 하나로 영조 생모 숙빈 최씨 신위가 모셔진 궁묘다. 칠궁은 자신의 아들이 왕이 되었어도 후궁이라는 이유로 종묘에 신위가 모셔지지 못한 비빈들의 신위를 모신 곳이다. 사도세자 생모 영빈 이씨 신위를 모신 선희궁은 종로 신교동에 있었다.

일곱 군데 흩어져 있던 궁묘를 순종 2년에 육상궁으로 합사하여 칠궁이라 불렀다. 청와대 터가 좋지 않다는 이유 중 하나로 비빈들의 원한이 서린 칠궁이 근처에 있다는 사실을 꼽기도 한다. 온정동은 우물이 따뜻한 동네라는 뜻이고 박정동은 박(바가지)으로 우물 물을 긷는 동네라는 뜻이다.

그러므로 궁정동이라는 이름에는 음기가 잔뜩 서려 있는 셈이다. 청와대 근처이지만 으슥한 곳이라 안가를 짓기에 안성맞춤인 지역이다. 대통령 안가는 삼청동, 효자동 등 이미 다섯 군데에 지어져 있었으나 박정희는 궁정동 안가를 즐겨 찾았다. 특히 몇 달 전에 새로 건립된 나동을 연회장으로 사용하기 좋아했다.

나는 나동 옆 건물 본관 2층 집무실로 올라가 금고를 열어 서독제 7연발 발터PPK를 꺼내 노리쇠와 약실을 살피고 공이 작동을 시험해보고 탄환을 장전해놓았다. 이 권총은 내가 육군대학 부총장이던 19년 전에 총장 이성가 장군에게서 선물받은 것이었다. 전역 후 주소 관할지 성북경찰서에 맡겨놓았다가 중정부장으로 취임한 해에 반환받아 집무실 금고에 보관하고 있었다. 나는 권총을 꺼내기 쉽게 서가로 옮겨놓았다.

박선호는 유성옥이 운전하는 궁정동 차량을 타고 나가 프라자호텔에서 신재순을 태운 다음 내자호텔로 가서 심수봉을 태웠다.

신재순은 22세로 한양대 연극영화과 3년에 다니는 광고모델이었고 심수봉은 24세로 이미 이름이 알려진 대학생 가수였다.

무좀으로 고생하던 박흥주는 약간 시간이 남은 틈을 타서 광화문으로 나가 에스콰이어에서 오랜만에 새 구두를 샀다. 그동안 얼마나 바빴던지 구두 살 여유조차 없었다.

박흥주는 평안남도 평원군 출생으로 육이오 때 가족을 따라 월남하여 국내에서 손꼽히는 명문고인 서울고등학교를 졸업했다. 집안이 가난하여 등록금 걱정이 없는 육군사관학교에 진학했다. 육사를 18기로 졸업하고 포병소위로 임관했다. 우수한 졸업 성적 덕분에 6사단에 배치되자마자 관측장교 보직을 거치지 않고 곧바로 전포대장에 보임되었다.

전포대장 보직을 마치고 중위로 임관하여 6사단장인 나의 전속부관이 되었다. 박흥주는 초고속으로 진급하여 39세

젊은 나이에 대령을 달았다. 하지만 대령 계급장이 달린 군복을 제대로 입어보지도 못하고 현역군인 신분으로 나의 수행비서가 되었다. 나의 수행비서라면 권세를 부릴 만도 한데 그는 여전히 성동구 행당동 산동네 허름한 판잣집에서 아내와 어린 두 딸, 갓난 막내아들과 살고 있었다. 무좀으로 고생하는데도 불편한 구두를 오랫동안 신고 있었다.

"우아아, 김일성 만세!"

어디선가 먼 감방에서 고함 소리가 들린다. 새벽녘에 종종 듣는 고함 소리다. 오랜 감방 생활로 정신이상을 일으켜 김일성 만세를 부른다고 하는데 정신과 치료를 해도 별 소용이 없는 모양이다. 아니면 형기를 단축시키기 위해 일부러 미친 척하는지도 모른다.

'김일성 만세'가 서울에 울려퍼질 때가 있었다. '김일성 장군 만세'라고 대문짝만 하게 인쇄된 신문 호외가 뿌려지기도 했다.

내가 박정희를 죽이려 했을 때 가장 마음에 걸렸던 것도 사실은 '김일성 만세'였다. 대통령이 갑자기 살해되어 혼란한 틈을 타 북한군이 밀고 내려오고 서울에 다시금 '김일성

73

만세'가 울려퍼질지도 몰랐다. 김일성을 제일 미워한다는 사람들과 언론이 가장 먼저 '김일성 만세'를 부를지도 몰랐다.

오후 4시 40분경 나는 안가 집무실에서 정승화 육군참모총장에게 전화를 걸었다.

"오늘 궁정동에서 저녁이나 하면서 시국 얘기나 나눕시다."

잠시 후 중정 국내 담당인 제2차장보 김정섭에게 연락하여 6시 30분까지 궁정동으로 오라고 했다.

내가 왜 그 시각에 육군참모총장을 불렀을까. 내가 일으킬 대혼란을 염두에 두었을 터였다. 나로 인하여 나라 전체가 위험에 빠지는 일은 최대한 막아야 했다.

대통령 유고 시 비상계엄령이 선포되면 육군참모총장이 계엄사령관이 되어 모든 권력을 장악하고 나라를 통제하게 된다.

김계원은 오후 5시 40분경 궁정동으로 왔다. 내가 마중을 나가 정원으로 데리고 가서 경계석에 나란히 앉아 잠시 대화를 나눴다. 김계원에게서 삽교천 방조제 준공식과 당진송신소 준공식에 다녀온 소식을 들었다.

"삽교천으로 가기 전에 오전 8시경 내가 수석비서관 회의를 주재한 후 민정수석 비서관 박승규를 따로 불러 말했어요. 내일 각하께 부마사건 보고할 때 차 실장의 월권 행위에 대해서도 말씀드리라 했어요."

"각하가 차지철을 싸고도는데 그 말이 귀에 들어올까요?"

"나도 몇 번 말씀드렸지만 차지철은 국회의원도 오래 해서 정치를 잘 안다는 말씀만 하시더군요. 그래도 여러 방면에서 계속 듣다 보면 생각이 달라지지 않을까요?"

"글쎄요. 최태민에 대해서도 여러 사람이 보고를 드렸는데도 꿈쩍을 안 하셨지요."

"아무튼 차지철이 너무 설쳐 큰일이에요. 아무래도 무슨 일이 터질 거예요. 오늘도 차지철이 김 부장을 따돌린 것 같아요."

그 말을 듣는 순간 내 얼굴에 경련이 일었다.

1977년 4월경 '대한구국선교단' 총재로 활동하고 있는 최태민에 관한 제보가 쇄도했다.

대통령 비서실 박승규 민정수석 비서관이 산하기관을 동원해 최태민의 비리를 조사해 보고서를 김정렴 비서실장에게 전달하고 김정렴은 박정희에게 올렸다.

그런데 박정희는 시큰둥한 반응만 보였다. 박승규가 나를 찾아와 불만을 터뜨리며 나보고 다시 심도 있게 조사해달라고 부탁했다.

내가 중정요원과 정보원들을 풀어 최태민을 출생부터 시작해서 그야말로 심도 있게 조사했다.

최태민은 주민등록상 1912년생으로 황해북도 봉산군 사리원읍 서동에서 최윤성과 김윤옥 사이에 장남으로 태어났다. 본관은 수성 최씨였다. 최태민은 일본 순사로 일했는데 해방 후 아버지 최윤성이 독립운동을 했다면서 독립운동가 후손으로 등록하려 했다. 그러나 심사과정에서 최태민은 최윤성 호적에도 올라 있지 않고 나이도 거짓이라는 사실이 드러났다.

최태민은 승려로도 있었고 서울 죽림동 약현성당에서 세례성사를 받기도 했다. 예장종합총회 교단에서 목사 안수까지 받았으나 사이비 교주 노릇이 문제가 되어 교단에서 쫓겨났다. 한번 목사는 영원히 목사인지 교단에서 쫓겨나도 목사 명칭을 사용했다.

본명이 최도원인 최태민의 가명은 최상훈, 최봉수, 최퇴운, 최방민, 공해남 등 일곱 개나 되었다. 법적으로 개명한 이름은 박근혜를 만난 후 바꾼 최태민뿐이었다.

최태민은 황해도 재령군 재령보통학교를 졸업하고 해방 직후 최상훈이라는 가명으로 강원도에서 경찰 생활을 했다. 1949년에는 육군 헌병대 문관으로 들어갔다가 해병대 문관으로 옮겨갔다.

전쟁 후에는 최봉수라는 이름으로 사업을 시작했다. 1970년부터는 서울·경기도·대전·충남 등지에서 난치병을 치료한다면서 칙사라는 이름으로 사이비 교주 행각을 벌였다.

그가 '영세계에서 알리는 말씀'이라는 제목으로 집회 광고를 한 문구들을 보면 '불교에서의 깨침과 기독교에서의 성령강림, 천도교에서의 인내천'을 실천하시는 칙사님을 직접 만나러 오라고 했다.

그는 '영혼합일법'이라는 교리를 내세웠는데 일종의 최면기법이었다. 육영수 저격 사건이 있은 후 최태민은 박근혜에게 편지를 써서 영혼합일법으로 어머니 육영수의 영혼을 꿈에서 만나 당부하는 말을 받았다고 했다.

"딸은 한국의 지도자, 더 나아가 아시아의 지도자가 될 것이다. 나는 딸을 위해 자리를 비워준 것이다. 딸은 우매하여 아무것도 모르니 가서 딸을 도우라. 딸이 나를 보고 싶으면 언제든지 최태민을 통해 만나볼 수 있다고 전하라."

1975년 3월 박근혜는 직접 최태민을 청와대로 불러 만났다. 일설에 따르면 최태민이 육영수 혼에 빙의되어 평소의 표정과 음성을 그대로 재현해 보여 박근혜를 압도해버렸다고 했다. 영혼합일법 교리에 따르면 충분히 가능성이 있는 일이었다.

최태민은 1975년 4월 대한구국선교단을 발족하고 스스로 총재에 취임했다. 5월에는 2,000여 명이 모여 임진각에서 '구국기도회'를 열었는데 박근혜도 참석했다. 그 자리에서 최태민이 박근혜를 명예총재로 추대했다.

'구국선교단'은 1976년에 '구국봉사단'으로, 1978년에는 '새마음봉사단'으로 이름을 바꾸었다.

최태민이 박근혜의 권세를 배경으로 전국의 목사들을 모아 군사훈련까지 시켰다는 사실도 파악했다.

최태민은 박근혜가 창설한 '새마음운동본부' 고문직을 맡으면서 박근혜에게서 전권을 위임받아 각계각층에 영향력을 미쳤다. 그런 중에 최태민을 중심으로 각종 이권 개입과 횡령, 사기, 융자 알선 등 권력형 비리들이 얽혀들었다. 게다가 여성과의 스캔들 의혹도 끊이지 않았다.

나는 최태민 비리와 의혹을 파고들면서 이대로 두다가는

박근혜가 큰 곤욕을 치르고 박정희에게도 코리아게이트 못지않게 심각한 타격이 되리라 예감했다.

그런데 소문에 들으니 최태민과 차지철이 형님 동생 하면서 친하게 지내며 최태민에 대한 고소 고발이 들어와도 차지철이 막아준다고 했다. 최태민은 박근혜뿐 아니라 차지철 권세도 등에 업고 안하무인으로 행세하고 있었다.

내가 드디어 보고서를 박정희에게 올렸다. 이번에는 민정수석실 보고서와는 다른 반응을 보이겠지 기대했다.

박정희는 보고서를 흘끗 보더니 "중정에서도 이런 걸 하나?" 하고 쓴웃음을 지었다.

나는 순간 자존심이 상했지만 목소리를 높였다.

"보통 심각한 상황이 아닙니다. 총체적인 비리가 최태민을 중심으로 벌어지고 있습니다. 영애님도 크게 다칠 수 있습니다. 곪을 대로 곪은 건 통째로 잘라내야 합니다."

"알았어. 나도 생각이 있어."

최태민 조사하느라고 수고했다는 말 한마디 없이 박정희는 그냥 말문을 막아버렸다.

1977년 9월 12일 박정희가 최태민을 청와대로 불러 직접 심문했다. 그 자리에 나도 동석하고 조사 실무 담당자 백광현 국장도 함께했다. 백광현은 공안수사를 위해 검찰에서 파견된 검사였다. 조금 있으니 박근혜도 굳은 얼굴로 들어왔다.

박정희가 최태민을 직접 상대한다는 것은 내가 올린 보고서를 믿지 않는다는 뜻이기도 했다. 박정희는 보고서에서 지적하고 폭로한 사안들에 대해 최태민에게 하나하나 물었다. 최태민은 의젓한 자세를 유지하며 그런 일이 없었다고, 누가 자기를 음해하는 거라고 차분하게 대답했다. 범접하기 어려운 카리스마 같은 것이 몸에 배어 있었다. 저런 위용에 사람들이 끌려 들어가는지도 몰랐다.

노련한 최면술사로 알려진 최태민의 목소리에 박정희도 최면을 당한 듯 연신 고개를 끄덕이며 동의를 표하곤 했다. 그럴수록 내 속에서 부아가 치밀어오르고 백광현의 얼굴도 상기되었다.

게다가 박근혜까지 "이건 모함이에요. 선생님이 그럴 리 없어요" 하며 최태민을 거들었다.

"이 정도로 하지."

박정희는 최태민에게 어떤 주의나 경고도 주지 않고 자리를 파하며 일어났다. 오히려 최태민을 이런 자리에 불러 미안하다는 태도를 보였다.

박정희가 싸늘한 기운을 풍기며 눈길 한번 주지 않고 나를 스쳐 지나갔다.

박정희는 최태민을 직접 심문하기 전에 차지철에게도 의견을 물어보았을 터이고 차지철은 나를 폄하하며 최태민을 한껏 변호해주었을 것이다.

아니나 다를까 박정희는 최태민에 대한 조치를 전혀 취하지 않고 오히려 비리의 온상인 '구국봉사단' 총재에 박근혜를 앉히고 총재였던 최태민은 명예총재가 되게 했다. 기껏 박근혜와 최태민의 자리만 서로 바뀐 셈이었다.

박정희가 분별력을 완전히 잃었구나.

그렇게 결론을 내리지 않을 수 없었다.

그 무렵 압구정 현대아파트에 이상한 소문이 돌았다. 궁정동 안가가 생기기 전 박정희가 현대아파트 6동에 사는 유명 여배우를 종종 만나러 갔던 모양이다. 경호요원들이 동원된 것은 말할 것도 없고 박정희가 방문하는 시각에는 잠시 아파트 6동 전깃불이 꺼졌다. 그런데 한 주부가 엘리베이터를 타려다 제지당하면서 박정희를 목격하고 말았다. 경호요원들이 그 주부에게 대통령 목격 사실을 절대 발설하지 말라고 경고했다.

하지만 그 주부는 흥분한 나머지 이웃 주민들에게 절대 비밀로 하라면서 대통령 목격 사실을 발설하고 말았다. 현대아파트를 중심으로 대통령 관련 괴소문이 나돌자 경찰에서 수사에 들어갔고 그 주부가 혐의자로 지목되었다. 담당 형사가 그 주부를 상대로 협박하며 돈을 갈취했다.

"아주머니, 유언비어 유포자로 잡혀 들어가면 감옥에서 몇 년 사는지 아시죠? 그렇게 되지 않도록 해줄 테니 잘 알아서 처신하세요."

몇 년에 걸쳐 갈취한 돈이 천만 원이 넘는다는 소문이었다.

그런 소문을 들으며 나는 궁정동에 안가가 마련된 것이 그나마 다행이라는 생각이 들기도 했다. 한편 언제까지 박정희의 음욕을 보살펴야 할지 막막해졌다.

김계원이 계속해서 삽교천 다녀온 이야기를 해주었다.

오전 10시 30분경 김계원, 차지철 등과 함께 헬기에 탑승하여 청와대를 출발한 박정희는 공중에서 공업단지 건설과 농촌 개량 상황을 내려다보며 흐뭇해했다. 김계원에게도 다정하게 속삭였다.

"김 실장 모친께서 편찮으시다고 들었는데 내일은 찾지 않을 테니 어머니 뵙고 오시오."

"괜찮습니다. 비상시국인데 각하 옆을 지켜야지요."

"계엄령과 위수령으로 좀 수습된 거 아닌가."

"네, 그래도."

오전 11시 박정희는 삽교천 행사에 도착하여 8분 정도 경축사를 낭독했다.

동석한 장관들과 경호원들이 수군거렸다.

"오늘따라 각하 목소리에 힘이 하나도 없어. 원래 카랑카랑한 목소리인데."

박정희는 부처 장관과 지역 유지, 동네 어르신 83세 이길순 노인 들과 함께 테이프를 자르고 방조제 갑문 개방 버튼을 눌렀다. 버튼을 누르는 순간, 갑문이 열리고 담수호 물이 농지를 향해 쏟아져내렸다.

당진송신소로 이동하여 준공식 치사를 한 박정희는 송신소 응접실 의자에 털썩 주저앉았다. 문공부 장관 김성진에게 물을 달라고 하여 물컵을 단숨에 들이켜고 나서 축 늘어졌다.

김계원은 이런 박정희의 모습을 본 적이 없어 당황했다. 지칠 대로 지친 박정희 얼굴에 죽음의 그림자가 얼핏 어른거리는 것을 느꼈다.

박정희는 간신히 몸을 추스르고 도고호텔로 가서 부처 장관, 지역 유지 들과 점심을 같이한 후 헬기로 아산 현충사를 둘러보고 오후 2시 30분경 청와대로 돌아왔다.

김계원이 대강 삽교천 일정에 대해 이야기한 후 좀 우울한 목소리로 중얼거렸다.

"오늘 불길한 일들이 좀 있었어요. 삽교천 완공 기념 담수비를 제막할 때 강한 바람이 불어 둘러싸고 있는 천이 엉켜버려 각하가 아무리 줄을 당겨도 벗겨지지 않는 거예요. 결국 경호원들이 올라가 직접 천을 벗겨내야만 했어요. 당진송신소에서 도고호텔로 이동할 때는 헬기 2호기가 고장을 일으켜 긴급 정비를 하느라 30분 정도 지체되었고요. 1호기가 도고호텔에 착륙할 무렵에는 호텔 사육장 사슴들이 헬기 소음과 강풍에 놀라 이리저리 날뛰다가 새끼 밴 암사슴 한 마리가 기둥에 머리를 들이받고 즉사했어요. 사슴 일은 호텔 관계자에게서 들은 이야기라 각하께는 보고하지 않았어요."

기둥에 머리를 들이박고 피를 철철 흘리는 사슴의 모습이 눈앞에 어른거렸다. 사슴의 얼굴이 차지철의 두상과 겹쳐졌다.

"당진송신소 대북방송 송출 청취는 잘 되었나요?"

내가 가장 궁금하던 사안을 물어보았다.

"아주 잘 되었어요. 각하께서 중정이 수고했다고도 하셨어요. 그러면서 왜 중정부장은 안 온 거야 하고 살짝 짜증을 내셨어요."

"차지철 말로는 각하께서 나보고 오지 말라고 했다던데요."

"차지철이 각하를 팔아 그런 짓을 한다니깐요. 나도 여러 번 당했어요."

내가 불쑥 말했다.

"오늘 처치해버릴까요?"

김계원이 흠칫하다가 두 눈을 지그시 감았다. 나는 무언의 동의로 받아들였다. 그래도 김계원은 내가 박정희까지 처치하리라고는 미처 생각지 못했을 것이었다.

저녁 6시경 박정희와 차지철 일행이 궁정동 안가에 도착했고 대기 중이던 김계원과 내가 그들을 맞이하여 나동 만찬장으로 안내했다.

회색 벽지로 단장된 여섯 평 공간 한복판에 흰 종이로 덮은 교자상이 자리 잡고 있고 그 위에 12년산 시바스 리갈 두 병과 술안주들이 놓여 있었다. 선 담배 두 갑도 가지런히 얹혀 있었다. 박정희는 어떤 술이든 주전자에 담아 마시는 버릇이 있어 하얀 사기 주전자도 올려져 있었다. 박정희가 교자상 중앙 등받이 의자에 앉자 약간 빗겨 김계원이 맞은편에 앉고 그 왼편에 내가 앉았다. 차지철은 내 왼쪽 모서리에 앉았다. 박정희 자리 이외에는 자수 방석들이 깔려 있었다.

박정희 뒤쪽에는 장수를 기원하는 십장생 8폭 병풍이 세워져 있었다. 십장생 앞에서 절명하는 박정희의 모습이 잠시 어른거렸다.

안가 요리사 이정오는 저녁 식사로 박정희가 즐겨 찾는 콩나물밥과 함께 떡만둣국, 칼국수를 준비했다. 술안주로는 전복무침, 송이버섯구이, 장어구이, 불갈비를 마련했다. 꿀에 잰 인삼, 도라지나물, 전, 생채, 편육 등도 준비되었다. 박정희가 제일 좋아하는 술안주인 참기름에 볶은 멸치도 당연히 준비되었다.

박정희가 선호하는 능곡 양조장 막걸리도 공수되었으나 위스키만 원했기 때문에 막걸리는 안가 조리사 김용남과 청와대 경호원 김용섭이 나눠 마셨다.

만찬장에서는 박정희와 김계원이 시바스 리갈을 주로 마셨다. 나는 간경변을 앓고 있던 터라 위스키 칵테일만 만들어 올리기만 하면서 박정희가 권하는 술 몇 잔만 마셨다. 차지철은 기독교인이라고 평소처럼 술잔에 입만 대는 시늉을 했다.

박정희가 나에게 물었다.

"신민당 공작은 어떻게 되어가는가?"

신민당과 민주통일당은 김영삼 국회 제명에 항의하여 전원 의원직 사표를 낸 상태였는데, 중정에서는 신민당 당직자들에게 당직에서 사퇴하도록 압력을 넣고 있었다. 총재 직무가 정지된 김영삼에게서 당권을 정운갑 총재 권한대행에게로 확실히 넘기려는 작업이었다.

신민당 의원들의 사표를 선별 수리하겠다는 소문을 퍼뜨리며 각개 격파 작전으로 들어갔다. 신민당 당직자 중에서 이미 대세가 기울었다고 판단하고 당직 사표를 내겠다고 의사표시를 한 자들도 있었다.

그런데 공화당이 사표를 일괄 반환하겠다고 선언해버려 중정에 협조적이던 신민당 당직자들까지 강경 노선으로 돌아서면서 중정 작전은 실패하고 말았다.

"중정과 공화당 손발이 안 맞아 틀어지고 말았습니다."

그러자 차지철이 언성을 높였다.

"신민당 놈치고 국회의원 하기 싫은 놈은 없어요. 생쇼를 하는 거지. 신민당이고 학생이고 까불면 탱크로 싹 깔아뭉개야 합니다."

박정희는 차지철의 과격한 말을 제지하기보다 선문답 같
은 말을 중얼거렸다.

"오늘 삽교천은 공해도 없고 공기도 깨끗하던데 신민당은
왜 그 모양인가?"

누가 누구에게 할 소리인가.

내가 말을 보태었다.

"신민당은 주류 중심으로 다시금 강경론으로 돌아섰습니
다. 정운갑은 비주류가 밀고 있는데 국민들이 신민당 비주류
를 사쿠라로 보고 있어서 힘이 없습니다. 주류의 협조 없이
는 정운갑 대행 체제가 출범하기 힘들 겁니다."

차지철은 또다시 과격한 말을 뱉었다.

"그깟 새끼들 싹 밀어버리겠어. 요즘 중정을 보면 맥아리
가 없어. 부마사태 처리도 그렇고."

"맥아리가 없다니. 말조심해."

차지철과 나 사이에 언쟁이 일어나려 하자 김계원이 분위
기를 바꾸어보려고 나에게 위스키 칵테일 만드는 법을 물어
보기도 하고 오늘 삽교천 준공식 분위기가 참 좋았다는 말을
하기도 했다.

하지만 좀체 분위기는 바뀌지 않았다.

박정희가 분위기를 제압하듯 명령조로 말했다.

"김영삼 구속해버려!"

잠시 좌중이 침묵에 잠겼다. 차지철은 동의의 표시로 고개를 크게 끄덕였다.

내가 자세를 바로잡으며 입을 열었다.

"김영삼 제명만으로도 부산·마산 지역이 난리가 났는데 구속까지 하면 사태가 어떻게 악화될지 모릅니다. 각하, 정치를 좀 대국적으로 하십시오."

나도 내 말에 놀랐다. 그동안 박정희에게 간언을 해온 편이지만 이렇게 비난에 가까운 직언을 하기는 처음이었다. 박정희의 얼굴에 잠시 경련이 이는 듯했다.

"다 쓸어버리면 돼!"

차지철이 거칠게 말을 뱉으며 대기실로 가서 신재순과 심수봉을 데리고 들어왔다.

신재순은 박정희 오른쪽에 앉고 심수봉은 왼쪽에 앉았다. 심수봉은 가지고 온 기타를 바로 옆 문갑에 기대어 세워놓았다.

나는 신재순은 처음 보았고 심수봉은 두 번째 보는 셈이었다. 둘은 딱딱한 분위기를 의식했는지 긴장된 모습이었다.

박정희가 신재순에게 예쁘다고 하면서 관심을 보이더니 차지철에게 말을 건넸다.

"7시 뉴스 안 하나. 오늘 삽교천 준공식 뉴스 할 텐데."

"지금 텔레비를 켜겠습니다."

차지철이 이미 리모컨을 들고 있다가 버튼을 눌렀다.

뉴스 화면에 삽교천 준공식 장면이 나오자 박정희와 차지철은 뿌듯한 표정을 지었으나 내 표정은 더욱 굳어지기만 했다. 곧이어 미국 대사가 김영삼을 찾아와 면담하는 장면이 나오자 박정희가 짜증 섞인 소리로 말했다.

"총재도 아닌 자를 왜 찾아와."

나는 슬그머니 만찬장을 빠져나와 정승화가 와 있는지 확인하기 위해 정원을 가로질러 본관 1층 식당 문을 열었다. 정승화는 김정섭과 함께 식사를 하고 있었다.

내가 정승화에게 각하와 술자리를 함께 하고 있어 조금 있다 올 테니 식사 후에 김정섭과 이야기를 나누고 있으라고 양해를 구했다.

그리고 2층 집무실로 올라가 서가에 넣어둔 권총을 꺼내 바지 호주머니에 넣었다. 안쪽 라이터 주머니를 개조한 주머니가 권총집 역할을 해주었다.

내가 본관 건물 현관으로 향하자 박흥주가 따라나오고 박선호가 나를 찾은 듯 다가왔다.

나는 둘을 데리고 정원 쪽으로 걸어갔다. 어두운 그늘 속으로 둘을 오도록 하여 권총이 들어 있는 바지 호주머니를 손으로 치며 낮은 목소리로 곁기 있게 말했다.

"오늘 처치하려고 하네."

"네?"

둘은 동시에 놀라며 반문했다.

"차 실장을."

둘은 나와 차지철 사이의 갈등을 알고 있었으므로 입을 굳게 다문 채 잠시 고개를 숙이고 있었다.

"차 실장을 밖으로 불러내야 하나요?"

박흥주가 조심스레 물었다.

"안에서 처치할 거네. 방에서 총소리가 나면 자네들은 부하들과 함께 청와대 경호원들을 제압하게. 여차하면."

내가 말을 잇지 못하자 박흥주가 얼른 입을 열었다.

"알겠습니다. 여차하면 처치하겠습니다."

"일이 잘못되면 나나 자네들이나 죽은 목숨이네."

"각하도 대상입니까?"

박선호가 다급하게 물었다. 둘은 잔뜩 긴장하며 내 대답을 기다렸다.

"그렇네. 지금 본관에 육군참모총장과 김정섭 2차장보도 와 있네."

내가 육군참모총장이 와 있다는 사실을 강조한 것은 박선호와 박흥주에게 쿠데타를 암시하여 따르도록 하기 위함이었다.

박선호가 각하도 대상이라는 말에 머뭇거리는 태도를 보였다.

"꼭 오늘 거사하셔야 되겠습니까? 지금 경호원들이 일곱 명이나 와 있습니다. 날이 좋지 않습니다. 더 좋은 날을 골라…"

내가 박선호의 말을 끊으며 단호하게 말했다.

"오늘 해치우지 않으면 보안이 샐 거야. 똑똑한 놈들 서너 명은 동원할 수 있겠지?"

보안이 샌다고 한 것은 지금 내 지시와 명령을 따르지 않으면 즉결처분을 받게 된다는 뜻을 담고 있었다. 사실 나는 박선호와 박흥주를 막다른 골목으로 몰고 있는 셈이었다.

"정 그러시다면 30분만 더 주십시오. 부하들 준비하는 시간이 있어야 하니. 준비되면 연락드리겠습니다."

"30분? 알았어. 총소리 들리면 작전 개시야."

내가 만찬장으로 돌아오자 심수봉이 인기곡 「그때 그 사람」을 기타를 쳐가며 불렀다. 비음으로 간드러지면서도 호소력 있는 그 노래를 나도 자주 들었지만 그 시간에는 아무런 감흥을 주지 못했다.

30분이라?

나는 온몸이 타는 듯했다. 양복을 벗고 넥타이를 느슨하게 하고 와이셔츠 차림으로 몸을 약간 젖혔다. 심수봉 노래가 끝나자 박수 소리가 났고 박정희가 또 한 곡을 청했다.

"이번에는 흘러간 옛 노래 하나 하지."

심수봉은 즉각 「눈물 젖은 두만강」을 애절하게 불렀다. 착각인지 박정희가 손등으로 눈물을 훔치는 것 같았다. 자신의 죽음을 예감하는 것인가. 나는 잠깐 약해지려는 마음을 다잡았다.

노래 부른 사람이 다른 사람을 지목하기로 했는지 심수봉이 노래를 마치고 차지철을 지목했다.

차지철은 심수봉의 기타 반주에 맞추어 「도라지」를 불렀다. 박수 소리와 함께 앙코르 요청이 들어오자 이번에는 「나그네 설움」을 불렀다.

오늘도 걷는다마는

정처 없는 이 발길
지나온 자국마다
눈물 고였다

이때 요리를 나르는 남효주가 만찬장으로 들어와 내 귀에
속삭였다.

"박선호 과장이 부장님을 보시자고 합니다."

30분이 됐구나.

나는 차지철의 「나그네 설움」을 들으며 만찬장을 빠져나
가 댓돌 아래 서 있는 박선호를 만났다. 박선호가 짧게 말
했다.

"준비 다 됐습니다."

나는 고개를 끄덕이고는 만찬장으로 급히 들어오면서 손
목에 찬 시계를 들여다보았다. 7시 31분을 가리키고 있었다.

차지철에게서 지목을 받았는지 신재순이 자신 없는 목소
리로 라나에로스포의 「사랑해」를 부르고 있었다.

사랑해 당신을
정말로 사랑해

심수봉이 기타 반주를 했으나 반주와 노래가 잘 맞지 않았다. 박정희는 불쾌해진 얼굴로 두 눈을 감고 노래를 음미하며 후렴을 가만히 따라 부르고 있었다.

그 순간 내가 권총을 빼들고 김계원에게 소리쳤다.

"각하를 좀 똑바로 모시시오!"

"이 버러지 같은 놈!"

차지철을 향해 욕설을 뱉으며 총을 쏘았다.

탕!

"무슨 짓인가?"

박정희의 다급한 목소리가 들린 것도 같았다.

내가 일어나서 박정희를 향해서도 총을 쏘았다.

탕!

박정희는 가슴에 총을 맞고 심수봉 쪽으로 쓰러졌다. 여자들의 외마디 소리가 들렸다.

바깥에서도 총격전이 시작되어 총소리가 어지럽게 들렸다. 여기저기서 고함과 비명이 터져나왔다.

차지철은 총 맞은 오른 손목을 움켜쥐고 화장실로 급히 피했다. 화장실로 피하는 차지철을 향해 총을 쏘았으나 격발이 되지 않았다. 차지철이 피한 것으로 보아 권총을 차고 있지 않음이 분명했다. 경호실장이 대통령을 수행하면서 권총을 차고 있지 않다니. 한번은 박정희가 술자리에서 차지철이 차고 있는 권총을 보고는 술맛 떨어진다고 말한 적이 있었다.

권총 노리쇠를 당겼다가 밀어 보았으나 여전히 격발되지 않았다. 조금 전에 김계원이 권총 쥔 내 손목을 친 것도 같았다. 서독제 7연발 발터PPK는 풀잎만 닿아도 격발이 되지 않을 만큼 예민하다는 소문은 들었다.

그 순간 전깃불이 꺼졌다.

권총 격발이 되지 않고 갑자기 정전된 상황이 나를 압도했다. 어디서 총알이 날아와 나를 관통할지 몰랐다. 이번에도 하늘이 박정희를 살리려고 하는 것인가. 그동안 몇 번 박정희를 암살하려고 했으나 그때마다 실행하지 못하고 박정희는 살아났다. 5·16 혁명 때 한강 다리를 건너는 박정희를 총알이 피해갔다는 전설적인 이야기가 불현듯 생각났다.

나는 권총을 새로 구하기 위해 밖으로 뛰어나갔다. 박흥주가 보여 권총을 달라고 했으나 박흥주가 급히 답했다.

"총알을 다 썼습니다."

마침 회중전등을 들고 오는 박선호의 권총을 빼앗다시피

받아들고 다시 만찬장으로 들어섰다.

차지철은 "경호원, 경호원!" 외치며 방문 쪽으로 나오려다가 나와 마주치자 엉겁결에 문갑을 한 팔로 들고 방어하려 했다. 나는 그의 복부를 향해 총을 발사했다. 차지철은 문갑과 함께 방바닥으로 나자빠졌다.

여자들은 혼비백산하여 소리를 지르면서도 총에 맞고 쓰러진 박정희를 돌보고 있었다. 심수봉은 박정희를 거의 안다시피 부축하고 있고 신재순은 출혈을 막으려고 손으로 박정희의 등을 막고 있었다. 하지만 박정희 등을 타고 시뻘건 피가 줄줄 흘러내려 방바닥을 적시고 있었다. 박정희 목에서는 그르릉그르릉 소리가 올라왔다.

"괜찮으십니까?"

살아 있는지 확인하려는 듯 여자들이 박정희에게 물었다.

"난 괜찮어."

아주 차분한 목소리였다. 죽음과 생을 초월한 듯한 음성이었다. 나는 그 목소리를 듣고 내가 박정희를 끝내 이기지 못했음을 인정하지 않을 수 없었다.

나는 열패감에 싸여 권총을 박정희의 머리에 대었다. 내가 박정희를 쏘는 것이 아니라 나를 쏘는 거라는 느낌이 와락 들었다.

나는 박정희 뒤통수, 아니 내 뒤통수에 총을 쏘았다. 피가 솟구치고 여자들이 비명을 지르며 달아났다.

35년 가까운 박정희와의 인연이 단 몇 초 만에 끝났다. 18년 간의 일인 독재 시대가 단 두 발의 총알로 끝났다.

어쩌면 이리도 간단한 것을.

뜨걱 뜨걱 뜨걱.

이번에는 정말 사람 발자국 소리다. 한 사람이 아니라 두세 명은 되는 듯하다.

나는 어머니가 선물해준 보리수나무를 깎아 만든 염주와 산복숭아씨로 만든 짧은 염주, 즉 단주를 두 손에 꼭 쥐고 발자국 소리에 맞춰 염주를 하나씩 돌렸다. 그리고 재빨리 내가 머물렀던 회색 벽 감방 공간을 둘러보았다. 낮은 나무침대 머리맡에 놓인 불경들과 노트 하나가 맨 먼저 눈에 들어왔다. 노트 표지에는 영어로 'NOTE BOOK' 글자가 진하게 인쇄되어 있었다. 그 표지를 넘기면 '옥중수양록'이라 적혀 있을 것이었다.

「옥중수양록」에는 불경을 묵상하면서 느낀 점과 기원문, 일기 들을 기록했다. 기원문은 대부분 부하들을 살리고자 하는 염원으로 채워져 있었다.

"문제는 밑에 친구들인데 무슨 방법으로든지 살리고 싶다. 법도 정상참작이 있을 법한데. 관세음보살님, 저 젊은 사람들 살려주소서."

"홍주 대령 살릴 길 없겠는가. 한량없이 마음이 아프다. 박선호군 선량한 얼굴, 경비원들 저 무심한 표정들 살리고 싶다."

"부처님께 서원한다. 박선호, 박흥주 외 경비원 일동, 김계원 극형만은 면제되게 해 주십시오."

"저 젊은 생명 여하히 하겠는가. 나에게 끝까지 충성하고 있지 않은가."

「옥중수양록」은 감방에 두고 가는 나의 분신인 양 여겨졌다.

2

뜨걱 뜨걱 뜨걱.

발자국 소리가 내 감방 앞에서 멈췄다. 나의 숨도 잠시 멈췄다. 찰나가 영겁처럼 느껴졌다.

철컥, 철컹,

감방문이 열리고 군복 입은 건장한 교도관 셋이 들어와 내 손에 수갑을 채우고 포승줄로 내 몸을 묶었다. 나는 염주와 단주를 떨어뜨리지 않으려고 손에 힘을 주었다.

안면 있는 교도관 한 명이 내 눈을 피하면서 혼잣말처럼 나에게 속삭였다.

"서울구치소로 이동합니다."

나는 이미 알고 있다는 뜻으로 고개를 한 번 끄덕였다.

교도관들에게 이끌려 감방을 나와 복도를 걸어나갔다. 복도가 한없이 길었으면 싶었다.

내 하얀 상의 왼편 가슴께에는 '101' 수형번호가 붙어 있었고 진한 청회색 바지에 하얀 양말, 검은 고무신을 신고 있었다.

내 왼팔을 끼고 있는 교도관에게 물었다.

"지금 몇 시쯤 됐습니까?"

"새벽 3시입니다."

나는 육본에서 체포되던 순간을 떠올렸다. 그 시각이 새벽 1시경이었고 세종로 보안사 분실에서 구타당하며 조사받던 시각이 새벽 3시경이었다.

그날 오후 10시 30분경 김계원과 최규하 국무총리, 내무부장관, 법무부장관 등이 앞서거니 뒤서거니 육본 벙커로 들어왔다. 모두들 놀라고 당황한 표정이 역력했다. 국무총리와 장관들이 나에게 어떻게 된 일인지 좀 구체적으로 말해달라고 했다.

"대통령이 유고라는 말만 할 수 있겠습니다. 무엇보다 지금은 보안이 중요합니다. 이틀 사흘간 보안을 철저히 유지해서 적들이 넘보지 못하게 하고 시국이 시국인 만큼 국내 유혈사태를 막아야 합니다. 속히 각의를 열어 계엄을 선포해야 합니다."

뒤늦게 도착한 문공부장관이 나에게 문의했다.

"비상계엄령의 사유는 어떻게 할까요?"

"지금은 대통령 서거라고 하기보다 유고라고 하면 될 겁니다."

"유고나 서거나 같은 말 아닙니까?"

"그래도 유고라고 하면 뉘앙스가 다르지요."

육본 벙커가 좁아 국방부장관실로 옮겨 국무회의를 하기로 했다. 국무총리와 장관들이 국방부장관실로 이동하는 동안 내가 김계원을 총장실 화장실로 이끌었다.

단둘만 있는 것을 확인한 김계원이 낮은 소리로 급히 말했다.

"어찌 그런 일을 김 부장이?"

"이미 벌어진 일입니다. 사태 수습이 급선무입니다. 역사의 흐름이 일순간에 바뀌었습니다. 역사의 흐름을 거슬러서는 안 될 겁니다."

내가 무슨 말을 하는지 알지 않느냐는 눈빛을 보내자 김계원이 시선을 돌리며 힘없이 말했다.

"알겠소."

김계원은 사건 현장에서 모든 걸 목격한 자로서 져야 할 책임에 대해 불안해하고 있음이 분명했다.

"일이 수습되고 나면 계엄사령부 간판을 혁명위원회 간판으로 바꾸어 달도록 하십시오."

"혁명? 방금 혁명이라 했소?"

김계원의 눈빛이 잠시 살아났다. 박정희가 일으킨 혁명을 떠올린 것일까.

"그런데 바꾸어 달겠다고 하지 않고 왜 바꾸어 달라고 하는 거요?"

"나는 잡혀 죽을 수도 있지만 김 실장은 살아 있을 거 아니요."

김계원이 가만히 한숨을 내쉬었다.

"김 실장은 내 생명의 은인이오."

"또 그 소리."

4·19 혁명 직후 내가 육군대학 부총장으로 있을 때 김계원이 육군대학 총장으로 임명되어 왔다.

나보다 세 살 많은 김계원은 조선경비사관학교 전신인 군사영어학교 1기생이었다. 김계원 역시 일본군 출신으로 귀환장병 모임인 조선국군준비대에 속해 있다가 군사영어학교를 졸업하고 희한하게도 초대 군악대장이 되었다. 배재고등학교와 연희전문학교 시절 밴드부에서 트럼펫을 분 경력이 있었다. 얼마 있다 김계원은 전투 병과로 바뀌어 육군 포병 소위로 근무하게 되었다.

고향도 경북 영주군이라 동향인과 같은 친밀감을 느꼈다. 둘 다 서울에 가족을 두고 진해로 내려와 같은 관사를 사용하고 있는 처지라 거의 매일 조석으로 만나 담소를 나누고 식사와 술도 함께했다.

한번은 김계원이 조심스럽게 나에게 부탁했다.

"육군대학 비품들이 많이 부족하네. 부총장이 군수기지사령관 박정희 장군과 친하다고 하니 부산 한번 다녀오게. 여기 사정 잘 이야기하여 필요한 비품들이 빨리 보급되도록 해주게."

김계원의 부탁으로 부산까지 가서 박정희를 만나고 실제로 그의 도움을 받기도 했다.

그 무렵 대령으로 있던 나는 준장 진급 심사를 앞두고 긴장하지 않을 수 없었다. 심사를 통과하더라도 곧바로 준장이 되는 것도 아니었다. 일단 임시준장으로 있다가 자격이 충분하다 싶으면 정식 준장으로 진급되었다.

나는 초조한 나머지 술을 많이 마시고 여자를 옆에 태우고 군용차를 몰고 나갔다. 차가 언덕 아래로 뒤집혀 여자는 사망하고 나도 크게 다쳐 고생했다.

준장 심사를 앞두고 큰 사고를 저질렀으니 준장은커녕 대령으로 예편될 처지에 놓였다. 하지만 김계원과 이종찬 장군들의 도움으로 준장 심사에 임할 수 있었고 임시준장이 되었다.

또 한번은 마산에서 육해공군 합동훈련 기간에 함대사령관의 초대를 받아 김계원과 함께 저녁 회식에 참석했다가 진해로 돌아오는 길에 내 지프가 절벽으로 굴렀다.

절벽으로 구르는 그 몇 초 동안 희한하게도 나의 전 생애가 휘이익 쏜살같이 내 눈앞을 지나가는 체험을 했다. 그때 사고사를 당하는 사람이나 교수형·총살형을 당하는 사람도 그 몇 초 동안에 전생애가 뇌리에 지나갈 거라는 생각이 들었다.

내가 피투성이가 되어 쓰러져 있을 때 뒤따라오던 김계원이 나를 발견하고 병원으로 급히 옮겨 위험한 고비를 넘기게 했다. 여러모로 김계원은 나에게 생명의 은인이었다.

김계원은 흥분하기 잘하는 내 성격과는 달리 늘 차분한 편이어서 그의 옆에 있으면 왠지 안정감을 느꼈다.

김계원도 중정부장 시절 골칫거리가 많았다. 능구렁이라 불리는 야당 당수 유진산을 다루어야 하고 40대 기수론을 들고나온 김영삼, 김대중을 저지해야 하는 등 여러 사건이 연이어 일어났다.

무엇보다 곤욕을 치른 것은 정인숙 스캔들 사건이었다. 1970년 3월 27일 밤 11시 합정동 부근 승용차 안에서 25세 정인숙이 오빠 정종욱이 쏜 45구경 권총에 피살되었다. 그녀의 소지품 수첩에서 27명의 거물 정·재계 이름이 나왔다. 2년 전에 낳은 아들이 박정희의 아들이라는 둥, 총리 정일권의 아들이라는 둥 요상한 소문이 나돌았다.

정인숙은 본명이 김금지로 대구 부시장을 지낸 공직자의 딸이었다. 대구 신명여고를 졸업하고 문리사대(명지대)를 다니다 중퇴했다.

방송작가 장사공과 결혼했다가 헤어지고 나서 선운각 같은 요정의 접대부로 생활비를 벌었다. 그런 중에 정재계 거물들과 관계를 맺고 아이까지 낳은 미혼모였다. 누군가의 지원을 받으며 미국과 일본을 오가며 호화롭게 생활했다.

국회에서도 정인숙 스캔들에 대한 논란이 벌어졌다. 야당 의원들은 정인숙 살해 혐의를 받고 있는 정종욱이 과연 진짜 범인인지 의문을 제기하며 배후 세력을 추궁했다.

김계원은 박정희의 지시를 받아 정인숙 관련 기사가 신문에 나오지 않도록 압력을 가했다. 신문기사는 줄었지만 시중에는 소문이 꼬리에 꼬리를 물었다. 나훈아의 「사랑은 눈물의 씨앗」 노래 가사를 개사하여 정인숙과 연루된 권력자들을 비꼬며 풍자했다. 김계원은 정인숙 사건을 제대로 다루지 못하고 있다고 박정희에게 핀잔을 들었다.

게다가 김지하 시인이 『사상계』에 시국을 힐난하고 풍자하는 「오적」을 발표할 때 정인숙 이름도 그 시에 삽입하여 더욱 분란을 일으켰다. 이 일로 『사상계』가 폐간되고 김지하는 연행되어 서울구치소에 수감되었다.

나도 보안사 정보원들을 통해 정인숙 스캔들을 추적해보고 세 살 된 아들이 과연 누구를 닮았는지 알아보기도 했다. 아이 얼굴로는 아직 구분하기 힘들었는데 아이 귀가 쪽박귀여서 박정희의 귀와 비교해보고 정일권의 귀와도 비교해보았다. 하지만 희한하게도 대통령과 총리 둘 다 쪽박귀였다.

3월 31일에는 승객과 승무원 129명을 태우고 도쿄에서 후쿠오카로 가던 JAL 항공기가 일본 적군파 요원 9명에게 공중 납치되는 사건이 발생했다. 이 여객기는 북한으로 가는 도중 기장의 기지로 김포공항에 불시착하는 바람에 한국 정부도 골머리를 앓게 되었다. 나도 김계원과 의논하고 박정희의 지시를 받아가며 묘안을 짜냈다.

김포공항이 북한 공항인 것처럼 적군파를 속이기 위해 국
군 사병들이 북한군 복장을 하기도 했으나 결국 탄로가 나고
말았다.

일본 운수정무차관 야마무라 신지로가 김포공항으로 날
아와 승객 대신에 인질이 되기로 하여 승객들과 승무원 서너
명은 풀려났다. 몇 명 승무원들과 기장이 적군파를 싣고 야
마무라와 함께 북한으로 갔고, 북한은 적군파는 받아들이고
나머지는 일본으로 돌려보냈다.

4월 8일에는 마포구 창전동 와우아파트가 무너져 34명이
사망하고 40여 명이 부상당하는 참사가 벌어졌다.

11월 13일에는 전태일이 분신자살하여 노동계를 중심으
로 시위가 극렬해졌다. 김계원은 임기 말까지 이런 사건들을
대처하느라 정신이 없다가 '남산의 샌님'이라는 별칭을 남
긴 채 물러나게 되었다.

국방부장관실로 옮긴 각료들을 중심으로 오후 11시 국무
회의가 열렸다. 최규하 총리는 국무회의를 주재하고 다음 날
오전 4시를 기해 비상계엄령을 선포하기로 했다. 계엄사령

관에는 정승화 육군참모총장이 임명되었다.

국무회의를 마치고 잠시 쉬는 사이 정무 제1수석 비서관 유혁인이 나에게 보고했다.

"중앙청 근처에서 기자들의 취재 움직임이 파악되었답니다."

내가 김정섭을 불러 국외 담당 전재덕 차장에게 연락하라고 지시했다. 김정섭은 전재덕에게 전화하여 보안 유지와 관련하여 외신기자의 동향을 점검해보라고 했다. 외신기자들이 먼저 알아채고 박정희 사망을 기사로 내보내면 큰일날 일이었다.

그러는 동안 김계원이 내 시야에서 사라졌다. 정승화도 보이지 않았다. 다른 장관들은 조심스럽게 대화를 나누고 있는데 두 사람만 보이지 않았다. 불길한 예감이 와락 전신을 휘감았다.

자정을 30분가량 넘긴 시각, 국방부장관 부속실 요원이 나에게 다가와 부속실에서 김계원 비서실장이 나를 찾는다고 했다. 나는 화장실에서 나누었던 김계원과의 대화를 떠올리며 국방부장관실 입구 부속실로 다가갔다.

김계원은 보이지 않고 전에 본 적이 있는 김진기 헌병감과 보안사 오일랑 중령이 대기하고 있었다. 두 사람이 나에게 짧게 경례를 붙이고는 나를 양옆에서 잡아채며 바지 호주머니에 있는 38구경 5연발 리볼버 권총을 얼른 압수했다.

"잠시 함께 가셔야겠습니다."

보안사 중령과 헌병감이 같이 왔다면 사태가 어떻게 돌아가는지 짐작할 수 있었다. 김계원이 정승화에게 내가 범인임을 일러바치고 정승화는 보안사령관 전두환에게 연락하고 전두환은 헌병감 김진기에게 체포 명령을 내렸을 터였다.

머리가 하얗게 비워지며 두 다리 근육이 녹은 듯 휘청거렸다.

이놈들이 모두 나를 속였구나.

그 순간에는 정승화와 김계원은 말할 것도 없고 장관들과 심지어 박흥주까지도 나를 속인 것처럼 여겨졌다.

생명의 은인이었던 김계원이 이번에는 내 생명을 앗아가는 자가 되었다.

철컹.

바깥 큰 철문이 열렸다. 왼편으로 돌아가니 불빛이 약간 비치는 컴컴한 마당에 호송차가 기다리고 있었다. 그런데 호송차 모양이 일반 호송차량과 달랐다. 창 하나 없이 사방이 하얀 철판으로 막혀 있는 중형 냉동차 모양이었다. 그것도 한 대가 아니라 석 대나 되었다.

내가 안면 있는 교도관을 향해 의아한 표정을 지어 보였다. 교도관이 낮은 목소리로 대답했다.

"만일을 대비하기 위해서입니다."

만일을 대비하기 위해서라면 내가 탈출 기도라도 한단 말인가. 아니면 광주에서 심상치 않은 일이 일어났음에 틀림없는 이 어수선한 시국에 나를 민주투사라고 여기는 자들이 나를 구출하기 위해 호송차를 덮치기라도 한다는 말인가.

아닌 게 아니라 중령인 육군교도소장이 헌병 1개 중대 병력을 지휘하고 있었다. 호송차를 양옆이나 뒤에서 계호할 모양이었다.

육군교도소장도 긴장된 얼굴로 나에게 다가와 목례를 보냈다. 헌병들이 완전무장을 한 채 두 대의 군용차량에 오르고 나와 교도관들은 맨 앞쪽 호송차에 올랐다. 나머지 호송차 두 대는 위장용으로 운전병과 교도관 간부 한 사람만 나란히 타고 있었다.

나 한 사람 호송하는 데 이렇게 많은 병력과 호송차가 동원되다니. 나를 호송하고 있다는 사실을 세상에 드러내어 오히려 보안에 불리할 수도 있는데.

호송차는 냉동차처럼 생겼으나 안쪽에는 일반 호송차량처럼 의자들이 놓여 있었다.

내 양옆으로 교도관들이 앉고 계엄사 군인들과 헌병 몇 사람이 뒤쪽 의자에 앉았다. 앞쪽에 철망이 쳐진 조그만 창이 있어 운전석 너머로 바깥 풍경이 보일락말락 했다.

드디어 헌병의 선도차를 앞세운 장엄한 호송차량 행렬이 움직이기 시작했다. 호송차량 행렬은 하얀 국화가 덮인 장례 행렬처럼 보일 수도 있었다.

아련히 한 장면이 눈앞에 떠올랐다. 박정희가 청와대 정문에서 하얀 국화로 덮인 육영수의 영구차에 두 손을 댄 채 고개를 푹 숙이고 있었다.

1974년 초부터 민청학련, 인혁당 사건 등으로 시국이 혼란스럽기 그지없었다. 나는 중정차장으로 시국 문제에 깊이 개입되어 있었지만 나로서는 어쩔 수 없는 무력감을 느끼지 않을 수 없었다. 시국의 흐름은 박정희와 측근 몇 명이 좌지우지하고 있었고 나는 그 흐름에 떠밀려 갈 수밖에 없었다.

시국이 걷잡을 수 없이 어지럽다가 8월 15일 광복절 기념식에서 육영수 여사가 저격당하는 충격적인 사건이 발생했다.

범인으로 체포된 암살범은 문세광이었다.

문세광은 22세 청년으로 일 년 전 일본에서 벌어진 김대중 납치 사건을 접하고 박정희 정권에 대한 분노가 더욱 일었다. 그는 재일한국청년연맹, 즉 한청 중앙본부 부의장인 김군부에게 편지를 보내 오사카 한국 총영사관에 쳐들어가 인질극을 벌이고 폭탄 테러를 벌이자고 했다. 하지만 한청본부로 보낸 편지가 같은 건물을 쓰는 재일본대한민국민단, 즉 민단에 배달되었다. 민단은 주일한국대사관에 이 편지를 전달했고 중앙정보부는 대사관으로부터 편지를 입수하고 문세광을 요주의 인물로 지목했다.

나도 육영수 피격 사건 이전에 이미 문세광 이름을 들어서 알고 있었다. 하지만 문세광이 일본에서 무슨 일을 저지르지 않나 주의하고 있었지 한국에 들어와 이런 사건을 벌일 거라고는 미처 예상하지 못했다. 문세광이 자기 이름으로 된 여권을 가지고 입국했다면 정보망에 걸렸겠지만 그는 내연녀의 남편 이름으로 된 여권을 지니고 있었다.

문세광은 치밀하게 유창한 일본어를 구사하며 일본 대사와 친분이 있는 인물처럼 행세했다. 외국 인사인 경우 까다롭게 점검하지 말라는 경비 지침에 따라 문세광은 출입 비표가 없는데도 기념식장에 들어갈 수 있었다.

박정희를 노렸으나 저격은 육영수가 당했다. 그런데 사건 현장을 수사 초기 단계에는 잘 보존해야 하는데 어쩐 일인지 경호실에서 사건 직후 탄피와 총알들을 수거해 가버렸다. 총알이 어느 각도에서 날아와 박혔는지 정확하게 가늠하기가 쉽지 않았다. 과연 문세광이 쏜 총알에 육영수가 맞았는지도 확실하지 않았다. 기념식 합창단원으로 참석했던 성동여자실업고등학교 2학년 장봉화도 피살되었는데 장봉화를 쏜 자가 누구인지도 헷갈렸다.

사건 현장에서 박정희도 증거물을 훼손하는 일을 했다. 육영수가 업혀 나가고 나서도 박정희는 잠시 끊긴 연설을 이어갔다. 목소리가 더욱 깐깐하고 힘이 있었다. 사람들은 박정희의 태연함과 용기와 배짱에 놀랐다. 수많은 전투를 치른 장군의 늠름한 모습이라고 경탄했다.

그런데 박정희는 연설을 마치고 나서 연단 옆에 떨어진 육영수의 고무신 한 짝을 직접 집어들고 퇴장한 것이었다.

문세광은 체포 즉시 중정 조사실로 압송되었다. 수사로 들어가기 전에 집단구타가 있었다. 내가 문세광을 만나보니 의외로 암살범답지 않게 수더분한 얼굴이어서 놀랐다.

소속도 조총련이 아니라 민단 산하의 한청이었다. 민단은 박정희를 지지하는데 민단 내 청년조직인 한청은 반박정희 추세로 기울어져 있었다. 게다가 김대중 납치 사건까지 터졌으니 박정희에 대한 반감이 더욱 거세졌다.

육영수 피격은 김대중 납치가 불러온 사건이라 해도 과언이 아니었다. 멀리 돌아 따져보면 김대중 납치 사건을 일으킨 이후락 혹은 박정희가 육영수를 죽인 셈이었다. 역사의 나비효과는 어떻게 전개될지 누구도 예측하기 힘든 법이었다.

나와 수사팀은 문세광을 북한과 직접 연계시키려고 했으나 입북 경력이 없어 조총련하고만 연계시키기로 했다. 조총련 청년 조직 대표 김호룡을 슬쩍 끌어들여 그가 문세광을 공산주의, 김일성 주체사상으로 세뇌시켜 암살범으로 만들었다는 식으로 자백을 받아내어 조서를 꾸몄다.

문세광은 겁박하는 대로 비교적 순순히 조서 작성에 협조해주었다.

어떤 식으로 조서를 쓰든지 문세광은 어차피 사형이라는 생각이 들어 좀 억지스런 자백 유도도 그리 마음에 걸리지 않았다.

민청학련이나 인혁당 수사 때는 억지 조작이 마음에 걸리기도 했지만 문세광은 경우가 자못 달랐다.

문세광은 예상대로 사형선고를 받고 사흘 후 1974년 12월 20일 사형집행을 당했다.

사형집행 전에 유언을 남겼다.

"나의 처에게 말씀 전해주십시오. 아직 젊은 나이이므로 재혼하여 제2의 인생을 걸어가도록 말씀해주십시오. 장남은 두 살이므로 형님 부부가 맡도록 전해주십시오. 어머니께는 자식의 불효와 기대에 어긋난 점에 대해 죄송하다고 전해주십시오. 형제들에게는 참으로 미안하다고 말씀해주십시오. 나는 사실 바보였습니다. 처에게는 나쁜 짓을 했습니다. 그리고 박 대통령과 국민에게 미안합니다. 나는 속았습니다. 미운 것은 하나도 없습니다. 내가 만약에 한국에서 커왔다면 그들에게 속을 일도 없었을 것입니다. 나는 참으로 바보였습니다. 사형을 당하여도 할 수 없습니다. 마지막으로 아들과 처 사진을 보여주십시오. 처에게는 될 수 있으면 육 여사 묘소를 참배하도록 말씀해주십시오."

문세광은 23세 생일을 며칠 앞두고 세상을 떠났다.

문세광이 사형집행을 당할 무렵은 내가 중정차장을 그만두고 건설부장관으로 업무 파악과 현장 점검 들을 하고 있었다.

저격 사건 나흘 후 200만 명이 연도에 모여든 육영수의 국민장 장례 행렬은 그야말로 눈물바다였다. 온통 하얀 국화꽃에 덮인 영구차가 지나가고 4미터도 넘는 거대한 영정이 그 뒤를 천천히 따를 때 여기저기서 통곡소리가 터졌다.

호송차는 육군교도소 정문을 빠져나와 산길로 접어들었다. 산길은 칠흑 같아 깜깜하기 이를 데 없었다. 차량의 헤드라이트 불빛만이 어지럽게 흔들렸다. 자칫하면 전복 사고가 나기 쉬운 길이었다.

내가 육군본부에서 체포되어 세종로 보안사 분실로, 세종로 분실에서 서빙고 분실로 끌려다닐 때 호송차량에 문제가 생기고 전복 사고가 발생하기도 했다.

김진기와 오일랑이 나를 체포한 후 레코드 승용차에 밀어넣다시피 태웠다.

"세종로로 가!"

오일랑이 운전병에게 지시했다. 세종로 보안사 분실로 향하는 모양이었다. 그곳은 보안사령관이 유명인사를 독대할 때 사용하는 일종의 안가였다.

레코드 승용차가 뒤따르는 두 대의 경호차와 함께 남영동을 지날 때 통금이 지난 시각이라 경찰의 검문이 있었다. 오일랑이 나를 뒤로 감추며 헌병 완장을 보이고는 뭐라 말하자 경찰이 통과 신호를 보냈다. 서울역 근방에서도 또 한 차례 검문이 있었다. 오일랑이 자꾸만 뒤쪽을 돌아보며 경계했다. 혹시 중정요원 차량이 따라붙지 않나 살피는 것 같았다.

서울역을 지나 세종로로 접어들려고 하는데 갑자기 내가 탄 차의 시동이 꺼졌다. 오일랑이 당황해하며 뒤따라오는 경호차 두 대 중 한 대를 앞으로 오도록 하여 오른편에 대게 하고는 나를 그 차량으로 급히 옮겼다.

내가 차 안으로 떠밀리면서 소리쳤다.

"너희들, 세상이 바뀐 줄 몰라? 누가 시켰어? 함부로 날뛰다가 죽을 줄 알어!"

오일랑은 나를 제압하려고는 하지 않고 오히려 어쩔 줄 몰라 했다.

"그래서 세종로로 모시는 겁니다."

나름 나를 예우하고 있다는 변명이었다.

드디어 차가 멈추고 내가 내려섰다.

이게 어떻게 된 일인가.

세종로 보안사 분실이 아니라 세종로 중정 분실이었다. 두 분실은 30미터 정도 떨어져 있을 뿐이었다.

"우리 분실이네."

내 말이 떨어짐과 동시에 오일랑이 나를 또 차 안으로 밀어넣었다.

"어디로 온 거야? 넌 보안사 요원이야 중정요원이야?"

오일랑이 운전병을 질책했다.

"죄송합니다. 제가 처음 와봐서."

운전병이 급히 방향을 틀었다. 보안사 분실로 다가가자 비서실장 허화평 대령이 헐레벌떡 달려와 나를 접견실로 데려갔다.

오일랑이 내 안경을 벗겨 부하에게 건네면서 허화평에게 속삭이듯 말했다.

"여기는 중정 분실과 가까워 공격을 받을 수도 있으니 아무래도 서빙고로 옮겨야겠습니다. 그렇게 사령관에게 보고하겠습니다. 저는 일단 육본으로 갑니다."

"그래야겠군. 도통 사태가 어떻게 돌아가는지 감을 잡을 수 있어야지."

허화평은 나를 어떻게 대해야 할지 태도가 애매했다. 허화평이 나에게 한 말은 한마디뿐이었다.

"와이셔츠에 피가 묻어 있군요."

얼마 후 나는 미니버스에 태워져서 서빙고 분실로 향했다. 남산 3호 터널을 지나고 나서 운전병의 운전 미숙인지 그만 이번에는 미니버스가 도로에서 뒤집혔다.

"차가 왜 이래? 왜 이래? 아아."

여기저기서 비명 소리가 났다. 나는 재판에서 사형선고를 받고 처형되기도 전에 오늘 전복 사고로 죽는 게 아닌가 싶었다. 차라리 그리되는 게 나을지 몰랐다. 만약 그리된다면 나를 암살하려는 세력이 배후에 있지 않나, 정치권과 재야가 온통 시끄러워질 것이다.

갑자기 내 눈앞이 캄캄해졌다. 누가 나를 부르며 흔드는 것을 느꼈다. 내가 간신히 눈을 뜨자 보안사 요원들이 안도의 한숨을 쉬며 나를 차에서 끌어냈다. 내 이마에서는 피가 흐르는지 끈끈한 액체가 미간으로 흘러내렸다.

차에서 끌어내려져 아스팔트 위에 눕혀졌다. 아직 아침이 밝아오지 않아 거리는 희붐한 안개에 싸여 있었다. 오가는 차량도 거의 눈에 띄지 않았다.

나는 일어나 앉으려고 하면서 두 발로 걸어갈 수 있는지 뛰어 달릴 수 있는지 몸의 상태를 가늠해 보았다. 두 다리에는 아무 이상이 없다는 것을 확인했다.

이대로 그냥 달아나 버릴까.

하지만 보안사 요원들도 별로 다치지 않은 듯 미니버스를 바로 세우려고 낑낑거렸다. 달아나 보았자 금방 잡힐 게 뻔했다.

캄캄한 남한산 산길에서 호송차가 또 뒤집히는 행운을 은근히 기대했다. 가파른 길이라 호송차가 미끄러지면 메숲진 계곡으로 굴러떨어질 거고 시내 도로의 전복 사고와는 달리 치명상을 입을 터였다. 치명상 정도가 아니라 아예 절명한다면 그보다 다행스런 일도 없으리라.

'김재규 사형장으로 가는 길에 사망하다'

대문짝만 한 신문기사 제목이 눈에 어른거렸다.

하지만 능숙한 운전병들은 헤드라이트 불빛을 따라 호송차를 무난히 운전해 산길을 구불구불 내려갔다. 그러다가 거짓말처럼 갑자기 차량 행렬이 움찔하며 멈췄다.

"왜 이래? 사고가 났나?"

내 왼편의 교도관이 중얼거리며 운전석 쪽으로 다가갔다가 돌아왔다.

"고라니를 친 모양입니다."

뒤쪽 군용차량에서 헌병들이 내리는 소리가 들리고 고라니 시체를 치우는지 수군거리는 소리가 들렸다.

육이오 전쟁이 끝난 직후 내가 5사단 36연대장으로 근무할 때 박정희가 5사단장으로 있었다. 전쟁 중인 3년 전 9사단에 같이 근무할 때는 계급 차이가 별로 없었으나 5사단에서는 박정희가 상급자가 되어 있었다.

그 무렵 5사단에는 장병들이 고라니나 토끼, 꿩 들을 사냥하는 일들이 잦아 수렵금지 명령이 내려져 있었다. 하루는 연대장실에서 미 고문관과 차를 마시고 있는데 멀리 산속에서 총소리가 들려왔다. 누가 수렵금지 명령을 어기고 사냥을 하고 있음에 틀림없었다.

아니나 다를까 얼마 있으니 하사관 하나가 꿩 한 마리를 거꾸로 들고 의기양양하게 영내로 들어섰다. 그러면서 경례를 붙이는 일병에게 무용담을 늘어놓듯 소리를 높였다.

"고라니를 잡았어야 하는데 겨우 꿩 한 마리야."

나는 얼른 미 고문관을 보내고 하사관을 향해 냅다 달려가 무릎을 세게 걸어찼다. 하사관은 억, 하며 나가떨어졌다. 자빠진 하사관의 옆구리를 또 군홧발로 몇 차례 더 걸어

찼다.

"고라니 좋아하네. 수렵금지 명령을 어겼어. 영창감이야!
전시 같으면 총살이야!"

하사관이 싹싹 빌어 영창에는 보내지 않았지만 나도 모르
게 욱하는 성미가 발동하여 평소에 하지 않던 구타를 가해버
린 것이었다. 나도 급한 성질을 주의해서 다스려야겠다고 자
책했다.

고라니 사체를 치웠는지 호송차가 다시 움직이기 시작했
다. 호송차는 산길을 다 내려가 단대동으로 접어든 모양이
다. '단대'(丹垈)는 붉은 집터라는 뜻인데 탄리에서 남한산
성으로 넘어가는 고개의 흙이 붉고 그 고개 위에 세워진 동
네라 단대동이라는 동명이 생겼다고 한다.

그동안 재판을 받기 위해 용산으로 호송되는 길에 여러
번 지나간 동네다. 오늘은 '단대'가 '단두대'처럼 들리고 붉
은 흙은 붉은 피로 여겨진다.

그날 내가 박정희의 머리에 총을 쏘았으므로 그를 단두대
로 처형한 것인가.

박정희가 집권 18년 동안 단두대로 보낸 사람이 얼마나

될까. 나도 박정희를 도와 아무 죄 없는 수많은 사람을 주로 간첩으로 조작하여 단두대로 보내지 않았던가. 물론 실제 간첩으로 암약한 자들을 체포하고 여러 증거물을 확보한 경우도 적지 않았다.

이만섭 국회의원의 요구에 따라 비서실장에서 물러났던 이후락이 1970년 12월 다시 정계로 돌아와 김계원에 이어 중정부장에 임명되었다. 이후락의 재등장은 1971년 4월 27일에 치를 예정인 제7대 대통령 선거와 불가분의 관련이 있을 터였다.

대통령 야당 후보 김대중에 대한 시민의 반응이 예상외로 뜨거웠다. 이러다가는 3선개헌을 김대중을 위해 감행한 꼴이 되지 않느냐는 자조 섞인 푸념들이 여당 내에서 나돌 지경이었다.

박정희도 위기의식을 느끼고 이후락과 나에게 무언의 압력을 넣었다. 구체적으로 지시하지는 않았지만 박정희가 무엇을 원하고 있는지 짐작할 수 있었다.

나는 보안사령관으로서 이 일에서는 이후락과 경쟁하여 이기고 싶다는 마음이 강하게 들었다. 간첩혐의로 엮을 수 있는 대상들을 점검해보았다.

그중에 교토 출신 재일교포 2세인 27세 서승, 24세 서준식 형제가 눈에 들어왔다. 그 형제는 각각 1968년, 1967년 서울로 유학와서 서승은 서울대 대학원 사회학과에 다녔고 서준식은 서울대 법대를 다녔다. 서승은 서울에서 김대중 비서실장이던 김상현의 집에서 10개월을 보내기도 했다.

서승은 서울에 오기 전 1967년 8월 큰형 서선웅(서일식)과 함께 북한을 방문했고 서준식은 서울 유학 중 1970년에 서승을 따라 북한으로 들어갔다. 재일교포이기에 북한 방문만으로 간첩으로 엮을 수는 없지만 일본에는 북한과 연계된 조총련이 있어 그쪽과 연결시키면 간첩혐의를 씌울 수도 있었다.

서승을 북한으로 데려간 서선웅을 북한 공작원으로 만들어서 서승이 포섭되어 북한 지령을 받은 걸로 하고 서승이 동생 서준식을 끌어들인 것으로 하면 그림 구도가 잡힐 것도 같았다.

나는 1971년 2월에 이들을 일단 체포하여 조사해보고 간첩혐의로 엮을 소지가 있는지 알아보도록 했다.

서승과 서준식은 체포된 후 '역공작'으로 잠시 풀려났다. 서승은 이전처럼 활동하며 방송 언론과 인터뷰를 하기도 했다. 서준식은 50일 가까이 보안사 요원의 감시를 받으며 서울대 교련 반대 시위에 관한 정보를 수집 보고했다.

일종의 정보원 역할을 한 셈이었다. 정보원 역할을 잘 하면 간첩혐의도 정상참작해줄 수 있다는 말에 이들은 지시사항을 잘 따랐다.

이들이 역공작에 이용되는 동안 보안사에서는 이들을 간첩혐의로 기소할 수 있는 보다 더 정밀한 그림이 그려졌다.

나는 디데이(D-day)를 김대중 선거유세가 최고조에 달하는 즈음으로 잡았다.

4월 18일 김대중의 장춘단 공원 유세는 80만 인파가 모여 공화당의 간담을 서늘하게 했다. 김대중 유세에 사람들이 가지 않도록 정부와 공화당에서 고궁과 국립공원, 영화관 무료 관람 등 갖가지 묘안을 짜냈으나 소용이 없었다.

4월 25일에 예정된 박정희 장충단 유세를 준비하는 입장에서 비교의식에 쫓기지 않을 수 없었다.

김대중은 4대국 보장론을 비롯한 공약들을 독특한 달변으로 알아듣기 쉽게 설명하여 큰 호응을 얻었다. 유세가 끝난 후 참석했던 1만여 명의 시민들이 '부정불법 선거운동 중단'을 외치며 동대문, 종로를 거쳐 청와대로 향했다. 경찰은 바짝 긴장했으나 얼마의 충돌이 있은 후 시위대가 해산했다.

나는 바로 그날 요원들에게 서승과 서준식을 다시 체포하라고 지시했다.

김대중의 장충단 유세 다다음 날인 4월 20일 나는 '재일교포 유학생 학원 침투 간첩단 사건'을 발표했다.

"선거를 틈타 민중봉기를 일으켜 정부를 전복시키려고 암약해온 서승, 서준식 형제 등 재일교포 출신 대학생 4명을 포함한 북괴 간첩 10명과 이들을 중심으로 한 4개 망의 간첩 관련자 41명 등 51명을 서울, 부산, 제주 등지에서 일망타진했다."

신문마다 대서특필되었다.

서승은 간첩혐의를 완강히 부인했다. 취조 도중 고문이 심해지자 죽여달라고 부르짖다가 감시가 소홀한 틈을 타 난로 경유를 머리에 들이붓고 불을 붙여 자살을 기도했다. 하지만 화상만 심하게 당하고 목숨은 겨우 부지했다.

서승은 1심에서 사형선고를 받고 항소심에서 무기징역으로 감형되었고 서준식은 1심에서는 15년형, 항소심에서는 7년형이 선고되었다.

서승을 자기 집에 10개월간 기거하도록 한 김대중 비서실장 김상현도 연행하여 간첩과 연계시키려 했으나 워낙 완강하게 버티는 바람에 풀어주고 말았다.

4월 27일 박정희가 40대 기수 김대중을 95만 표 차로 겨우 누르고 당선되었다. 내가 힘들여 기획한 간첩단 사건 발표마저 없었으면 하마터면 질 뻔했다. 박정희는 김대중을 가까스로 이긴 데 대해 불만이 많았다.

선거유세에서 박정희는 "이번 한 번만 더 대통령을 하겠다"고 약속하여 유권자의 호응을 구했으나 그리 큰 효과는 못 본 셈이었다.

전라도 출신 김대중과 경상도 출신 박정희의 치열한 경쟁으로 이때부터 양 지역 간 지역감정이 심화되기 시작했다.

4개월 후 1971년 8월 23일 실미도 사건이 터졌다.

박정희는 김신조를 비롯한 북한 124부대 공비 31명이 청와대를 습격하여 자신의 목을 따려 한 사건에 대한 복수로 육해공 3군에 1개씩 특수부대를 창설했다.

그중 공군 산하에 648부대가 창설되어 부천군 용유면 실미도에 비밀 훈련기지를 차렸다. 훈련받는 요원 수도 무장공비 습격기도 사건 때와 똑같이 31명이었다.

1968년 7월 사고로 1명이 사망하고 2명이 탈영을 시도하다 붙잡혀 총살당했다. 1970년 11월에는 3명이 탈영하여 인근 무의도로 건너가 무의초등학교 숙직실에서 여성 2명을 강간하고 학생 9명과 교사 1명까지 인질로 잡아 대치하다가 모두 자결했다.

그리고 한 조장이 기간병을 구타하고 훈련병들을 상습적으로 강간한 사실이 드러나 처형당하고 말았다.

이렇게 7명이 사망하고 24명이 남았다.

훈련이 4년째로 접어들 무렵 중국과 미국이 화해 무드로 나가고 남북 간에도 이전과 다른 분위기가 조성됨으로써 실미도 648부대는 존재의미를 상실해버렸다.

보급도 제대로 되지 않고 훈련을 시켜야 하는 조교 기간병들도 수준 미달의 병력으로 대체되었다. 훈련병들의 불안과 불만이 쌓여가는 와중에 648부대 자체를 감추기 위해 전원을 몰살시킬 거라는 흉흉한 소문이 돌기도 했다.

결국 훈련병들이 청와대로 직접 가서 대통령에게 따져 묻기 위해 기간병들을 죽이고 실미도를 탈출했다. 해안 경계부대의 감시를 피하여 상륙한 후 승객을 실은 시외버스를 탈취하여 경인국도를 달려 부평·소사·영등포를 거쳐 대방동 유한양행 앞까지 이르렀다.

이때 육군 제30보병 사단 병력과 경찰이 무장공비의 출현으로 알고 시외버스를 막아섰다.

총격전이 벌어지고 훈련병들이 수세에 눌리자 수류탄으로 자폭을 시도했다. 중상 4명을 남기고 모두 사망했다.

이 일로 인하여 국회에서 진상조사가 이루어지고 살아남은 4명이 증인으로 불려 갔다.

야당 의원이 증인들에게 질문했다.

"실미도에 들어간 목적이 무엇입니까? 무슨 훈련을 받았습니까?"

증인들은 억울함을 풀 수 있는 기회인데도 이미 군 관계자의 회유를 받아 대답이 일률적이었다.

"비밀사항이라 말할 수 없습니다."

군 관계자는 이들에게 말만 잘 들으면 죄를 묻지 않고 베트남전에 참전시켜주겠다고 했던 것이었다. 그러나 그 약속이 지켜질 리 없었다.

이들은 군사재판에서 사형 선고를 받고 1972년 3월 20일 오류동 공군부대에서 총살당했다.

나는 보안사령관이었지만 육군 보안사령관이었기에 공군에서 비밀리에 진행되는 일을 잘 알지 못했다. 육군 내에서는 실미도 부대 같은 걸 창설하려다가 흐지부지된 걸로 알고 있었다.

하지만 무장공비가 탈취한 버스가 서울 시내 한복판 대방동 거리에 출몰했다고 하니 1·21 사태보다 더 심각하다고 여겨졌다. 그들을 저지한 것도 결국 육군이었지만 경인가도를 달려오기까지 방치한 책임은 보안사령관인 나에게도 있는 것 같아 송구하기 그지없었다.

나중에 그들이 무장공비가 아니었다는 사실이 드러나 한결 어깨가 가벼워졌다.

호송차가 단대동을 빠져나간다. 프랑스 혁명 당시 수많은 사람을 단두대로 처형한 로베스피에르도 결국 단두대에 목이 잘리고 말았다. 자기가 굴리던 역사의 수레바퀴에 자신이 깔리고 만 셈이었다.

보안사령관 시절 국회의원 중 야당 국방위원 장준하에 대한 소문을 들었다. 나보다 여덟 살 많은 장준하는 평북 의주군 출신으로 목사가 되기 위해 일본 동양대학 예과를 거쳐 일본신학교에 다니다가 1년 만에 고향으로 돌아와 결혼한 후 1944년 1월 20일 학도병으로 강제 징집되었다.

장준하는 중국 주둔 일본 군대에 속해 있다가 동지들과 탈출하여 중국군에 합류했다. 중국 공산군에 의해 자신이 속한 군대가 괴멸되자 장준하는 다시 김준엽 등 동지 53명과 함께 중경 광복군에 합류하기 위해 6,000리 장정을 떠났다.

광복군 이범석 장군 휘하 부대에 속해 있으면서 미국 OSS 요원으로 특수 게릴라 훈련을 받으며 한반도 투입을 기다렸다.

8·15 해방을 맞은 후 김구 주석의 비서로 임시정부 요원들과 함께 뒤늦게 귀국했다. 귀국하고 나서는 김구의 한국독립당에서 나와 이범석의 조선민족청년단, 즉 족청에 속하기도 했으나 족청에 대해서도 실망하고 정당 활동을 접었다.

1948년 한국신학대학에 들어가 못다 마친 신학공부를 했다.

『사상계』를 창간하여 이승만 독재에 항거하고 박정희 정권에도 도전하다가 1966년 선거법 위반으로 투옥되었으나 옥중 출마하여 국회의원에 당선되었다.

국회에서 대부분 맡기를 주저하는 국방위원회 의원으로 활동했다. 국정감사가 있을 때 국방위원들이 군부대로 감사를 나갔다. 국정감사 의원들이 부대로 온다는 소식이 들리면 부대장들은 바짝 긴장하며 의원들을 대접할 계획을 세우고 각종 선물들을 준비하기에 바빴다.

국정감사 의원들도 그런 대접을 당연한 것으로 여겼다.

하지만 장준하만은 어떤 대접이나 선물도 거부하고 사병들과 어울려 군대밥을 같이 먹고 그들과 직접 대화하며 고충을 듣고 개선방안을 제시했다.

국회의원 중에 장준하 같은 의원이 있다니.

내 후배 부대장에게서 장준하의 소문을 듣고 그동안 답답하던 내 마음에 어떤 희망의 불씨가 싹트는 것을 느꼈다.

기회를 잡아 장준하를 만나 함께 식사하며 꽤 오래 대화를 나누었다. 내가 보안사령관이라는 것도 의식하지 않고 장준하는 시국을 성토했다.

"나도 말이오, 박정희 장군이 5·16 혁명을 일으켰을 때 혁명공약을 보고 환영하며 지지했단 말이오. 그런데 민정이양을 약속해놓고 꼼수를 부리는 거 보고 저 인간 안 되겠구나 간파를 했지. 두고 보시오. 권력을 절대 놓치지 않으려 할 테니. 김 사령관도 박정희와 계속 함께하다가는 동반몰락할 거요."

장준하의 카랑카랑한 목소리가 내 가슴을 후벼파는 듯했다. 나는 본능적으로 박정희를 변명해주려다가 꾹 참고 오히려 대안을 묻고 말았다.

"그럼 어떻게 해야 합니까?"

"재야에서는 4·19 혁명 같은 대대적인 시위로 박 정권을 몰아내야 한다고 하지만 내 생각은 다르오."

나는 긴장하며 다음 말을 기다렸다. 장준하가 나를 주목하면서 비장한 투로 말했다.

"진정으로 국민을 생각하는 군인들이 있을 거요."

더 이상 말을 잇지는 않았지만 무슨 뜻인지 무겁게 다가왔다. 아니, 무섭게 다가왔다. 주먹 쥔 내 손이 가만히 떨렸다.

제7대 대통령에 오른 박정희는 재일교포 서승 형제 간첩단 기획도 별 효과가 없었다고 생각했는지 나를 3군단장으로 좌천시켜버렸다. 박정희를 위해 그토록 애쓴 노력이 아무런 보상을 받지 못했다는 생각에 한동안 좌절감과 분노에 젖어 있었다.

내가 3군단장으로 재임하고 있던 1972년 10월 17일 저녁 7시 대통령의 충격적인 발표가 있었다.

"친애하는 국민 여러분, 나는 우리 조국의 평화와 통일 그리고 번영을 희구하는 국민 모두의 절실한 염원을 받아들여 나의 중대한 결심을 국민 여러분 앞에 밝히는 바입니다."

박정희의 중대한 결심은 바로 영구집권이 가능한 유신헌

법이었다.

유신헌법 기초작업은 중앙정보부가 관리하는 궁정동 안가에서 헌법학자 한태연, 김기춘, 이후락 등이 주동이 되어 은밀히 이루어졌다.

국회를 해산하고 대통령 선거도 직선제가 아닌 통일주체국민회의를 통한 간선제로 바꾸었다. 대통령 임기와 국회의원 임기도 4년에서 6년으로 늘렸다.

또한 대통령에게 국회의원 삼분의 일을 통일주체국민회의를 통해 전국구 의원으로 뽑을 수 있는 권한이 주어졌다.

이렇게 뽑힌 국회의원들은 정식 국회의원 임기의 반인 3년을 임기로 하여 유신정우회(유정회)를 만들어 원내교섭단체처럼 활동하도록 했다. 유신헌법에 대해서는 이의를 제기할 수 없다는 조항까지 들어가 있었다.

유신선포가 있은 그날 오후 7시를 기해 계엄포고 1호가 발표되었다. 옥외 집회·시위 금지, 학교 휴교, 출판·언론·방송 사전검열, 유언비어 날조·유포 금지, 영장 없는 체포·구속 등이었다.

반대 시위를 하는 자들은 가차 없이 체포 구금되어 구타와 고문을 당했다.

내가 보안사령관으로 계속 있었으면 유신 반대자들을 잡

아 고문하는 일로 바빴을 텐데 3군단장으로 있어 그나마 다행이라는 생각이 들기도 했다.

유신헌법을 세세히 읽어보니 영구집권을 노리는 술수임에 틀림없었다. 무엇보다 대통령에게 국회의원 삼분의 일을 뽑을 수 있는 권한을 준다는 건 말이 되지 않았다.

헌법에 능통한 헌법학자가 이런 짓을 했다고 하니 기가 찰 노릇이었다. 나로서도 정권이 바뀌지 않고 박정희가 권력을 계속 쥐고 있으면 유리할 터이지만, 이런 식으로 나가다가는 민주주의 기본이 무너지고 국민의 불만이 팽배하여 오히려 정권이 위태로워질 수 있을 거라는 우려가 생기기도 했다.

박정희가 3군단을 방문하게 되면 유신헌법 철회를 강력하게 권유하고 싶었다. 철회할 때까지 부대에서 떠나지 못하게 구금하는 계획을 세워보기도 했다. 하지만 정작 박정희를 대하면 그런 말들이 쑥 들어가고 말았다.

결국 11월 21일 국민투표로 유신헌법안이 확정되었다.

군인들도 부대에서 국민투표에 참여했는데 부대마다 실적을 올리기 위해 갖가지 묘수를 썼다. 어떤 중대장은 투표소에서 한 손으로 반대란을 막아 사병들이 찬성란에만 기표를 하도록 유도했다.

이 모든 반헌법 행위들이 스스로 단두대를 부르는 짓이었다.

호송차가 성남 국도로 접어들자 속도가 붙기 시작했다.

호송차 안은 무거운 침묵이 짓누르고 있다. 나는 두 눈을 감은 채 염주를 돌리며 속으로 '나무관세음보살' '나무아미타불'을 반복하고 있다.

지금 지나가는 이 거리는 세상에서 마지막으로 지나가는 길이다. 얼핏얼핏 보이는 풍경 조각 하나하나 마지막으로 보는 풍광이다. 마지막으로 보는 것들이기에 더욱 마음에 담아두어야 한다. 동네 이름들 하나하나 새겨두어야 한다.

성남시는 순전히 박정희 작품이라고 해도 과언이 아니다. 청계천 주변을 비롯한 도시 철거민들을 경기도 광주군 쪽으로 집단 이주시켜 도시를 정비하려고 했다. 뚜렷한 대책도 없이 집단 이주만 시킨 정부 당국에 대해 철거민들이 대대적인 시위를 일으킨 사건이 1973년 8월 10일 광주대단지 사건이다.

이때 서울시가 철거민들의 요구사항을 들어주는 일환으로 중부면, 대왕면, 돌마면, 낙생면 등을 관할하던 광주군 성남출장소를 성남시로 승격시켜주었다. 성남은 남한산성 남쪽이라는 뜻이다.

그 무렵 나는 유정회 국회의원 노릇을 하면서 성남시 승격을 지켜보았다.

박정희는 1972년 12월 23일 장충체육관에서 통일주체국민회의 대의원 2,359명 중 찬성 2,357명, 무효 2명으로 99.9퍼센트 찬성표를 얻어 제8대 대통령에 당선되었다.

박정희는 1973년 2월 27일 제9대 국회의원 선거가 있을 때 1기 유정회 의원으로 73명을 추천하려고 후보들을 모으고 있었다.

박정희가 3군단장을 맡고 있는 나를 불러 유정회 의원 후보로 추천할 테니 군대를 전역하라고 했다. 나는 내심 중장에서 대장으로 진급하고 나서 전역하고 싶었으나 박정희의 강권을 뿌리칠 수 없었다. 유신헌법에 대한 반감이 있으면서도 유신헌법이 마련한 자리로 가는 것은 아이러니한 일이었지만 정계로 들어가 정치의 힘으로 사회와 국가를 바꿀 수 있을 것 같기도 했다.

아닌 게 아니라 유신헌법에 반대하여 시위에 앞장섰던 교수도 유정회 후보 추천에 흔쾌히 응했다는 소문도 있었다.

나는 25년간의 군 생활을 마감하려니 만감이 교차했다. 평소에 한시 공부한 실력으로 내 소회를 담은 한시 한 수를 지었다. 제목은 「장부한」(丈夫恨)이었다.

비행기를 타고 전선을 시찰하던 중 휴전선 일대에 눈이 쌓여 철책도 보이지 않는 풍경에 영감을 받아 지은 시였다.

眼下峻嶺覆白雪(안하준령복백설)
千古神聖誰敢侵(천고신성불감침)
南北境界何處在(남북경계하처재)
南北統一不成恨(남북통일불성한)

눈 아래 준령에 흰 눈이 덮여 있다
천고의 신성을 누가 감히 침범할 수 있으랴
남북의 경계가 어디에 있단 말인가
남북통일을 이루지 못한 게 한이로다

온통 하얀 눈에 덮인 산야를 바라보며 경계가 사라진 세상을 꿈꾸면서 아직도 견고한 경계로 갈라져 있는 남북한 현실이 한스러웠다.

나중에 들으니 후임 3군단장이 군단 법당 주춧돌에 「장부한」을 새겨놓았다고 했다.

박정희는 유정회 후보 73명을 예비후보 14명과 함께 추천하고 통일주체국민회의는 추천받은 그대로 통과시켰다. 거수기가 거수기들을 양산한 셈이었다.

유정회 의원들은 국민의 직접선거로 선출된 임기 6년 국회의원들에 대해 비교의식과 열등감을 느끼지 않을 수 없었다. 그래서 오히려 국회에서 행동대원으로 나서 더욱 사나워지고 난폭해졌다. 어쩌면 유정회에서 그런 식으로라도 두각을 나타내야 다음번에 정식 국회의원 공천을 받을 수 있으리라 기대하는지도 몰랐다.

나는 점점 국회의원으로 사는 일에 회의감이 들어 다른 유정회 의원들처럼 나서지도 못하고 소극적이 되어갔다.

내가 어영부영 유정회 의원으로 있을 때 김대중 납치 사건이 벌어졌고 서울대 법대 최종길 교수 의문사 사건이 있었다. 이 두 사건은 이후락에게 치명타를 안겼다.

윤필용의 이후락 후계자 추대 사건으로 이후락이 박정희의 미움을 사 중정부장 자리에서 물러날 위기에 처하게 되자 무리하게 김대중 납치를 시도했다.

1973년 8월 8일 오후 1시경 중정요원들이 일본 도쿄 그랜드팔레스 호텔 2210호실에서 김대중을 납치하여 용금호에 태워 태평양에 빠뜨려 죽이려 했다. 하지만 미국 정부의 개입으로 배의 위치가 발각되어 실패하고 말았다. 납치 5일 후인 8월 13일 김대중은 서울 동교동 자택 근처에 버려져 구사일생으로 살아남았다.

이 사건으로 한국은 일본·미국과의 외교 관계도 얽히게 되고 간신히 이어가던 남북 관계도 어그러졌다. 국회도 연일 고성이 오가는 중에 공방을 주고받았다.

몇 개월 전만 해도 대통령 후보였던 인물을 백주 대낮에 일본에서 납치하여 죽일 생각을 하다니. 너무나 무모한 짓이었다. 누가 보아도 중정부장 이후락의 소행이었다. 이후락은 감쪽같이 일을 처리하고 모른 척 시치미를 떼려고 했으나 이제 만천하에 드러나고 말았다.

문제는 이후락이 단독으로 감행했느냐 박정희의 지시나 암묵적 동의가 있지 않았느냐 하는 것이었다.

박정희가 김대중 납치 소식을 듣고 얼굴이 핏기를 잃고 하얘졌다는 증언을 근거로 박정희와는 연관이 없다는 설이 있지만, 박정희 얼굴이 하얘진 이유가 김대중 납치가 아니라 김대중 납치 실패였을 수도 있었다.

김대중 납치 살해가 은밀한 가운데 성공했다면 이후락이나 박정희 둘 다 끝까지 모르쇠로 일관했을 것이었다.

1973년 10월 19일 서울대 법대 민법 교수 최종길이 중정에서 수사를 받다 투신자살했다는 보도가 10월 25일 발표되었다.

최종길이 남산 중정으로 불려간 것은 10월 16일 오후 1시 45분 무렵이었다. 바로 직전에 중정 감찰실에서 근무하는 막냇동생 최종선과 함께 근처 다방에서 중정에서 부르는 이유에 대해 서로 이야기를 나누었다.

"형님, 5국 안 과장에게서 들은 이야기인데 유럽 거점 간첩단 사건에 연루된 이재원 있지 않습니까. 형님이 이재원과 중학교 동기이고 유럽 유학 시기도 비슷하고 해서 이재원과 관련하여 협조를 구하고 싶다고 그럽디다. 그러니 너무 염려 마시고 수사에 임하면 되겠습니다."

"나를 부른 이유가 이재원 때문이 아니라 지난번 교수회의에서 강경 발언을 했기 때문이 아닌가 싶기도 하네. 그때 총장더러 대통령을 찾아가 시위하다 갇힌 학생들을 풀어주라 하라고 내가 목소리를 높였거든. 대통령의 사과도 받아내야 한다고 했거든."

동생 최종선의 표정이 잠시 어두워졌다가 다시 펴졌다.

"그 정도 발언 가지고 심하게 다루지는 않을 겁니다. 주로 이재원과 관련하여 질문할 테니 솔직하게 답하면 별일 없을 겁니다."

하지만 3일 동안 최종길은 간첩 혐의에 대해 수사를 받다가 투신자살을 하고 말았다는 것이었다.

10월 25일자 신문들은 "서울대 법대 교수 최종길은 정보부에서 간첩임을 자백, 여죄를 조사받던 중 7층 화장실 창문에서 투신자살했다"고 발표했다.

하지만 최종선이 투신 현장에 가보았으나 핏자국은 전혀 발견되지 않았다. 최종길 교수가 간첩임을 자백한 진술서도 찾을 수 없었다. 가족들이 시체 확인을 요구했으나 거부당했다.

최종선은 중정요원으로서 형님이 고문 치사당했음을 직감했다. 지하실에서 간첩 혐의를 인정하라고 고문당하다가 사망 사고가 일어나자 수사관들이 책임을 면하려고 시신을 7층 화장실로 끌고 올라가 던져버렸음에 틀림없다고 생각했다.

최종선은 자신도 위험하다고 느끼고 스스로 정신병자 흉내를 내어 세브란스 병원 정신병동에 입원하여 화를 피했다.

이런 일들로 이후락이 경질될 무렵 박정희는 내 국회의원 임기가 끝나지 않았는데도 나를 중정차장으로 임명했다.

호송차는 신흥1동, 신흥2동을 지나갔다. 신흥동이 분동 되어간다는 것은 그만큼 이주 인구가 늘어난다는 뜻이었다. '신흥'(新興)! 글자 그대로 새롭게 일어나는 동네였다. 하지만 성남시 대부분은 가파른 고갯길과 언덕, 산자락에 집들이 쌓여가는 형태로 늘어나고 있어 과연 새롭게 일어난다고 할 수 있을지 의문이긴 했다.

박정희가 일으킨 5·16 혁명도 지금 생각해보면 과연 새롭게 나라를 일으키는 '신흥'이었는지 의문이 든다. 내가 존경하던 장준하 선생도 혁명 초기에는 혁명 공약에 반하여 박정희를 열렬히 지지했으나 3선개헌을 거쳐 유신체제로 넘어가면서 박정희의 권력욕이 5·16 혁명을 일으킨 것이 아닌가 회의하게 되었다. 박정희가 추진한 한일회담에 대해서도 마찬가지였다.

내가 육군대학 부총장으로 있다가 국방부 총무과장으로 옮겼을 무렵 5·16 혁명이 일어났다. 고름이 곪고 곪다가 터진 셈이라 예견된 일이었으나 육사 2기 동기생인 박정희가 쿠데타를 진두지휘했다는 사실을 알고 크게 놀랐다.

육사 2기생이 8기생들과 함께 주도했으면서도 나에게는 쿠데타 참여를 종용하지 않았다. 아마도 10여 년 전에 이종찬 장군을 따라 군부 쿠데타를 거부한 나의 이력을 이미 알고 있었는지도 몰랐다. 더군다나 병력을 동원할 수 없는 국방부 총무과장 자리에 있지 않았던가. 그 덕분에 쿠데타 참여 여부를 묻지도 않아 쿠데타에 반대한 장교와 장군들의 불우한 전철을 밟지 않을 수 있었다.

육사 2기 동기생 중에 국가재건최고회의 위원으로 들어간 자는 한웅진 소장과 한신 소장이었다. 한신이 박정희에게 동기생들을 많이 발탁할 것을 권했으나 박정희는 오히려 꺼려했다고 한다. 오히려 좀더 편하게 다룰 수 있는 8기생들을 많이 발탁했다.

나도 쿠데타 주도 세력으로 참여하지 않았고 군부 정치세력과도 거리를 두고 있었으므로 어느 자리에 발탁되는 것을 아예 기대하지도 않았다. 게다가 혁명군 사령부의 소환을 받아 부정부패가 있는지 조사를 받고 풀려나는 수모를 겪기까지 했다.

수모에 대한 보상인지 1961년 6월 1일 나는 정식 준장으로 진급되었다.

그런데 보름쯤 지나 박정희가 전화를 걸어와 한번 만나자고 했다. 국가재건최고회의 부의장 박정희는 나를 보자 이전처럼 "재규야!" 하고 반색하며 준장 진급을 축하해주면서 호남비료회사 사장으로 일해 달라고 했다.

"군인이 무슨 비료회사 사장을?"

내가 의아해하며 반문했다. 박정희가 희미한 미소를 띤 채 대답했다.

"재규야, 넌 안동농림학교 출신이잖아. 비료에 대해서 배웠을 테고 실제로 벼농사·밭농사도 거들었을 테고."

박정희가 나에게 아무 자리나 하나 주려고 호남비료회사 사장 자리를 제안한 것은 아니었다. 나의 이력을 고려한 자리라는 걸 알고는 거절하기가 힘들었다. 그런데 사장직을 맡으려면 군인 생활을 접고 군대를 전역해야 하지 않는가.

전역 여부에 대해 문의하자 박정희가 호남비료회사에 대해 먼저 설명해주었다.

"비료회사가 이미 세워져 있는 게 아니라 아직 건설 중이네. 정부가 지원해서 짓는 거니까 국영기업인 셈이지. 정부가 대주주가 되는 거지. 건설은 기술자들이 알아서 할 거지만 감독도 좀 하고 기간도 좀 단축시키고. 전에 5사단 있을 때 하사관 학교도 지었잖아, 허허. 그래서 말인데 전역까지

할 필요는 없네. 군인 신분을 그대로 갖고 있다가 나중에 복귀해도 되네."

전역은 안 해도 된다는 말에 나는 다소 안심하며 박정희의 제안을 받아들였다.

내가 군복을 입은 채로 나주 호남비료회사 건설 현장으로 내려가서 보니 공정이 반쯤 진행되고 있었다. 건설 현장 작업자들은 내가 국가재건최고회의 위원이라도 되는 양 착각하고 나의 지시에 지나칠 정도로 고분고분 따라주려고 했다.

나는 공정 기간을 1년 정도 단축하기로 하고 일단 작업 시간을 오전에 2시간, 오후에 2시간 늘리도록 했다. 하루 4시간을 늘려 12시간 작업을 하도록 한 셈이었다.

작업 현장에서 요령을 피우거나 나의 지시를 제대로 지키지 않는 자들은 가차없이 해고해버렸다.

비료회사 건설에는 혁혁한 공을 세웠으나 너무 무리하게 진행했다는 비난도 받았다. 이 일로 비료회사 건설을 통해 대형 건물 건축에 관해 기초 전문지식과 함께 각종 비결을 터득할 수 있었다.

호남비료회사 사장으로 재임한 26개월 동안 호남 분위기와 민심을 더욱 체감할 수 있었다. 10여 년 전 여수지구 계엄사령관으로 재직하면서 호남 상황을 경험하기도 했지만 그때는 전쟁 중이라 주민들의 평상 생활을 엿볼 겨를이 없었다.

호남 사람들은 내가 살았던 경상도 사람들보다 섬세하여 예술적 재능이 많고 음식 솜씨도 뛰어났다. 맛집을 찾아다니는 취미도 생겼다. 박정희가 나주를 방문하면 꼭 모시고 가는 단골 맛집도 있었다. 그도 맛집 음식에 아주 만족해하며 호남 음식 솜씨에 감탄했다.

다른 지역에 비해 낙후되었다는 불만은 비료회사 완공으로 다소 완화된 편이었다. 그 당시만 해도 경상도와 전라도 사이에 지역감정이 그렇게 심하지 않아 경상도 출신 사장인 나에 대한 반감 같은 것은 별로 느낄 수 없었다.

박정희는 내가 호남비료회사 사장직을 사임할 무렵 전격적으로 전역을 발표했다. 이미 중장을 거쳐 대장에 오른 박정희는 1963년 8월 30일 마지막 근무지 부대였던 7사단 연병장에서 전역식을 치렀다.

"나 같은 불우한 군인이 다시 생기지 않기를 바랍니다."

박정희는 이 말을 하면서 눈물을 훔쳤다. 지금 돌아보면 그 눈물은 악어의 눈물일 뿐이었다. 권력을 민간정부에 이양한다는 약속을 저버리고 대통령 선거에 출마하기 위해 민간인 신분으로 위장한 셈이었다.

박정희는 그동안 중정부장 김종필과 함께 암암리에 민주공화당 창당을 도모하고 있었다. 창당 기금과 대통령 선거자금을 마련하기 위해 중정을 중심으로 심각한 비리가 저질러졌다. 일명 4대 의혹 사건이라 일컫는 증권 파동, 워커힐 사건, 새나라자동차 사건, 파친코 사건이었다. 이 사건들 배후에서 형성된 검은돈의 행방은 국회 국정조사를 통해서도 끝내 밝혀지지 않았다. 다만 민심을 달래기 위해 중정부장 김종필을 해임시켜 1963년 2월 15일 외유길에 오르게 했을 뿐이었다.

나는 1963년 8월 20일 호남비료회사 사장직에서 물러나 9월 1일 서울 근교 가평군 현리 6사단 사단장에 보임되었다. 박정희가 군대를 떠난 다다음 날 나는 군대로 돌아온 것이다.

10월 15일 대통령 선거에서 윤보선을 15만 표 차이로 간신히 이기고 당선된 박정희는 임기가 시작되고 몇 달이 못 돼 비밀리에 진행되던 한일회담을 야당이 폭로하는 바람에 강한 역풍에 직면하고 말았다. 나도 지난 2년 동안 한일회담이 은밀히 진행되고 있다는 사실을 알지 못했다.

사실 한일회담은 박정희가 처음 시도한 것도 아니었다. 이승만 정부, 윤보선 정부를 거치면서 여섯 차례나 시도했으나 실패한 회담을 박정희가 이어받아 성사시킨 셈이었다. 휴전 3개월 후에 열린 제3차 회담에서는 일본 수석대표 구보타 간이치로가 "일본 36년간의 한국통치는 한국인에게 유익했다"고 망언을 하는 바람에 결렬되기도 했다.

박정희는 제6차 회담이 의견 차이로 진전이 없자 중정부장 김종필을 보내 청구권 문제와 관련하여 일본 총리 오히라 마사요시와 비밀협정을 맺도록 했다. 10년 무상공여 3억 달러, 7년 거치 연리 3.5퍼센트 정부차관 2억 달러, 상업차관 1억 달러 제공으로 일괄타결을 했다.

이 사실이 알려지자 야당의 거센 반발이 있었고 학생과 시민의 시위로 이어졌다. 굴욕적인 한일회담 결사반대였다.

1964년 3월 24일 서울대생들은 이케다 하야토 일본 총리와 '현대판 이완용' 김종필 형상 화형식을 거행하고 가두시위에 나섰다. 이를 계기로 전국 대학생들의 시위가 거세졌고 급기야 5월 20일 서울 시내 대학연합집회에서 군사정권 타도를 외치기 시작했다. 그날 대학생 100여 명이 부상당하고 200여 명이 연행되었다. 6월 3일에는 1만 5천여 명의 시위대가 광화문까지 진출하고 파출소를 방화하는 등 더욱 과격해졌다.

박정희는 그날 밤 10시를 기해 서울시 일원에 비상계엄령을 선포했다. 밤 8시로 소급 발효되는 계엄령이었다. 시위 금지와 언론·출판 사전검열, 영장 없는 압수·체포, 대학 휴교를 명령했다.

나는 한밤중에 6사단 병력을 이끌고 서울 시내로 들어가 덕수궁에 지휘소를 차렸다. 5·16 혁명 당시는 병력을 동원한 적이 없었지만 3년이 지난 즈음 직접 병력을 이끌고 서울로 들어가니 혁명 전야의 긴장감이 어떠했는지 짐작이 가기도 했다.

내가 지휘하는 사단 병력은 광화문에서 중앙청을 향해 왼편을 맡고 28사단은 오른편을 맡았다. 6사단과 28사단 이외에 2개 사단 병력이 더 동원되었다.

시내 곳곳에 바리케이드가 쳐지고 장전된 기관총들이 걸렸다. 대학 교정에는 처음으로 탱크를 앞세운 군인들이 진주했다.

나는 군인으로서 명령에 순종할 수밖에 없었지만 왜 사태가 이렇게까지 되었는지 정부 책임자들에 대해 불만이 생기기도 했다. 북한의 침략을 막기 위해 존재하는 군대가 그 자리를 비우고 시민들의 시위를 막기 위해 동원되는 현실이 답답하기만 했다.

데모 현장에서 하이힐을 여섯 가마니나 거두었다고 과시하듯이 떠벌리는 장관이 있었는데 나는 뭐 저런 인간이 있나 분노가 일었다. 경찰들이 데모를 막는다고 하면서 여학생의 가슴을 만지고 움켜쥐기도 했다는 소문을 듣고는 부아가 치밀었다.

어제까지만 해도 시위로 들끓던 거리가 바리케이드와 기관단총, 탱크 앞에서 적막강산처럼 변하는 걸 보면서 무력의 힘을 새삼 절감하며 한편으로 무력의 힘만으로 이렇게 제압해도 되는지 의구심이 들기도 했다.

아무튼 지금은 박정희 정권을 지키는 데 일조해야만 했다.

이 무렵 공화당 내에서는 한일회담을 주도한 김종필을 당의장에서 물러나도록 해야 민심을 어느 정도 달랠 수 있을 거라는 기류가 형성되었다. 하지만 김종필은 완강하게 버텼다. 중정부장 김형욱이 각하의 지시라면서 나에게 이만섭 공화당 의원을 만나 이 문제를 의논해달라고 부탁했다. 그런 부탁을 한 것은 이만섭이 내가 대륜중학교 교사로 있을 때 제자였다는 인연 때문인 것 같았다. 또한 초선의원인 정치신인 이만섭을 박정희가 아낀다는 소문도 있었다.

나는 이만섭을 덕수궁 지휘소로 불렀다. 덕수궁 뜰에 주차된 앰뷸런스로 데리고 들어가 단둘이 마주 앉았다.

이만섭이 의아해하며 물었다.

"아니 앰뷸런스로 왜 데려오십니까?"

"자네와 은밀한 이야기를 나누려고 그러네. 누가 들으면 안 되는 내용이라서."

이만섭이 긴장하며 나를 주시했다.

"자네도 당내 분위기를 파악했겠지만 김종필 의장을 공직에서 물러나게 하지 않으면 사태를 수습할 길이 없지 않은가. 이 의원 자네가 각하와 김종필 의장을 설득해 일이 성사되도록 해보란 말이지."

"아이구, 제가 어떻게 설득한단 말입니까. 누가 이야기해도 의장님이 듣지 않는다는 소문이 파다한데."

"그래도 다시 또 시도해봐야지. 초선의원들을 대표해서 당내 의견을 보고한다고 하면서 설득해보란 말이지. 자네 언변을 믿어보겠네."

내가 이만섭의 어깨를 두드리며 격려했다. 이만섭이 잠시 생각에 잠겼다. 내가 말을 이었다.

"사실은 각하께서 김종필 의장을 설득하기 위해 김성은 국방부장관과 김종갑 국회 국방위원장을 민기식 육참총장

공관에 모이도록 하고 김종필 의장도 오도록 해놓았네."

그제야 이만섭의 표정이 펴졌다.

"그럼 함께 설득하는 자리군요."

"언변으로는 자네가 제일이니 자네가 주도적으로 설득하라 이거지."

결국 이만섭의 설득이 주효하여 김종필은 당 의장직을 사임하고 6월 18일 다시 외유에 올랐다.

시위가 잦아들자 7월 29일 비상계엄령도 해제되었다. 계엄령이 해제되기까지 시위 주동자와 배후자로 지목된 학생, 정치인, 언론인 348명이 구속되었다.

학생 시위의 배후세력을 캐는 과정에서 김형욱 중정부장은 인혁당 사건을 발표했다. 대구 교사 출신 도예종을 비롯한 41명이 '북괴의 지령을 받고 정부 전복을 기도했다'는 혐의로 구속되고 16명이 수배되었다.

사건 피의자들은 8월 17일 검찰에 송치되었고, 서울지방검찰청 공안부에서 사건의 기소를 담당했다. 하지만 증거가 충분치 않을 뿐 아니라 중앙정보부의 조사 과정에서 고문과 가혹행위가 있었다는 사실이 밝혀지면서 이용훈과 여운상을 비롯한 담당검사 4명이 모두 공소 유지 불가능을 이유로 기소를 거부했다.

이용훈을 비롯한 검사 3명은 사표를 내기도 하는 등 우여 곡절 끝에 1965년 5월 29일 서울고등법원 2심 재판에서 도예종, 양춘우, 박현채를 비롯한 6명에게 징역 1년, 나머지 7명에게 징역 1년 집행유예 3년을 선고했다. 9월 21일에 대법원은 2심 재판의 형량을 확정했다.

한일회담은 1965년 2월 20일 기본조약이 가조인되었다. 반대 시위가 다시 불일 듯 일었다. 시위 중 부상당한 동국대생 김중배가 끝내 사망하자 시위는 더욱 가열해졌다.

박정희는 위수령을 선포하고 또 군대를 동원해서 시위를 진압했다.

6월 22일 기본조약과 부속협정이 정조인되었다. 8월 14일 회담을 반대하는 야당 의원들을 따돌리고 공화당 의원들만 소집된 국회에서 한일협정이 비준되었다. 14년간 끌어오던 한일회담이 일단 마무리된 셈이었다.

어떻게 보면 5·16 혁명 이후 하루도 바람 잘 날 없는 정국이었다. 박정희의 소통 없는 일방적인 강행이 빚은 결과였다.

이 무렵 군에서는 베트남 파병이 가장 큰 문제였다.

제1차 파병은 1964년 9월 11일 이루어졌다. 제1이동외과병원 요원 130명과 태권도 교관단 요원 10명 등 140명이 해군 LST편으로 부산항을 출항하여 22일 남베트남의 수도 사이공에 도착했다. 제1이동외과병원은 붕따우에 주둔하고, 태권도 교관단은 육해군 사관학교와 육군 보병학교에서 남베트남군을 지도하게 되었다.

미국과 남베트남 정부로부터 추가 파병을 요청받은 정부는 국회의 의결을 거쳐 2차로 2,000명 규모의 비전투부대 병력을 파병하여 후방지원과 건설지원을 하기로 결정했다. 내가 사단장으로 있던 경기도 현리 제6사단 사령부에서도 '주월 한국군 군사원조단 본부'를 창설하여 평화를 상징하는 뜻으로 비둘기 부대라 명명했다. 비둘기 부대는 1965년 3월 10일 인천항을 출발하여 16일 사이공에 도착하여 동북방 22킬로미터 지점의 디안에 주둔했다.

나는 지금은 비전투부대를 보내지만 머지 않아 전투부대 파병 요청이 들어올 것을 예상했다. 그때는 비둘기가 아니라 맹수 이름을 딴 부대명이 될 것이었다.

그 무렵 베트남 상황은 호찌민 루트를 이용한 북베트남군의 남파가 계속되면서 남부 전 지역에서 지상전이 치열해지고 있었다. 미국과 남베트남 정부는 드디어 한국에 1개 사단

규모의 전투부대 파병을 요청해왔다. 파병 요청에 응하지 않으면 주한미군 2개 사단이 남베트남으로 이동할지도 모르는 상황이었다.

결국 박정희 정부는 8월 13일 국회 의결을 거쳐 수도사단과 제2해병여단 파병을 결정했다. 제2해병여단은 10월 9일 캄란에 도착했고 수도사단은 11월 1일 퀴논에 도착했다.

남베트남에서 한국군의 활약이 두드러지자 미국 정부는 한국군 전투병력의 증파를 요청했다. 정부에서도 5만 명까지는 무리가 없다는 판단하에 1966년 3월 20일 국회의 의결을 거쳐 수도기계화사단과 제26연대, 제9사단 파병을 결정했다. 맹호부대라 명명된 수도기계화사단과 제26연대는 4월 15일 퀴논에 상륙하여 수도사단의 통제하에 들어가고, 제9사단은 10월 8일에 닌호아에 도착해 작전을 펼쳤다.

내가 6사단 사단장으로 있을 때 박정희와 1군사령관 김계원이 김성은 국방부장관과 함께 불쑥 숙소로 찾아왔다.

박정희가 청평 1군사령부를 방문했다가 귀경하는 길에 김계원에게 말했다.

"이 근방 현리에 재규 사단이 있잖아. 한번 들러 술 한잔하고 싶군."

예상치 못했던 갑작스런 방문이라 당황스럽기도 했지만

반가운 마음에 정성껏 저녁 식사와 술을 마련해 대접했다.

나중에 들은 이야기지만 박정희가 대접을 받고 돌아가면서 김계원에게 나를 칭찬하는 말을 했다고 한다.

"재규, 저놈 참 괜찮아. 저 친구 내가 장군이라고 불러줘야 하는데 버릇이 되어서 재규야 재규야 한단 말이야. 꼭 고향 집 막냇동생 같아. 참 착한 놈이지."

7남매 중 막내인 박정희가 동생을 갖고 싶은 심정에 나를 막냇동생처럼 여기는지도 몰랐다. 그래도 나는 8남매 중 장남인데 말이다.

1966년 1월 나는 소장으로 진급하고 6관구 사령관으로 임명되었다. 6관구 사령관은 수도권과 후방 지역의 군수물자를 지원하는 주요 보직이다. 이 직책을 통해 수도권과 후방 지역 부대 현황들을 좀더 세심하게 들여다볼 수 있었다.

김계원은 육군참모총장으로 육군본부에 있었는데 그의 요청으로 육군본부에 필요한 군수물자들을 우선적으로 보급해주기도 했다. 특히 국군의 날 행사 같은 때 김계원과 자주 만나며 지원이 필요한 부분들이 없나 세심하게 살폈다.

6관구 사령관으로 재직하는 동안 제6대 대통령 선거가 있었다. 1967년 5월 3일 박정희가 다시 윤보선을 이기고 대통령으로 재선되었다. 득표 차는 117만 표에 불과했다. 제5대

대통령 선거에서는 전라도에서 박정희가 이겼으나 제6대 대선에서는 윤보선이 이겼다.

수도권은 제5대 대선에서는 박정희가 윤보선에게 참패했으나 제6대 대선에서는 보다 적은 표 차로 패했다.

곧이어 6월 7일 국회의원 선거가 있었는데 야당에서는 관권 부정선거라고 규탄하며 재선거 실시를 요구했다. 시민과 학생들도 규탄 시위를 벌이기 시작했다. 정부는 전국 28개 대학교와 57개 고등학교에 휴교령을 내려 시위를 차단하려고 했다.

7월 8일 중정부장 김형욱은 '동백림 사건'을 발표했다. 유럽 유학 중인 교수·학생·음악가·화가 등 지식인들이 동베를린 주재 북한대남공작단에 포섭되어 평양으로 들어가 노동당에 입당하여 공작금까지 받고 이적행위를 해왔다는 혐의였다. 200여 명이 연루된 이 사건에서 107명이 구속되고 윤이상 작곡가, 이응로 화가, 천상병 시인을 비롯한 34명이 사형·무기징역 등 유죄판결을 받았다.

나는 3년 전에 중정이 발표한 인혁당 사건과 마찬가지로 동백림 사건도 어지러운 시국을 무마하려는 조작 혐의가 없잖아 있다고 짐작했다. 하지만 무리를 해서라도 일단 정권을 지켜내야 하지 않나 싶기도 했다.

해가 바뀌어 1968년 1월 21일 북한 무장공비 31명이 한국군 복장을 하고 청와대를 습격하러 휴전선을 거쳐 세검정까지 넘어온 충격적인 사건이 벌어졌다.

세검정 자하문을 통과하려다가 경찰의 불심검문을 받고 정체가 드러나자 공비들은 경찰들에게 수류탄을 던지고 기관단총을 난사했다. 지나가는 시내버스에도 수류탄을 던져 다수의 시민이 살상당했다. 그 현장에서 종로경찰서 최규식 서장도 총탄을 맞고 순직했다. 비상경계 태세로 돌입한 군경은 무장공비 31명 중 29명을 사살하고 한 명을 생포했다. 나머지 한 명은 북한으로 도주했다.

박정희는 이 사건을 계기로 향토예비군을 창설하고 나를 방첩부대장에 임명했다. 방첩부대는 육이오 전쟁 발발과 함께 1950년 10월에 창설되어 간첩 색출을 주임무로 했던 육군 특무부대가 1960년에 개편된 부대였다.

특무부대 시절 대장 김창룡은 군대 내 좌익 장군과 장교 사병들을 잡아내는 데 혁혁한 공을 세웠으나 반면에 직권 남용으로 악명도 함께 얻었다. 김창룡은 조선경비사관학교 3기생으로 나보다 1기 후배였다. 역시 일본군 헌병 출신으로 일제하 공산주의 계열 항일조직을 무너뜨리고 독립군을 잡아 고문했다. 해방 전 2년 동안 그가 적발한 항일조직은 50여

개나 되었다.

해방이 되자 반공투사로 돌변하여 이승만의 총애를 받았다. 공산주의 조직을 잡아내던 이전 실력을 발휘했다. 특무부대장이 되기 전 중령으로 정보국장직에 있을 때 이승만의 특별지시로 합동수사본부를 차렸다. 합수부는 군대 내 남로당 조직을 와해하는 데 총력을 기울였다. 이 무렵 김창룡은 남로당 군사부 책임자인 박정희를 신당동 지하방에서 검거하고 취조했다.

박정희가 사형 구형까지 받았으나 김창룡은 선배인 박정희를 아끼는 바람에 사상 전향을 적극 권하고 백선엽 장군에게 선처를 호소하기도 하여 박정희를 사형에서 무기징역으로, 무기징역에서 형집행정지로 풀려나게 하는 데 크게 일조했다. 물론 박정희 나름대로 국내외 인맥을 동원한 것도 효력이 있었다.

육이오 전쟁 중에 특무부대장이 된 김창룡의 위세는 등등했다. 그에게 좌익으로 찍히면 살아나갈 길이 없었다.

그러다가 1956년 1월 30일 오전 7시 30분경 출근길 원효로 삼거리에서 장교 복장을 한 자들에게 처참하게 암살당하고 말았다. 배후에 강문봉 중장 등 막강한 군부 반대세력이 있었다.

김창룡 암살 소식을 들은 이승만이 잠옷 바람에 외투만 걸치고 달려와 특무부대에 안치된 시신 앞에서 오열하며 떠날 줄을 몰랐다.

내가 방첩부대장이 되어 마주친 첫 공안사건이 통일혁명당 사건이었다. 물론 중정부장 김형욱을 중심으로 한 중정이 관련자들을 체포하고 수사했지만 간첩과 관련된 사건이라 방첩부대장으로서 관심을 가지지 않을 수 없었다.

통일혁명당은 전위정당으로서 미 제국주의 식민지 지배 철폐, 민중민주주의 혁명 수행, 부패한 반봉건적 사회제도 일소, 민족 재통일 성취 등을 당 강령으로 내걸고 구체적인 정책들을 제시했다. 민주적 토지개혁, 주요산업의 국유화, 민주적 노동법 실시, 여성의 권익보장, 무료 교육제, 선진적 의료보험제, 무상치료제 들을 열거했다.

무장투쟁 혁명을 내세웠으나 실제로 실현되지는 않은 가운데 북한과 연루되었다는 혐의로 간첩단 사건으로 비화되고 말았다.

북한까지 다녀온 주동자 김종태와 김질락, 이문규는 사형 선고를 받고 처형당하고 신영복은 무기징역, 박성준은 15년 형을 받았다. 김질락은 감옥에서 북한 체제를 비난하며 전향까지 했으나 끝내 사형당하고 말았다.

호송차는 수진1동을 지나간다. '수진'(壽進)은 수명이 늘어난다는 뜻으로 조선시대 예종의 둘째 아들 제안대군(齊安大君)의 저택 수진궁에서 유래된 이름이다.

수명이 늘어난다는 동네를 사형집행 당하러 가는 사형수가 지나간다.

사람들이 수명을 조금이라도 늘리기 위해 얼마나 애쓰는가. 나도 서울대병원 주치의에게 만성간염 진단을 받고 나중에 간경변으로 악화되자 더 이상 진행되지 않도록 온갖 처방을 해보았다. 하지만 돈만 많이 들어가고 별 효과가 없었다.

얼마 전까지만 해도 육촌 여동생 김차분이 중정 공관까지 매주 두세 차례 찾아와서 물약을 항문에 주입하여 관장을 시켜주었다. 어쩔 수 없이 술을 마신 다음 날은 팔뚝에 검은 반점이 돋아나기도 했는데 차분이 와서 관장을 해주면 희한하게도 반점이 사라졌다. 아무리 친척이라고 하지만 여성 앞에 항문을 내보이는 것이 부끄러운 일이긴 하나 그래도 조금이나마 수명을 늘리려고 관장을 해온 셈이었다.

간경화가 간암으로 진행될 가능성이 많아 정기적으로 간암 검사도 받아야 했다. 황달 현상으로 얼굴빛이 거무스레 변하기 시작한 지는 꽤 오래되었다.

죽음의 두려움이 몰려올 때는 『반야심경』을 외우기도 하고 『숫타니파타』의 「핑기야 물음」 대목을 다시 읽어보기도 했다.

핑기야가 물었다.

나는 이미 늙었습니다.

힘은 다하고 생명의 불마저 꺼져 갑니다.

잘 보이지도 잘 들리지도 않습니다.

고타마여, 이 어둠 속에서 내가 그냥 숨을 거두지 않도록 해주십시오.

태어나고 늙음을 초월하려면 무엇을 어떻게 해야 합니까?

이를 말씀해주십시오.

스승이 대답했다.

핑기야여, 이 육체가 있기 때문에 거기 괴로움이 있다.

육체가 있기 때문에 거기 병의 고통이 따른다.

핑기야여, 그러므로 그대는 부지런히 육체에 대한 집착을 버려야 한다.

다시는 고뇌에 찬 이 생존 속으로 들어오지 말아야 한다.

수진2동 근처 모란시장 근방을 지나간다. 육이오 때 월남한 피란민들이 이 지역을 중심으로 마을을 이루고 평양 모란봉에서 따와 마을 이름을 '모란'이라고 했다.

모란봉은 평양 대동강변 해발 96미터 금수산 정상이 모란꽃 봉우리를 닮았다 하여 붙여진 이름이다. 모란꽃을 함박꽃이라고 하므로 함박뫼라고도 불렸다. 을밀대·부벽루 등 평양 8경 중 절반이 모란봉에 모여 있을 정도로 명승지다.

나도 육이오 전쟁 때 북진하면서 평양에서 모란봉을 구경한 적이 있다. 모란봉을 둘러보면서 이제 곧 통일이 이루어지나 흥분하기도 했다.

얼마나 북한 고향 땅이 그리웠으면 '모란'을 동네 이름으로 삼았을까.

모란시장은 민속 5일장으로도 유명하다. 다른 지역 장날 시장은 거의 사라졌지만 모란 민속시장은 수십 년이 지나도 5일장을 연다. 평소에는 공영주차장으로 사용되다가 매월 4일부터 5일장이 열리는 날에는 장날 시장으로 돌변한다. 온갖 물품이 즐비한 가운데 특히 식용 개고기, 한방용 고양이 고기 판매로 악명을 떨치기도 한다. 나도 모란시장을 종종 방문하여 '앉은뱅이술'을 마셔보기도 했는데 철망에 갇힌 개와 고양이의 째려보는 듯한 눈빛을 잊을 수 없다. 그 개와 고양이들도 사형집행 직전에 있음이 틀림없었다.

아무튼 모란 장날 시장에서 실향민들이 모여 서로 소식을 주고받으며 향수를 달래기도 했을 터였다.

나는 태어나서 20여 년 가까이 비록 일본 식민지였지만 나뉘지 않은 나라에서 살았다. 금강산과 백두산도 구경하고 개성 선죽교도 건너보고 원산 해변도 거닐어보았다. 내가 군인으로 정부 관료로 살아온 것도 조국 통일에 도움이 되기 위한 측면도 있었다. 통일 없이는 우리 민족에게 소망이 없다고 생각해왔다. 하지만 그 길을 모색하기란 여러 복합적인 변수로 여간 어려운 일이 아니었다.

반공을 국시의 제일의로 삼는다는 공약을 들고 혁명을 일으킨 박정희이지만 통일을 모색하는 일에 관심이 있다는 사실이 반가웠다. 그래서 이후락이 1972년 7월 4일 '7·4 남북 공동성명'을 발표했을 때 3군단 연병장을 달리며 흥분하지 않을 수 없었다.

1972년에 접어들면서 국제사회에 큰 변화가 일어났다.

2월 21일 미국 대통령 닉슨 일행이 중국으로 날아가 모택

동과 회담하고 2월 28일 두 나라가 '상하이 공동성명'을 발표한 후 국교 정상화로 들어갔다. 일 년 전 4월 미중 탁구대회가 중국에 유치된 후 미국과 중국이 급속하게 가까워지더니 급기야 공동성명까지 발표하기에 이르렀다.

중국을 중공이라 부르며 공산주의 국가로 혐오하던 한국 정부는 당황하지 않을 수 없었다. 주한미군 감축도 이루어지고 있는 시기였다. 닉슨은 5년 내 주한미군 완전철수를 공약으로 내걸었다. 베트남전에서도 미군이 밀리고 있는 추세였다. 한국 정부는 독자노선을 통해 생존을 도모하지 않으면 안 되는 처지가 되었다.

이후락은 박정희의 지시를 받고 은밀히 북한 당국과 연락하기 시작했다. 우선 1972년 3월 28일 중정 부하 정홍진을 단독 밀사로 파견했다. 한 달 보름 후 5월 2일 오전 10시, 이후락이 정홍진과 경호원 한 명, 의사 한 명과 함께 북한으로 들어가 마침내 김일성을 만났다.

7월 4일 이후락은 남북 공동성명을 전격적으로 발표했다. 반공을 국시의 제일의로 삼고 있는 정부가 북한과 자주 외세배격, 평화통일, 민족 대동단결을 합의했다고 하니 놀라지 않을 수 없었다.

나는 3군단장으로 군대에 묶여 있었으므로 이후락의 암

약과 잠행을 알지 못하고 있다가 큰 충격을 받았다. 남북 일로 한 걸음을 다가가는 것이 아닌가 하고 기대감에 들뜨기도 했다.

그러나 남한과 북한 간에 뚜렷한 교류나 협력이 진척되지 않아 안타까웠다. 3개월 후 박정희가 유신헌법을 발표하자 '7.4 남북 공동성명'의 저의마저 의심스러워졌다. 미리 유신헌법을 염두에 두고 국민을 속이려고 통일 쇼를 벌인 게 아닌가 싶기도 했다. 통일을 계속 추진하기 위해서라도 유신체제가 불가피하다는 합리화를 꾀하려 한 것이 아닌가.

호송차량 행렬이 이제 탄천을 끼고 달린다. '탄천'(炭川)은 원래 '숯내'라 하여 주변 마을에서 숯을 굽는 바람에 개천이 까매져 붙여진 이름이다.

내가 안동농림학교를 다닐 때 조림산림보호 과목 성적이 2학년 과목들 중에서 제일 좋았다. 산림을 잘 보호하면 나중에 숯을 굽는 좋은 재료로도 활용될 수 있음을 배웠다.

내가 일본 유학에 실패하고 돌아와 어느 학교로 진학할까 고민할 무렵 일본군의 미국 진주만 기습 공격이 있었고 황국

신민화 명목으로 창씨개명 운동이 대대적으로 벌어졌다.

1940년 2월 11일부터 6개월간 이름을 바꾸지 않으면 '후테이센진' 즉 '불령선인'이라 낙인이 찍혔다. 불령선인이 되면 직장을 얻는 데도 불리하고 나 같은 경우 학교 진학하기도 어려웠다.

아버지도 김문기 공조판서 17대손의 자존심을 버리고 창씨개명에 응하고 말았다. 그래도 김씨 성을 살려 '김본'(金本)이라 하고 내 이름은 '원일'(元一)이라 지어주었다.

카네모토 모토카즈.

내 일본식 이름에 '모토'가 두 번이나 들어가 왠지 어색했지만 아버지는 근본을 잘 지키면 으뜸이 된다는 이름 뜻을 새기라고 했다.

재규라는 이름도 실을 '재'(載)에 옥구슬 '규'(圭)로 옥구슬을 싣는다는 뜻이 있었다. 내가 한번은 옥편에서 '圭'를 찾아보니 '홀'(笏)이라는 뜻도 있었다. '홀'은 제후 임명식에 사용되기도 하고 제후가 황제를 알현할 때 얼굴을 가리는 데 사용되기도 했다.

높은 벼슬을 하라는 뜻으로 지은 이름 같기도 한데 아버지는 조심스러웠는지 그런 말은 일절 하지 않고, 옥구슬을 실은 수레처럼 맑고 품위 있게 살아가라고만 했다.

아버지는 학교 진학 문제로 고민하고 있는 나에게 안동농림학교로 가는 게 어떠냐고 의견을 물었다.

"아버지가 정미소도 하고 있고 논도 100마지기, 밭도 50마지기 가지고 있잖아. 니가 농림학교 가서 농업을 전문적으로 배우면 아버지 사업을 물려받아 잘해나갈 수 있을 거야."

아버지 사업을 물려받는 것도 나쁘지 않은 것 같고 일본에서 사고치고 온 주제에 고분고분 따르는 게 좋을 것 같아 아버지의 말에 동의해주었다.

그런데 가고 싶다고 해서 쉽게 갈 수 있는 학교도 아니었다. 경북 지역에서 유일한 5년제 중등 교육기관이라 경쟁률이 10 대 1이 넘었다.

나는 일본 유학이 유리하게 작용했는지 면접시험은 볼 수 있게 되었다. 면접만 잘 보면 합격 가능성도 있었다.

일본인 면접 교사가 나에게 물었다.

"보아하니 일본 가서 무선전신도 배웠네. 직접 일본 가보니까 어때?"

"내선일체라 해서 조선인을 잘 대해줄 줄 알았는데 얼마나 무시하던지 기분이 많이 상했습니다. 말로만 내선일체, 우리는 하나다 하면서 실제로는 그렇지 않더군요."

나는 솔직하게 대답한다고 했다. 순간 면접 교사의 얼굴이 굳어졌다. 아차, 싶었으나 이미 때가 늦었다.

불합격 통보를 받은 나와 아버지는 난감하기 그지없었다. 아버지는 집을 나가 막걸리에 잔뜩 취해 깊은 밤이 되어서야 돌아왔다. 어머니와 동생들은 벌써 잠이 들어 있었다.

아버지가 아직 자고 있지 않은 나를 건넌방으로 부르더니 불합격한 이유를 전해 들었다면서 알려주었다. 내가 이미 짐작하고 있는 내용이었다.

"불온하게 어떻게 그리 대답할 수 있니? 아무리 일본에서 서운한 일이 있었다고 해도 그렇지. 자리를 봐가면서 말을 해야지."

나는 변명할 말이 없었다.

며칠 후 아버지가 반가운 소식을 가지고 왔다. 아버지가 잘 아는 선산우체국장의 사위 히구치가 마침 안동농림학교 교사로 있는데 히꾸치 선생이 나를 위해 보증서를 써주기로 하고 학교에 다니도록 해준다는 것이었다. 보증서는 아마도 내가 불온한 학생이 아니라는 내용일 것이었다.

나는 고향 근처에 있고 싶었으나 또 객지로 나가야만 했다. 아버지는 나를 데리고 안동으로 가서 입학 수속을 밟아 주고 담임의 주선으로 같은 반 학생의 집을 하숙집으로 정해 주었다.

하숙집은 낙동강 건너편 마을에 있었다. 낙동강 둑에 진달래와 개나리 봄꽃들이 봉오리를 틔우고 있었다.

아버지와 나는 하숙집에서 하루를 묵은 후 그다음 날 안동 하회마을과 그 옆 병산서원을 둘러보았다.

하회는 글자 그대로 강이 돌아간다는 뜻이다. 강은 대개 굽이를 이루면서 흘러가는데 하회는 굽이를 이루는 각도가 가팔라서 아예 땅을 빙 둘러 감싸안고 있었다. 마을을 그렇게 감싸는 게 아니라 마을 건너편 언덕과 산을 감싸면서 흘러갔다. 건너편 언덕을 부용대라고 했다.

참 특이한 강 풍경도 있구나 싶었다. 하회마을은 풍산 류씨 집성촌으로 한옥들이 오래되어 보이고 품위가 있었다.

선비길이라는 산길을 따라 걸어가니 병산서원이 나타났다. 서원 앞쪽 길게 자리 잡은 누각에 오르자 바로 앞 강가 풍경이 화폭처럼 펼쳐지고 강 너머 우람한 산이 그림자를 드리우고 있었다. 선비를 상징한다는 매끈한 배롱나무가 서원 경내에 여기저기 심겨 있었다.

옛날 학교가 서원인 셈인데 이곳 학생들은 부럽게도 경치도 좋은 탁 트인 곳에서 공부했구나.

　내가 곧 입학하여 배우게 될 과목들은 어떠할지 은근히
부담이 되기도 했다.

　농림은 그야말로 농업과 산림으로 학교 과목들도 주로 거
기에 맞춰져 있었다. 영어, 물리, 생물, 교련, 대수 과목도 끼
어 있었다.

　1학년 때 성적은 나쁜 편이었다. 110명 중 100등이었다.
어릴 적부터 앓던 중이염이 심해져서 자주 열이 나고 결석하
는 날도 많았다. 27일이나 결석했다.

　영어는 그래도 어느 정도 해서 85점이었고 식물 과목도
81점으로 그리 나쁜 편은 아니었다. 출석 점수 비중이 높은
교련이 65점으로 제일 낮았다. 군사기초 훈련인 교련이 내
적성에 맞다고 생각했는데 성적이 좋지 않아 자못 당황스러
웠다.

　2학년 때는 15일 결석에 약간 성적이 올라 87등이었다. 제
일 좋은 성적을 받은 과목은 조림산림보호였다. 그것도 75점
에 불과했다. 물리, 생물 등 과학 계통 과목은 성적이 더 낮
았다.

3학년으로 올라가자 성적 평가 방식이 수우미양가 식으로 바뀌었다. 영어는 여전히 성적이 좋아 '수'를 받았고 교련역시 가장 낮은 '가'를 받았다. 대수도 '가'였다.

3년을 다닌 결과 농림은 내 적성에 맞지 않다는 결론에 이르렀다. 한 가지 중요한 성과가 있었다면 하숙집 아주머니와 아들인 친구와 무척 친밀하게 지낸 일이었다. 하숙집 아주머니에게서는 어머니한테서 제대로 받지 못한 포근한 정을 느낄 수 있었다. 친구는 일본에서 공부하고 있는 명수 못지않게 나를 잘 따라주었다. 나의 유머에 배를 움켜쥐고 웃어주었고 내 노래를 칭찬해주며 함께 장단을 맞춰 불러주었다.

그 친구의 어머니는 내가 보안사령관, 중정부장 등 정부 요직에 있을 때도 명절마다 찾아뵙고 큰절을 올리며 어머니처럼 모셨다.

'탄천'에는 동방삭 전설도 얽혀 있었다. 옥황상제가 삼천갑자 동방삭이 너무 오래 살고 있다면서 저승사자에게 잡아오라고 명령했다. 하지만 저승사자는 동방삭이 어디에 있는지 알 길이 없었다. 그런 중에 탄천가에서 숯을 갈고 있는 노인을 발견했다.

왜 숯을 갈고 있느냐고 물으니 그 노인은 숯을 갈아 하얗게 만들 거라고 했다. 아무리 오랜 세월이 걸려도 그 일을 계속할 것이고 자기는 그 세월 동안 살아 있을 거라고 장담했다. 그러자 저승사자는 이 노인이 바로 동박삭임을 알고 그를 잡아갔다고 한다.

숯을 아무리 간다고 하얗게 될 것인가. 숯과 같은 인간 본성도 아무리 간다고 하얗게 변화될 수 있을 건가. 나의 본성도 그러하지만 박정희의 본성은 그야말로 단단한 숯덩어리 같았다.

박정희는 항상 양편에 서로 대조되는 인물을 두고 그 인물들이 서로 경쟁하며 충성하도록 유도하다가 결국 양편 인물을 차례로 제거해버렸다.

김종필과 김성곤, 이후락과 김형욱, 박종규와 윤필용, 나와 차지철.

양편 인물의 갈등과 시기와 충성 경쟁을 중심으로 책을 쓴다면 대하장편이 되고도 남을 터이다.

1969년 4월 8일 권오병 문교부장관 해임안을 야당이 발의하여 표결에 들어갔다. 김종필계 의원들이 김성곤계 의

176

원들의 반대에도 불구하고 야당과 결탁하여 여당 내에서도 40여 명이나 되는 의원들을 포섭했다. 결국 권오병 장관 해임안이 통과되고 말았다. 이 소식을 들은 박정희는 대로하여 주동인물들을 제명하도록 했다.

3선개헌 움직임이 있자 야당과 반개헌 세력들은 개헌 반대 운동을 펼치기 시작했다. 여당 내에서도 여전히 반개헌 의원들이 있었다. 이후락과 김형욱은 반개헌 의원들을 한 사람씩 불러내어 회유하기도 하고 사생활 비리를 들어 협박하기도 했다. 그중에서도 공화당에서 영향력이 막강한 김종필, 정구영 의원들은 이후락과 김형욱도 어쩌지 못했다.

정구영은 박정희 공화당 입당 시 신원보증인이기도 한 인물로 공화당 총재와 의장을 지냈다. 변호사 출신으로 3·15 부정선거 규탄 선언문을 발표하는 등 기개가 만만찮았다. 정구영은 압박을 피해 속리산 근방 고향으로 떠나버렸다.

나는 은근히 경쟁심리가 발동하여 이후락과 김형욱이 실패한 정구영 설득 작업을 내가 해보리라 마음먹었다.

정구영의 4남 정만영이 나와 육사 2기 동기로 절친한 사이였다. 정만영은 여순반란 사건에 연루되어 군복을 벗었지만, 이후에도 나는 정구영을 아버지처럼 모셨다. 공화당 창당 과정에서 재야의 거목이던 정구영을 내가 박정희에게 추천했다. 지난 6월에는 정구영에게 문안 인사차 들러 5시간 가까이 개헌 문제에 대해 의견을 나누기도 했다.

그런데 박정희가 8월 초 나보다 먼저 차지철을 충북 옥천 고향에 내려가 있는 정구영에게 특사로 보냈다. 차지철은 34세에 불과했지만 국회 외무위원장이었다. 정구영은 차지철 결혼식에서 주례를 맡은 인연이 있기도 했다.

차지철은 "차제에 개헌에 대해 찬반 의사를 확실히 밝혀 달라. 개헌에 찬성할 수 없다면 당의 결속과 통솔을 위해 탈당 권고가 불가피하다"는 내용의 박정희 친서를 정구영에게 전달하고 친서에 대한 답변을 달라고 졸랐다. 밤새 시달린 정구영은 차지철에게 끌려오다시피 서울 북아현동 집으로 올라왔다.

다음 날 오후에도 차지철은 북아현동 집을 찾아가 정구영에게 찬반 의사를 밝혀 달라고 압박했다.

그때 내가 북아현동 집을 찾아갔다. 내가 왔는데도 차지철은 나를 다른 방에서 기다리게 해놓고 한참을 더 정구영에게 답변을 요구하다가 방을 나왔다.

이번에는 내가 들어가 정구영을 다시 설득하기 시작했다.

"개헌이 안 되면 어떤 비상사태가 벌어질지 모릅니다. 각하가 못다 이룬 일을 마저 이루기 위해 한 번만 더 임기를 연장하려고 하는데 협조할 수 있지 않습니까."

정구영이 대답했다.

"모르는 소리요. 한 번만 연장한다구요. 어림도 없는 소리. 두고 보시오. 곧 영구집권 개헌안을 들고나올 거요."

결국 나도 포기하고 나왔는데 그때까지 차지철이 기다리고 있다가 어떻게 되었느냐고 다급하게 물었다. 나는 고개를 크게 저어 아무 성과가 없다고 표시했다.

그러자 차지철이 버럭 화를 냈다.

"에이씨, 꼴통 고집쟁이 영감 같으니라고."

"차 의원, 어르신한테 무슨 말을 그렇게 해? 옥천에 찾아가서도 안 되니까 서울로 연행하다시피 해서 또 이틀이나 괴롭히고."

나보다 여덟 살 어린 차지철에게 종종 반말을 하기도 했는데 부아가 날 때는 더욱 그랬다.

"괴롭히다니요. 각하의 분부를 받들어 하는 일인데요. 김 사령관도 오늘 설득하러 온 거 아니요? 정 의원을 괴롭히려 온 건가요?"

"말조심해. 난 아버지로 모시는 분이야. 차 의원처럼 무례하게 굴진 않아."

"김 사령관은 늘 그렇게 신사인 척하니까 일을 과감하게 밀고 나가지 못하는 거요. 근데 왜 반말이슈?"

차지철이 나를 향해 눈알을 부라리며 빈정거리기까지
했다.

"대위 출신 주제에."

내 입에서 나와서는 안 되는 말이 나오고 말았다. 아차 싶
었지만 때가 늦었다. 차지철은 육사 시험에 떨어지자 태권도
실력을 밑천으로 포병 간부시험에 합격하여 장교가 되었다.
정식 육사 출신들에 대해 열등감이 있었다. 육사 출신들 역
시 간부후보생 출신들을 무시하는 경향이 있었는데 나도 마
찬가지로 그런 점에서 차지철을 아래로 보고 있었다.

"대위가 아니라 중령입니다. 지금 군대 계급 따질 때입니
까. 어엿한 국회의원이란 말입니다."

"잘 처신하시오."

나는 그 정도하고 물러났으나 차지철의 건방진 태도가 계
속 마음에 걸렸다.

이후락과 김형욱은 서로 경쟁적으로 야당 의원들을 포섭
하는 공작도 서슴지 않았다. 조흥만, 연주흠, 성낙현 세 야당
의원이 개헌 지지로 돌아섰다. 신민당 당수 유진오가 3선개
헌 반대 성명을 발표한 그날 오후에 조흥만이 개헌 지지 성
명을 발표하여 물타기를 해버렸다.

신민당은 전국구 의원인 변절자 세 명의 의원직을 박탈하기 위해 당을 해체하고 신당을 만드는 무리수까지 두었다. 당이 해체되면 전국구 의원은 자동으로 의원직이 상실되었기 때문이다.

정구영을 설득하지 못해 전전긍긍하던 이후락과 김형욱은 마지막으로 김종필을 만나 읍소했다. 김종필은 3선개헌 반대 의사를 굽히지 않고 있다가 읍소가 자정이 넘도록 이어지자 깊은 한숨을 쉬며 대답했다.

"대통령이 계속 고집을 부린다면 할 수 없이 내가 고집을 꺾는 수밖에."

개헌 지지 측으로서는 쾌거가 아닐 수 없었다.

김종필이 개헌 찬성 성명을 발표하자 개헌 추진에 더욱 박차를 가할 수 있었다.

공화당 의원총회가 1969년 7월 29일 영빈관에서 열려 다음 날 새벽 4시 40분까지 무려 18시간 동안이나 격론이 벌어졌다. 의견이 수렴되어 3선개헌 서명 발의로 의원총회가 마무리되려고 할 즈음 이만섭 의원이 의사진행발언을 했다.

"우리가 개헌을 하려고 하면 우선 공화당부터 쇄신해야 한다고 생각합니다. 그래야 국민의 호응을 받을 수 있을 겁니다. 3선개헌에 앞서 5개항 선행조건이 충족되어야 합니다."

첫째 선행조건은 권력형 부정부패 책임자인 이후락과 김형욱이 먼저 물러나야 한다는 것이었다. 3선개헌을 위해 온 마음과 힘을 다해 애쓴 이후락과 김형욱으로서는 충격이 아닐 수 없었다. 토사구팽당하는 심정이었다. 둘은 박정희를 찾아가 호소해보았지만 박정희도 선행조건 쪽으로 마음이 기울어져 있었다.

1969년 8월 7일 공화당은 3선개헌안을 당론으로 확정하고 9월 14일 새벽 2시에 야당 의원들을 따돌리고 국회 제3별관에서 개헌안을 통과시켰다. 1969년 10월 17일 국민투표로 개헌안이 드디어 확정되었다.

사흘 후 박정희는 이만섭이 제안한 선행조건대로 이후락과 김형욱을 물러나게 했다. 이후락 비서실장 후임으로 재무부 상공부 장관을 지낸 김정겸이 임명되고, 김형욱 중정부장 후임으로는 육군참모총장을 지낸 김계원이 임명되었다.

두 사람은 앞의 두 사람과는 여러 면에서 달랐다. 비교적 차분하게 일을 하는 편이었고 대통령의 지시를 고분고분 잘 따랐다.

1971년 10월 2일에는 오치성 내무부장관 해임안 처리를 두고 여당 내에서 항명 소동이 있었다. 이전 권오병 문교부장관 해임안 처리 과정과 유사한 일이 벌어졌다. 권오병 때는 김종필계 의원들이 반란을 일으켰다면 오치성 때는 반김종필계로 불리는 소위 공화당 4인방, 즉 김성곤·길재호·김진만·백남억 세력이 반란을 일으켰다.

오치성은 내무부장관에 취임하자 4인방 세력으로 여겨지는 전국의 공무원들을 대대적으로 숙청했고 거기에 반발한 4인방이 야당과 합세하여 오치성 해임안을 발의하고 통과시켜버렸다.

박정희의 분노가 극에 달했고, 중정은 이후락 진두지휘하에 4인방을 비롯하여 동조한 공화당 의원 23명을 연행하여 얼굴을 보자기로 씌워 발길질하고 몽둥이로 패는 등 고문을 가했다. 김성곤의 유명한 콧수염도 한쪽이 밀리는 수모를 당했다.

박종규와 윤필용의 갈등과 시기도 유명했다.

육영수 저격사건이 있기 전까지는 경호실장 박종규의 권세가 하늘을 찌를 듯했다. 박종규에게 대적할 만한 인물로는 이후락을 제외하고는 그 당시 수도경비사령부(수경사) 사령관이었던 윤필용이 꼽혔다.

윤필용은 나보다 한 살 어린 육사 8기생으로 혁명 초기에 국가재건최고회의 의장 비서실장 대리를 지내기도 했다. 1965년 방첩부대장으로 원충연 반혁명 사건을 사전에 파악하여 일망타진함으로써 박정희의 신임을 받았다. 장교와 장군 인사를 좌지우지하여 '필동 육본' '청와대 밖 대통령'이라는 별칭까지 얻었다.

1968년 1월 21일 무장공비 청와대 습격 시도 사건을 미연에 차단하지 못하고 김신조를 수사하던 중 "내레 박정희 모가지를 따러 왔디요"라는 김신조 목소리를 그대로 방송에 내보냈다가 경질되고 말았다. 20사단장으로 좌천되었다가 1968년 10월 맹호부대 사단장으로 베트남전에 참여했다. 맹호부대에는 노태우 중령이 대대장으로 속해 있었고 그 후임으로 박희도 중령이 오기도 했다.

나는 평소에 후배인데도 나에게 버릇없이 구는 윤필용을 싫어했다. 그의 후임으로 방첩부대장이 된 나는 윤필용을 감시하고 약점을 잡기 위해 비서실장이던 육사 12기 황인수 중령을 맹호부대 보안부대장으로 파견했다. 윤필용은 나의 의도를 눈치채고 황 중령을 받아들이려 하지 않았으나 그대로 밀어붙였다. 그러자 윤필용은 황 중령을 밀착 감시하는 정보원을 붙이기도 했다.

베트남전에서 공을 세운 윤필용이 소장으로 수경사 사령관이 되었을 때 나는 수경사 보안대 대원들을 활용하여 윤필용의 전화 통화를 도청하도록 했다. 결국 도청 사실이 발각되어 윤필용이 대로했고 그 여파가 겹쳐 나는 1971년 9월 23일 3군단장으로 밀려났다.

그 무렵 중앙정보부장 이후락의 기세가 등등하자 주변에서 아첨이 심해졌다. 수경사 사령관 윤필용이 회식 자리에서 이후락을 띄워주는 말을 쏟아냈다.

"형님, 각하가 노쇠하시니 건강이 더 약해지기 전에 물러나시게 하고 후계자를 세워야 합니다. 후계자는 형님이 있지 않습니까. 신라의 김춘추도 고구려 갔다 와서 왕이 되지 않았습니까."

'고구려 갔다 왔다'는 말은 이후락이 7.4 공동성명을 위해 북한을 다녀왔다는 뜻이었다.

이후락은 그냥 덕담이겠거니 하고 대수롭지 않게 받아넘겼다. 하지만 이 소문이 박종규를 통해 박정희의 귀에까지 들어갔다. 박종규는 이번 설화를 계기로 라이벌인 이후락과 윤필용을 동시에 제거해버리려고 했다.

박정희는 윤필용과 자주 어울리는 서울신문 사장 신범식을 불러 골프를 치면서 물었다.

"항간에 내 후계자 소문이 돈다는데 후계자가 누군지 자넨 아나?"

신범식이 깜짝 놀라며 대답했다.

"저는 금시초문입니다."

그때 박정희 옆에서 경호하던 박종규가 권총을 꺼내어 신범식 머리를 겨누며 실토하라고 윽박질렀다. 결국 신범식은 회식 자리에서 떠벌린 윤필용의 말들을 고해바쳤다.

그런 차제에 청와대 경내에 통일 염원을 담아 건축 중인 '통일정사'라는 사찰도 사실은 수경사 참모장 손영길이 이후락을 대통령으로 만들기 위해 짓도록 한 거라는 첩보가 올라왔다. 화가 잔뜩 난 박정희는 보안사령관 강창성에게 윤필용을 체포하여 쿠데타 음모를 조사하라고 했다. 하지만 쿠데타 음모는 지나친 혐의였다.

윤필용은 재판에 회부되어 쿠데타 혐의가 아니라 업무상 횡령, 특정범죄가중처벌법 위반, 군무이탈 등 8개 죄목으로 징역 15년에 벌금 추징금 2,600만 원을 선고받았다. 수경사 참모장 손영길 준장을 포함한 장군 3명과 장교 10명에게도 징역형이 내려졌다. 윤필용과 가까운 장교 30여 명이 무더기로 군복을 벗었다.

내가 육군교도소에 있는 동안 박흥주의 부하였던 교도관

황 상사를 통해 박흥주 소식도 간혹 들으며 윤필용이 어떻게 육군형무소(이때는 육군형무소라 불렸다) 생활을 했는가 엿들을 수 있었다.

희망 A동 1호실에 갇힌 윤필용은 재소자답지 않게 육군형무소에서도 권세를 부리며 지냈다. 감방문을 다 열어놓고 함께 갇힌 장군과 장교들을 불러모아 냉장 박스에 담겨 배달된 소고기와 오렌지 등 열대 과일들로 파티를 벌이듯 식사를 했다. 식사 도중에 교도관이 알아듣지 못하도록 영어와 일어를 섞어가며 시국과 재판 상황에 관해 대화를 나눴다.

대령인 육군형무소 소장도 출근할 때마다 희망 A동 1호실에 들러 윤필용에게 문안 인사를 한 후에 사무실로 올라갔다. 근무 헌병인 교도병들이 휴가나 외출을 나갈 때도 윤필용에게 보고하고 인사를 올렸다. 그러면 윤필용은 5,000원 한 장과 말보로 한 갑을 건네주기도 했다.

재소자들이 매일 롤러를 굴려서 다져놓은 테니스장에서 육군형무소 소장과 윤필용이 테니스 치는 모습도 자주 목격되었다. 하긴 군인 재소자들은 기결수가 되기 전까지는 이전 계급이 유지되고 계급에 상응하는 예우를 받긴 했다.

윤필용은 15년 징역형을 받은 후 민간인 신분이 되어 함께 갇혔던 장군과 장교들을 인솔하듯 안양교도소로 이감되었다. 15년 징역형을 받았지만 어쩐 일인지 윤필용은 2년 만에 석방되었다. 박종규는 육영수 저격사건에 대한 책임을 지고 경질되고 말았다.

이제 박정희는 양편에 나와 차지철을 두고 서로 경쟁하며 충성하도록 유도했다. 박정희의 입에 물린 담배에 라이터로 불을 붙여주면 박정희는 두 손으로 포근히 라이터 든 손을 감싸안아 친밀감을 나타내곤 했다. 나에게만 그러는 줄 알았는데 나중에 보니 차지철에게도 그렇게 친밀감을 나타냈다. 삼각관계에서 한쪽을 더 사랑하는 척함으로써 연적의 시기심을 자극하는 수법과 다를 바 없었다.

차지철은 간부후보생 출신이라 육사 출신들이 자기를 업신여기고 있다는 사실을 잘 알고 있었다. 이전에는 열등감에 주눅이 들기도 했으나 경호실장까지 오른 마당에 이제는 육사 출신들에게 당한 대로 되돌려주려 했다.

경호실 부서 직원들을 육사 출신들로 임명하여 부하로 부리며 자만감을 채우려 했다. 경호실 작전차장보에 육사 출신 전두환 준장을 임명하여 매주 연병장에서 펼치는 국기하강식 때 전두환이 부대를 지휘하여 자기에게 경의를 표하도록 했다.

"경호실장님을 향하여 받들어 총!"

전두환의 우렁찬 호령에 경호부대원들이 일제히 "받들어 총!" 복창을 하며 총을 힘차게 받들었다.

국기하강식 제병지휘는 대대장급 중령 정도가 담당해도 되는데 굳이 준장에게 맡긴 것도 차지철의 콤플렉스와 연관이 있는 셈이었다.

박종규 경호실장 자리를 대신 차지한 차지철은 경호실을 강화하기 위해 경찰병력과 군병력으로 경호부대를 창설했다. 경찰부대로는 101경비단·22경호대, 군부대로는 33헌병대·55경비대·66특전대·88지원대 등이 동원되었다. 경찰과 군대가 경호실 소속은 될 수 없으므로 영구파견 형식으로 한데 모았다.

경찰과 군대를 지휘하는 것이 아니라 관리하는 거라고 했지만 실제로는 경호실장이 지휘감독하는 셈이었다. 차지철은 경호부대에 대한 지휘감독권 내지는 지휘통제권을 독점하기 위해 대통령경호법을 개정하고 싶었는지도 몰랐다.

경호부대를 창설하고 나서 최고사령관이라도 된 듯이 연병장에서 매주 국기하강식을 하고 분열식까지 실시하는 데 대해 우려하는 소리가 일었다.

"대통령도 자주 하지 않는 국기하강식과 분열식을 매주 실시하고 국무위원들까지 참석하라고 독려하다니. 자기가 뭐 소통령이라도 된 줄 아나."

그래도 차지철은 굽히지 않았다.

경복궁 연병장에서 열린 국기하강식에는 국무위원, 국회 상임위원장, 각 군 참모총장 들이 내키지 않는 표정을 감추고 자리를 함께했다. 차지철이 지휘봉을 잡고 경호부대를 사열할 때 탱크들도 지나갔다.

차지철이 나에게도 국기하강식에 참석하라고 권유했지만 단호히 거절해버렸다. 더 나아가 박정희에게 차지철의 국기하강식에 대해 보고하며 문제점을 지적했다. 박정희는 가만히 듣고 있다가 입을 열었다.

"국무위원들까지 끌어들인다고? 거 지나치네. 내가 한번 주의를 주지."

박정희는 국기하강식을 중단시키겠다는 말은 하지 않았다. 그 이후로도 노래만 조금 달라지고 이전과 똑같이 국기하강식이 실시된 것으로 보아 박정희가 차지철에게 주의조차 주지 않았음이 분명했다.

박정희는 나를 부를 때 습관처럼 "재규야, 재규야"하고 반말을 하는 반면에 차지철에게는 꼭꼭 존대어를 쓰며 말을 놓는 법이 없었다.

박정희와 나하고만 따로 있을 때는 별문제가 되지 않았지만, 차지철이 함께 있는 경우에는 차지철은 존대를 받고 나는 하대를 당하는 느낌이 들지 않을 수 없었다.

청와대에 보고하러 올라가면 차지철이 먼저 박정희와 독대하며 보고하고 있는 적이 많았다. 차지철의 보고가 끝나기까지 두세 시간을 기다린 경우도 있었다. 비서실에서 내가 온 것을 알렸을 텐데도 시간 조절을 하지 않는 박정희와 차지철에 대해 부아가 나기도 했다.

한참 기다렸다가 기껏 보고하면 박정희는 시큰둥한 표정을 짓곤 했다.

"이미 다 경호실장이 보고한 내용이야. 재규는 경호실장보다 늘 한발 늦어. 분발해야겠어."

속에서 불이 났지만 꾹 참아야만 했다.

그런 국내외 여러 일들이 쌓이자 지병인 간경화 증세가 더욱 심해졌다. 불교 신자라 종종 산수 좋은 절간을 찾아 약수를 마시며 정진해보아도 건강은 쉽게 회복되지 않았다.

차지철과 나는 종교도 달랐다. 차지철은 어머니를 따라 영락교회에 나가는 독실한 기독교 신자였다. 새벽이든 밤이든 산에 올라가 우렁찬 목소리로 "주여, 이 나라와 대통령을 지켜주소서!" 기도한다는 소문을 들었다. 신앙이 지나치게 보수적이고 고지식해서 중동지역 사절단으로 갔을 때 이슬람교가 잘못된 종교라고 설전까지 벌이는 외교상 무례를 범하기도 했다.

어머니 말씀은 곧이곧대로 들을 정도로 효심이 지극했다.

박정희가 어느 날 차지철에 관한 일화를 들려주었다.

"여름휴가 때 가족들과 함께 바닷가로 간 적이 있지. 노태우가 우리를 경호할 겸 차지철을 데리고 따라왔어. 모두들 바다에 들어가 수영도 하며 노는데 차지철만 안 들어오는 거야. 그래 내가 이름을 부르며 들어오라고 손짓을 했지. 내가 부르니까 마지못해 바닷물에 발을 좀 담그다가 파도가 밀려오니까 식겁하며 달아나는 거야. 그 우락부락 씩씩하게 생긴 친구가 공수병 환자처럼 물을 무서워하는 거야. 그 모습이 우스워 우리는 껄껄대고 웃었지. 왜 물을 무서워하느냐고 물으니 글쎄 물을 무서워하는 게 아니라 어머니가 물에 들어가지 말라고 했다는 거야. 나이 서른이 넘은 친구가 어머니 말씀이라고 하니 나도 할 말이 없지. 보기 드문 효자라고 할까. 그만큼 보기와는 달리 여린 구석도 있다니까."

차지철이 오래전 고향 이천시 골프장 개장 기념식에 초대되어 골프도 쳐볼 겸 차를 타고 가는데 어머니가 골프장 주변에서 마을 어른들과 풀을 매고 있는 모습을 보고는 차를 돌려 골프장 기념식에 참석하지 않았다. 그 이후로 골프는 일절 치지 않았다고 하니 한번 결심하면 지켜나가는 의지가 남달랐다. 그런 점을 박정희는 높이 사 경호실장 자리에 앉혔겠지만 나에게는 그게 고집불통으로만 여겨져 영 맘에 들지 않았다. 남에게 무례한 행동을 하고 상처를 주면서도 전혀 의식하지 못하는 비정상적인 성격이 아닌가 싶기도 했다.

차지철은 재혼을 했는데 아내가 피아니스트였고 딸 셋을 두고 있었다.

차지철은 원래 경호실이 맡았던 '채홍사' 업무를 기독교 신앙을 핑계로 중정으로 넘겼다. 하나님을 믿는 신자로서 대통령에게 여자를 붙여줄 수 없다는 거였다. '채홍사' 업무 부과는 내가 중정부장이 되기 전에 이미 시행된 일이라 시비를 걸지는 않았다. 대신 그 일을 전적으로 박선호 의전과장에게 맡기고 나도 될 수 있는 한 간섭하지 않았다.

박선호는 1934년 2월 3일생으로 경북 청도군 출신이었다. 내가 대륜중학교 체육교사로 있을 때 박선호는 제자로 나를 존중하며 따랐다. 그가 직업군인이 된 것도 나의 영향이 적

잖이 있었을 터였다.

1953년 해병대 간부후보생 16기로 임관하여 파월 청룡부대 대대장, 해병대 서울보안부대 부대장, 해병대사령부 인사처장 등을 역임했다. 하지만 1973년 10월 해병대사령부가 해체되는 바람에 직업군인의 길을 계속 가지 못하고 해군보병 대령으로 전역해야만 했다.

해마다 스승의 날이면 박선호가 중심이 되어 한 무리 대륜중학교 제자들이 찾아오곤 했는데 전역 시에는 박선호 혼자 나를 찾아와 예편 신고를 했다. 마침 내가 중정차장으로 있던 시기라 박선호를 중정 총무과장에 임명되도록 힘을 썼다. 내가 건설부장관으로 일할 무렵에는 박선호가 중정 부산지부 정보과장으로 부산에 내려가 있었다.

박선호는 1976년 초 서울에서 내려온 검찰 밀수사건 수사팀의 동정을 도청한 사실이 발각되어 면직당해 다시 실업자 신세가 되었다.

내가 박선호를 중정부장의 이름으로 추천하여 현대건설 안전차장에 취직시켜준 때는 1977년 4월이었다. 그는 사우디 주베일 항만 건설현장으로 파견되었으나 적응하지 못하고 8개월 만에 사표를 냈다. 그 후에 박선호는 석유 수입업체를 운영했으나 석유값이 워낙 오르락내리락하는 바람에 고

전을 면치 못했다.

내가 다시 박선호를 품기로 하고 1978년 8월 마침 자리가 비어 있던 중정 비서실 의전과장에 임명했다. 이전 의전과장이 강남 개발이 한창일 무렵 압구정 현대아파트 특혜 분양 사건에 연루되어 사표를 낸 것이었다.

나는 박선호를 대할 때는 나도 모르게 대륜중학교 교사로 돌아가 제자에게 훈계하듯이 조언을 하기도 하고 지시를 내리기도 했다.

"거만하게 행동하지 마라."

"책을 많이 읽어라."

"검소하게 생활하라."

박선호는 의전과장으로 내 의전을 챙길 뿐만 아니라 박정희의 의전도 챙겨야만 했다. 박선호는 기독교인으로 양심에 가책이 되어 자신을 '채홍사' 업무에서 빼달라고 나에게 부탁하기도 했다. 그럴 때마다 나는 박 과장이 아니면 누가 하겠느냐, 조금만 참아보라고 타이르기 일쑤였다.

차지철은 박정희가 텔레비전을 보다가 어떤 여배우에게 관심을 보이면 박선호에게 연락하여 수소문해보도록 지시를 내렸다. 자신은 기독교 신자의 양심으로 이 일을 할 수 없다고 중정에 떠넘겨놓고도 '채홍' 지시는 내리고 있었다.

박선호는 차지철의 지시를 받으면 더욱 부아가 치밀었지만 큰 어른의 의향이라고 하니 어쩔 도리가 없었다. 해당 여배우를 수소문해보면 촬영 현장에 있는 경우가 많았다. 박선호는 촬영 현장에까지 가서 감독에게 사정하다시피 하여 촬영을 중단시키고 분장도 채 지우지 못한 여배우를 데려와야만 했다. 어떤 여배우는 사극 드라마 촬영 현장에서 연기를 하고 있다가 어여머리를 쓴 채 이끌려 오기도 했다.

박선호가 여자를 기껏 구해놓으면 차지철이 심사해서 맘에 들지 않는 여자는 교통비를 주어 돌려보내기까지 했다. 어떻게 그딴 여자를 구해 왔느냐고 핀잔을 주기도 했다.

차지철의 심사가 끝난 후 여성들은 대행사 술자리에 들기 전에 절대 비밀유지 보안서약서를 경호실에 제출했다. 또한 술자리에서 지켜야 할 사항들에 대해 세세하게 지시받았다.

"술자리에 들어가면 대통령과 높은 분들의 대화에 끼어들거나 관심을 보이지 마라."

"대통령이 말을 걸어오기 전에 먼저 말을 하거나 응석을 부리지 마라."

응석을 부리지 말라는 지시가 있게 된 데는 특별한 연유가 있었다. 궁정동 안가가 생기기 전 경호실과 중정에서 박정희를 위해 술집을 마련하고 여자를 붙였는데 여자가 지나치게 아양을 떨고 응석을 부리는 바람에 박정희가 자리를 박차고 나간 일이 있었다.

중정에서 여자를 골라놓으면 차지철이 거드름을 피우며 심사하고 관리하는 데 대해 박선호는 늘 불만을 품고 있었다.

차지철이 나를 무시하는 것도 참기 힘든데 내 부하들까지 무시한다는 말을 들으면 순간 살의가 일어날 정도로 분노가 치밀었다.

이놈이 죽으려고 환장했나.

불쑥 혼잣말이 터져나오곤 했다. 혼잣말로 그치는 게 아니라 실제로 그를 죽이는 상상을 하기도 했다.

차지철을 죽인다는 것은 곧 박정희도 죽인다는 걸 의미했다. 박정희를 죽인다는 건 곧 나를 죽이는 것이었다. 차지철과 박정희, 내가 한 묶음으로 죽임을 당한다면 한국 사회에 큰 충격이 될 것이고 억지로 지탱해온 유신체제가 종막을 고하고 말 것이다. 4·19 혁명이나 5·16 혁명 못지않은 엄청난 혁명이 될 터이다.

언젠가 내가 동생 항규에게 "유신체제를 어떻게 생각하느냐?"고 물은 적이 있었다. 항규는 약간 머뭇거리더니 대답했다.

"함께 참여했으니 책임을 다해야겠지요."

책임이라?

책임을 지라고는 하지 않고 책임을 다하라고 했다. 책임을 다하는 일이 결코 박정희를 맹종하는 것은 아님이 분명했다. 그렇다면, 그렇다면?

유신체제에 열렬히 참여한 김형욱이 이제는 미국에서 박정희와 유신체제에 대해 극렬히 비방하고 있지 않은가. 김형욱이 계속 그런 길로 나간다면 목숨이 위태할 텐데 목숨을 걸고 나름대로 책임을 다하고 있는 건가. 김형욱은 총만 들지 않았지 박정희를 살해하고 있는 거나 진배없었다.

3

호송차량 행렬은 계속 탄천을 끼고 새벽 거리를 달리다가 한남대교를 건너갔다. 대교 가로등에 비친 한강 강물 빛이 운전석 차창 너머로 어른거렸다.

서울 시내가 점점 다가오고 있구나.

내 몸이 더욱 긴장되어 손에 쥔 염주를 바삐 돌렸다. 꺼칠한 산복숭아씨가 서로 부딪치는 소리가 호송차 안의 적막을 깨뜨렸다. 양쪽 교도관들도 긴장되는지 자세를 고쳐잡으며 "음, 음" 소리를 내었다.

두 달 전 동생 항규에게 혹시 사형수를 주인공으로 한 소설이 있으면 한 권 넣어달라고 부탁했다. 사식과 함께 들어온 책을 보니 제목이 『이방인』이었다. 작가 이름은 카뮈였다. 어디서 많이 들어본 작가요 소설이었다.

나의 독서 성향은 사실 본격문학 소설들과는 거리가 있었다. 불경들은 습관처럼 늘 가까이하는 편이었고, 인물들이 쟁투하며 활달하게 살아 움직이는 역사 관련 책들이 잘 읽혔다. 그중에서도 특히 『사기열전』의 「자객열전」은 가슴 뛰게 하기에 충분했다. 조말·전제·예양·섭정·형가 다섯 자객 중 단연 형가 이야기가 사람을 압도했다. 진시황을 암살하러 가는 형가의 비장한 마음과 자세, 암살 현장의 긴박감, 처연한 결말 들이 마음을 사로잡았다.

형가가 연나라에서 진나라로 가기 위해 역수강을 건너면서 시를 남겼다.

風蕭蕭兮易水寒(풍소소혜역수한)
壯士一去兮不復還(장사일거혜불복환)

바람 쓸쓸하고 역수 강물 차구나
사나이 한번 가면 돌아오지 못하리

나도 '불복환'의 심정으로 역수를 건넌 셈이다. '역수'(易水)는 바뀐 강물이라는 뜻이 아닌가. 역사의 흐름을 바꾸려다가 사형장으로 끌려가는 처지가 되었는가, 역사를 바꾸어 놓고 사형장으로 가고 있는 것인가.

『이방인』의 주인공 뫼르소는 어머니 장례를 치른 후 뚜렷한 동기도 없이 햇빛 쏟아지는 해변에서 아랍인을 권총을 네 번 발사하여 살해한다. 상대방의 위해가 있었다고 하나 뫼르소의 환영일 수도 있어 정당방위를 주장하기도 힘들다. 그는 사형선고를 받고 사형집행을 기다린다.

아버지에 대한 회상에서, 별 상관도 없는 어느 살인범의 사형집행 장면을 간절히 보고 싶어 하는 아버지, 사형집행 장면을 보고 와서는 한나절 내내 구토를 한 아버지를 떠올린다. 그러면서 이런 결심을 밝힌다.

"사형집행보다 더 중요한 일은 없으며 요컨대 그것이야말로 한 인간에게 참으로 흥미 있는 유일한 일이라는 것을 어째서 그때는 알아차리지 못했을까. 혹시라도 이 감옥에서 나가게 된다면 나는 모든 사형집행을 빠짐없이 다 보러 가겠다."

하지만 뫼르소는 모든 사형집행을 빠짐없이 다 보러 가기는커녕 자신의 사형집행이 사람들의 구경거리가 되리라는 걸 안다. 그리고 느닷없이 '세계의 정다운 무관심'에 마음을 연다고 고백한다.

정다운 무관심이라?

말은 멋있는 것 같은데 얼른 다가오지 않았다. '세계'라는 단어 대신에 '신'이라는 단어를 넣는 것이 더 낫지 않나 싶기도 했다. 사형수를 주인공으로 한 소설을 통해 뭔가 위로를 받으려 했다가 생각이 더 복잡하게 되었다. 하지만 재판의 위선을 드러내고 있어 공감되는 대목들도 있었다. 판사와 변호사, 검사 들은 사실은 피고인이나 피해인에게는 관심이 없고 자신들의 역할 놀이에만 빠져 있다는 것이다. 다시 말해 그자들은 인간 자체에 대해서는 관심이 없는 냉혈한들이었다. 그러나 나를 변호한 변호인들은 소설에 나오는 인물들과는 다르다고 생각한다.

"오늘은 남산터널을 지나지 않고 용산을 거쳐 갈 거야."

교도관들이 서로 나지막하게 말을 주고받았다.

한남대교를 건너자 거리에 차량들이 조금씩 보이기 시작했다. 시내버스 운행이 시작되었는지 버스도 간혹 보였다. 워낙 좁은 시야라 약간 보이는 풍경을 두고 상상의 나래를 펴야만 했다.

남산타워가 멀리서 보일 거라고 상상하니 남산 분청에서 근무하던 일들이 떠올랐다. 원래 중정은 이문동에 본청을 두고 있다가 남산에 분청을 세웠다.

이문동 본청에 오면 늘 고향 선산면 이문리가 생각났다. 내가 태어날 때부터 중정부장이 되기로 작정되어 있었는지도 모른다. 어릴 적 고향 마을 일들이 이 시간 더욱 사무치게 가슴을 후벼판다.

선주보통학교 시절 학업 성적은 중간 정도였다. 운동신경이 발달해 달리기는 잘했으나 다른 과목 성적은 따라주지 못했다.

상을 탈 만큼 붓글씨는 잘 쓰는 편이었다. 붓글씨로 '천황 폐하 만세'라고 한자로 쓰면서 왜 우리나라에는 조선시대부터 내려오는 임금이 없어졌나 하는 생각을 하기도 했다. 하지만 이제는 황국신민으로 천황께 충성해야만 한다는 마음은 변함없었다. 일본 땅을 동경하는 마음도 있었다.

보통학교 다닐 때 동무들과 근처 비봉산으로 놀러가서 부처바위 앞에서 부처 흉내를 내보기도 하고, 대나무가 많은 죽장마을 죽장사를 둘러보며 통일신라시대에 지어진 오층석탑의 웅장함에 감탄하기도 했다. 오층석탑은 10미터 높이로 계단 모양을 한 지붕돌들이 정교하게 쌓여 있었다. 우리

나라에서 가장 높은 석탑이라는 소문이 있었다.

아이들이 오층석탑을 올려다보며 말을 주고받았다.

"수학여행 가서 본 불국사 다보탑이나 석가탑보다 더 높다 그지? 이런 보물이 우리 마을에 있는 줄 사람들이 잘 모를 거야."

내가 보안사령관으로 있던 1968년 12월 19일 반가운 소식이 들려왔다. 어릴 적 놀러 다닌 고향 죽장사 오층석탑이 국보 제130호로 지정되었다. 한적한 고향 마을 폐가처럼 보이는 절간에 국보가 자리잡게 되다니. 내가 국보 지정에 힘을 쓰지도 않았지만 뿌듯함을 느꼈다.

죽장사는 육이오 전쟁 직후까지 폐사지로 있다가 어느 스님이 작은 법당을 짓고 법륜사라 명명했다.

동무들과 함께 죽장사뿐 아니라 비봉산 근처 냉산으로도 놀러가 도리사를 둘러보기도 했다. 도리사는 신라시대 최초의 사찰이었다. 고구려 승려 아도화상이 신라 제19대 눌지왕 때 신라에 불교를 전파하러 왔다가 돌아가는 도중 겨울인데도 냉산에 복숭아꽃과 오얏(자두)꽃이 흐드러지게 피어 있는 것을 보고 그곳에 절을 지어 도리사라 명명했다. 복숭아 도(桃)와 오얏 리(李)가 합해진 이름이었다.

승려들이 수행하는 태조선원에는 석가모니불 탱화가 걸

려 있었다. 유명한 운봉성수 스님과 성철 스님도 태조선원에서 수행했다.

경내에는 고려 중엽에 우직한 형태로 거칠게 지어진 4미터 정도의 화강암 석재 삼층석탑이 자리 잡고 있었다. 그 모양이 너무나 독특하여 다른 데서는 도무지 볼 수 없는 탑이었다. 그 특이한 탑도 죽장사 오층석탑이 국보로 지정되는 날 보물 제470호로 지정되었다.

300여 년 전에 지어졌다는 극락전은 지붕 끝이 우뚝 솟아 있고 단청 무늬가 화려하여 신비롭기까지 했다. 극락전은 아미타불을 모시는 법당이었다. 극락전을 끼고 좀 걸어 내려가면 아도화상이 좌선하며 정진했다는 아도화상 좌선대 바위가 놓여 있었다. 그 평평한 바위에 올라가 좌정하면 저절로 도를 통할 것 같기도 했다.

동네 아이들과 나는 우리 마을 근방에 신라시대 최초의 절이 세워져 있다는 사실이 은근히 자랑스럽게 여겨졌다. 그래서 그런지 '우리나라 인재의 절반은 영남에서 나오고 영남 인재 절반은 선산에서 나온다'는 옛말이 내려오고 있는지도 몰랐다.

좀 멀리 떨어진 금오산으로 놀러가 금오서원에도 들러보았다. 금오서원은 고려 말 세 명의 충신, 삼은(三隱) 중 한 분인 길재의 충절과 덕행을 기리기 위해 창건된 서원이었다. 길재는 이성계가 조선 왕조를 열고 왕이 되자 두 임금을 섬길 수 없다면서 낙향하여 후학을 가르치는 일에만 전념했다.

금오서원은 제법 높은 언덕에 자리 잡아 돌계단을 오르는 데도 꽤 시간이 걸렸다. 입구에 세워진 누각은 이층을 두껍고 큰 나무판으로 막아놓아 위압감을 주었다. 대개 누각 이층은 시원하게 뚫려 있는데 말이다.

안쪽 금오서원 서당에 들어가 입구 쪽 풍광을 바라보려 해도 누각이 턱 가로막아 아무것도 보이지 않았다. 아마도 학생들이 풍광에 정신을 빼앗기지 않고 공부에만 전념하라고 누각을 그런 식으로 지은 듯했다.

아이들이 서당 마루에 앉아 액자들을 둘러보며 말했다.

"왜 삼은이라 그러지? 사육신은 임금을 위해 목숨을 바친 여섯 신하인 건 알겠는데."

내가 아버지에게서 배운 대로 설명해주었다.

"포은 정몽주, 목은 이색, 야은 길재, 이렇게 세 사람 호에 은 자가 들어가서 그런 거야."

"세 분이 다 다른 왕조 임금은 섬기지 않았다 이거지?"

"그럼. 사람이 절개가 있어야지."

나는 단종 임금을 위해 목숨을 바친 선조 김문기 할아버지를 떠올렸다.

남산 분청이 세워지면서 이문동 본청과는 역할 분담이 이루어졌다. 남산 분청은 주로 국내 분야를 담당해 간첩 수사와 국내 시국사범 수사에 힘썼고 이문동 본청은 해외분야를 담당했다.

남산 분청에서 얼마나 자주 간첩 조작 사건이 일어났는가. 북한과 조금 관련이 있다 해서 간첩으로 조작하고 무지막지한 형량으로 한 인생을 폐기처분해오지 않았던가. 북한에 한 번도 가보지 않은 자들까지도 북한과 평양 지도를 보여주며 지명들을 익히도록 하여 결국 북한에 다녀왔다는 자백을 받아내지 않았던가. 내가 그런 식으로 폐기처분하고 심지어 사형에 처하도록 한 인생이 얼마나 많은가.

내가 중정차장에 임명되었다는 소식을 들은 가족들은 중앙정보부라는 소리만 들어도 흠칫해지는 시대라 염려하며 말리기까지 했다.

"우선 국회의원 임기나 마치고 하겠다고 하면 안 될까요?"

동생 항규와 영규가 입을 모아 건의했다.

"대통령의 명령을 거역할 수는 없지."

겉으로는 단호하게 대답했지만 나도 썩 내키지 않았다. 무엇보다 내 부하였던 중정부장 신직수 밑으로 들어가기가 거북스러웠다.

마음이 어지러워 오랜만에 역술인을 찾아가 나의 신분을 감추고 운세를 물어보았다. 역술인은 내 사주를 묻고 한자들을 써보며 알 듯 모를 듯한 말로 운세를 풀어주었다.

"산지박괘라. 음이 아래 다섯 개요 양이 맨 위에 하나라. 소인 다섯 명이 한 명 군자를 벗겨먹는 괘로다. 당신이 혹시 그 다섯 음효 중 하나인가."

나는 무슨 말인지 잘 모르겠다는 표정을 지으며 위쪽을 올려다보았다. 천장 바로 아래에 '비리법권천'(非理法權天) 한문 액자가 걸려 있었다.

"비리법권천? 저것도 무슨 괘인가요?"

뭔가 생략된 글자들이 있는 것 같은 액자의 뜻을 물었다.

"괘는 아닙니다. 중국 법가 한비자가 군왕에게 고한 글이지 않습니까. 비리는 이치를 이기지 못하고 이치는 법을 이기지 못하고 법은 권력을 이기지 못하고 권력은 하늘을 이기지 못한다는 뜻이지요."

역술인이 액자 쪽으로 시선을 돌리며 설명해주었다.

"결국 하늘이 이긴다는 말이네요."

"그렇지요. 하늘, 천심을 이길 수 있는 건 없지요. 천심은 곧 민심이지 않습니까."

역술인이 그윽한 눈길로 나를 바라보며 나의 신분을 유추하려는 듯했다. 나는 그의 시선을 슬쩍 피하며 일어날 채비를 했다.

역술인 집을 나와서도 '비리법권천' 문구가 오래도록 마음에서 떠나지 않았다.

'법이 권력을 이기지 못한다'

권력이 법을 마음대로 만들고 법을 마음대로 해석하니 과연 법이 권력을 이기지 못하는구나. 권력을 남용하지 못하도록 법을 제정해놓아도 소용이 없지 않은가.

역술인의 점괘와 액자가 시국 현황을 가리키는 것 같았다. 중정차장 자리를 맡더라도 이런 시국임을 깊이 염두에 두라는 뜻인가.

나는 집에 와서 먹을 갈아 붓으로 직접 화선지에 '비리법권천'을 한자로 써보았다.

중정은 이문동 본청에 비해 1972년 12월에 준공한 남산 분청이 더 유명해졌다. '남산에 끌려간다' 하면 중정에 연행된다는 뜻이 되었다.

중정부장인 신직수는 한국대학 법학과를 졸업했으나 정식 사법시험에 합격하지도 않고 육군 법무장교로 있다가 검사가 되고 검찰총장이 되고 법무부장관까지 된 인물이었다.

1963년 12월 신직수가 36세 어린 나이로 검찰총장에 임명되었을 때 검찰 내부에서도 반발이 심했다. 정식 사법고시를 통과하지 않은 자가 검찰총장이 된 사례는 신직수가 유일무이했다. 하지만 막강한 중앙정보부 차장으로 있다가 온 자라 울며 겨자 먹기로 받아들이지 않을 수 없었다.

무엇보다 신직수는 내가 5사단 참모장으로 박정희 사단장을 모시고 있을 때 까마득한 법무장교로 내 휘하에 있었는데 이제는 역전되어 내가 상관으로 모셔야 하는 형편이 되었다.

박정희가 이 사실을 잘 알면서도 나를 이 자리에 앉힌 이유가 무얼까 곰곰이 생각해보았다. 자존심 꺾는 훈련을 시키는 건가, 유정회 활동을 적극적으로 하지 않았다고 벌을 내리는 건가, 욱하는 성질을 죽이라고 연단하는 건가, 아니면 나를 중정부장에 앉히려는 큰 그림을 그리고 있는 건가.

중정차장으로 부임한 지 한 달도 지나지 않아 1974년 1월 8일 긴급조치 1호가 선포되었다. 유신헌법에 대한 반대나 개헌 논의를 금지하는 내용이었다. 곧이어 민간인을 군사재판에 회부할 수 있도록 비상군법회의 설치를 골자로 하는 긴급 조치 2호가 선포되었다.

4월 3일에는 전국민주청년학생총연맹, 즉 민청학련 사건 발표와 함께 긴급조치 4호가 선포되었다. 그야말로 긴급조치로 긴급하게 사회를 통제하는 긴급조치 시대였다.

중정을 비롯한 경찰 등 수사당국은 민청학련의 주동자 서울대 사회학과생 이철과 유인태 등을 잡는 데 총력을 기울였다. 이들은 고교 교복 차림으로 변신하는 등 기상천외한 천재적 수법으로 수사망을 빠져나갔다. 현상금도 50만 원에서 100만 원, 100만 원에서 200만 원으로 점점 늘어났다.

박정희는 이들을 왜 빨리 못 잡느냐고 신직수를 닦달했고 신직수는 나를 비롯한 중정요원들을 닦달했다. 특별수사본부장을 맡은 나는 스트레스가 쌓여 혈압이 오르고 머리가 늘 지끈거렸다. 이러다가 내가 먼저 쓰러지고 말지 싶었다. 한편 유신헌법 반대 시위나 개헌 서명운동을 좀 했다고 어린 학생들을 이렇게 연쇄살인범 잡듯이 해야 하나 회의가 들었다. 나에게 본부장 자리를 맡긴 중정부장이 밉고 원망스러웠다.

언론도 연일 이 학생들을 흉악범이라도 되는 양 공포 분위기를 퍼뜨렸다. 이철과 유인태가 접촉하려는 친구나 친지들도 부들부들 떨 수밖에 없었다. 이들을 숨겨주고 편의를 제공해주기만 해도 사형이라니 겁이 나지 않을 수 없었다.

천신만고 끝에 유인태를 미아리 빵집에서 체포한 북부경찰서 형사들은 자기도 모르게 "만세!" 하고 소리쳤다. 자기들 손에 잡힌 유인태가 그렇게 고마울 수 없었다.

나는 유인태 체포 소식을 듣자마자 요원들을 보내 중정으로 데려오게 했다. 유인태는 도망 다니느라 지쳤는지 이제는 허탈한 표정을 짓고 있었다.

유인태를 잡았으니 이철 체포는 시간 문제라 이철 소재지를 대라고 윽박질렀다. 유인태는 이철 소재지는 모른다면서 마지막으로 이철과 헤어진 장소는 지목해주었다. 하필 내가 사는 동네인 신설동 보문파출소 근처였다.

중정 수사팀장은 보문파출소로 달려가서 파출소장 엄 경위 이마에 권총을 들이대고 소리쳤다.

"너 죽고 싶냐. 이 근방에서 얼씬거린 이철을 왜 못 잡아? 가가호호 수색하라 했잖아. 이 친구 정신머리가 빠졌구먼."

그러고는 치안국에 전화를 걸어 당장 파출소장을 자르라고 윽박질렀다. 다음 날 엄 경위는 직위해제당하고 징계위에 회부되었다.

보문파출소가 내 집 골목 어귀에 있어 출퇴근 길에 늘 엄 경위와 마주쳤다. 엄 경위는 내가 지나갈 적마다 문안 인사를 하며 깍듯이 경례를 붙였다.

나로서는 성실하게 일한다고 여긴 엄 경위가 직위해제당하고 징계위에까지 회부되었다는 소식을 듣고 영 마음이 언짢았다. 내가 치안국에 전화를 걸어 엄 경위를 복귀하도록 조치하고 수사팀장을 불러 주의를 주었다.

"다 함께 애쓰고 있는 파출소장을 겁박하고 자르면 어떡하나. 자꾸 책임을 말단에게 돌리면 누가 일할 마음이 나겠나. 일을 잘하도록 격려해줘도 모자랄 판에."

"네, 알겠습니다. 앞으로 주의하겠습니다."

수사팀장이 어쩔 줄 몰라 했다.

유인태에 이어 잡힌 여정남을 고문하여 결국 이철과 만나기로 약속한 장소와 날짜, 시간을 알아냈다. 이틀 후 어린이대공원 후문 오후 4시였다.

내 지휘하에 중정요원들이 그 시각 어린이대공원 후문으로 달려가 택시 수십 대를 빌려 잠복하고 남녀 수사관들 몇 쌍은 아베크족으로 위장하기도 했다. 하지만 이철은 나타나지 않았다.

이철은 낌새를 알아차리고 인천으로 잠입하여 장기간 숨어 지낼 계획을 세웠다. 사직동 고교 동기를 찾아가 돈을 빌리려 했으나 놀란 친구가 집안으로 달려들어가 부모에게 고자질해버렸다. 친구 부모가 경찰에 신고했고 이철은 몸을 피해 친척 동생인 간호사에게 전화를 걸어 돈을 빌려달라고 했다. 돈 받을 장소를 얼떨결에 사직공원으로 정했다.

하지만 이미 사직동 일대에 형사들이 깔려 있었다. 마침내 사직공원 근방에서 어슬렁거리던 고교 교복 차림의 이철을 사직파출소장 나 경위가 알아보고 체포했다.

이철은 우선 종로경찰서 대공과로 넘겨졌다. 대공과에는 "잡았다!" "만세!" 환호성이 터졌다. 이철은 얻어터지면서 신원 확인을 받고 중정으로 넘겨졌다.

나는 이미 이철에 관한 개인정보들을 파악하고 있었다. 아이러니하게도 진주 출신인 이철 아버지가 박정희의 옛 은사였다. 이철은 부산중학교를 졸업하고 최고 수재들이 모인다는 경기고등학교에 합격하여 서울로 유학을 왔다.

고교 시절 이철은 문학도였다. 1966년 여러 유명 문학인들을 배출한 경기고 화동문학상 시 부문에 당선되기도 했다. 시인의 감성을 가진 자였지만 서울대 사회학과에 들어와 의식화 작업을 거쳐 유려한 언변과 글로 유신반대와 학생운동을 진두지휘하게 되었다.

나는 김지하도 시인이고 이철도 시인인데 왜 시인들이 이리 과격해지는지 생각해보았다. 누군가 시인들은 '잠수함의 토끼'라고 하지 않았던가. 잠수함에서는 산소가 희박해지는 상황을 가장 먼저 감지하는 토끼의 상태를 살펴 미리 대처한다고 했다.

시인들이 시국 상황을 가장 예민하게 느끼고 위험성을 알리기 위해 시로 발표하고 또 과격한 행동으로 의사를 표현하는 것인가. 나도 한시 공부를 하는 시인 후보인데 이들과 어떤 공통점이 있지도 않을까. 나도 사실은 주위 참모들에게 수시로 시국에 대한 불평을 털어놓곤 했다.

이철이 체포된 다음 날 김지하도 흑산도 예리여관에서 영화 「청하」 촬영팀에 섞여 은신해 있다가 잡혔다.

쿵.

뒤쪽에서 소리가 났다. 뒤를 돌아보니 계엄군 사병이 졸다가 의자에서 떨어졌는지 겸연쩍은 표정으로 자세를 바로 잡고 있었다. 온갖 일에 시달릴 그 사병이 안쓰럽기도 했다. 소문이 흉흉한 광주 지역에 파견되었다가 이번 호송에 차출

되었는지도 몰랐다.

다시 호송차 안은 적막에 잠겼다.

민청학련 주동 학생들이 속속 체포되면서 나는 고민에 빠졌다. 이 학생들을 어떻게 심각한 시국사범으로 함께 엮느냐 하는 문제로 궁리에 궁리를 더했다.

우선 학생들을 배후에서 조종한 세력을 상정해야 했다. 백기완과 함석헌을 중심으로 하는 재야 혁신계, 여정남·도예종 등을 중심으로 한 인혁당재건위 세력을 양대 배후세력으로 잡았다.

1964년에도 중정부장 김형욱이 인혁당 사건을 조작하여 학생 시위와 엮으려 했으나 법원은 중심인물들만 가벼운 형을 선고하고 나머지는 무죄로 풀어주었다. 10년 전에 마무리된 인혁당 사건을 다시 끄집어 든 이유는 김형욱이 그랬던 것처럼 민청학련 사건과 엮기 위해서였다.

인혁당은 이미 된서리를 맞았지만 이번에 재건 움직임을 보여 더 철저히 훼파될 처지였다. 인혁당은 원래 북한 공작원과 연계된 혐의가 있었으므로 더욱 그 점을 들춰 강조해 밀어붙이면 민청학련이 인혁당재건위의 조종을 받고 재건위는 북한의 지령에 따라 움직인다는 인상을 강하게 심을 수 있었다.

재야 혁신계 역시 재건위와 연계된 것으로 하면 전체 그림 구도가 어느 정도 짜였다. 거기다가 하야가와 요시하루, 다치가와 마사키 등 일본 공산당원과 재일 조총련계 들을 엮어 넣으면 더욱 효과가 있을 터였다.

이제 발표 시기를 언제로 잡느냐 하는 문제가 남았다.

4월 25일 중정부장 신직수가 엄청난 건수를 잡은 것처럼 '민청학련' 사건 전모를 대대적으로 발표하고 기자회견을 가졌다.

"배후인물들과 주동학생들이 공산주의자들이라는 사실은 증거가 뚜렷합니다. 도예종을 비롯한 배후인물들은 과거에 이미 처형된 간첩들과 같이 활동한 전력이 있는 자들로 지하에 숨어 있다가 인민혁명당을 중심으로 다시 세력을 규합하려다가 이번에 적발된 것입니다.

주모자들은 현 정부를 전복하고 난 다음 능력에 따라 일하고 일한 만큼 보수를 받는 노동자·농민에 의한 세상, 사회주의 국가를 건설하는 것이 이념이라고 말했습니다. 정부 전복 방법은 대학생과 고등학생을 조직해서 몰고 나오고 시민들을 호응시켜 광화문에 집결하게 한 다음 살인병 등 위험물

질로 경찰과 대결하고 청와대를 점거, 정권을 타도하려 했다고 자백했습니다."

신직수는 학생들에게 훈계조로 당부까지 했다.

"우선 학생들에게 하고 싶은 말은 학생들에겐 할 일이 따로 있다는 것입니다. 박 대통령이 말한 바와 같이 내일의 주인공인 학생들은 내일을 위해 공부하고 인격을 도야하는 것이 학생의 사명을 다하는 일입니다. 설사 정부의 일에 잘못이 있다고 판단하더라도 실력으로 정부를 타도하는 것은 정당할 수도 없고 합법일 수도 없는 것입니다. 사회인사 중에도 철없는 학생들에게 현실참여를 명분으로 거리에 뛰쳐나오는 것을 불법이라고 타이르지는 못할망정 정당한 일이라고 고무해서는 안 됩니다. 국민 여러분에게 드리고 싶은 말은 지금은 안보를 위해 전력을 다할 때라는 점입니다."

중정은 민청학련 관련자 1,024명을 조사했고, 비상군법회의 검찰부는 180명을 구속 기소했다. 비상군법회의에서 인혁당계 23명 중 8명이 사형선고를 받았다. 이철과 유인태 등 민청학련 지도부 7명은 사형, 주모자급은 무기징역, 나머지 피고인은 최고 20년에서 집행유예까지 선고받았다.

1974년 7월 9일 민청학련 사건 결심 공판에서 변호사가 변론 도중 체포되는 세계 초유의 일이 일어났다.

강신옥 변호사가 재판정에서 학생들의 주장과 같이 유신 정부를 비난했다.

"나도 피고인석에서 이 학생들과 같이 재판을 받고 싶은 심정입니다."

중정부장 신직수와 나는 비상군법회의 법정과 연결된 스피커로 재판 진행 상황을 다 듣고 있었다.

강신옥의 변론을 듣던 중 신직수가 의자에서 벌떡 일어났다.

"당장 강신옥 잡아들여!"

목소리가 떨렸다. 나는 신직수를 말리려 했으나 워낙 화가 나 있는 모습에 주춤할 수밖에 없었다. 무엇보다 법률가인 신직수가 법정에서 변호사를 체포할 리는 없을 터인데 이미 박정희에게서 어떤 지시를 받아놓고 있지 않은가 싶기도 했다.

군사법정을 감시하던 중정요원들이 신직수의 지시를 받고 법정으로 뛰어들어가 재판을 중단시키고 강신옥과 홍성우 변호사를 연행해갔다. 강신옥은 긴급조치 4호 위반, 법정모독죄로 구속되었다. 이에 격분한 동료 변호사 99명이 대

규모 변호인단을 결성하는 전무후무한 사태가 벌어졌다.

강신옥은 비상보통군법회 제3심판부에서 징역 10년 자격정지 10년 선고를 받았다. 강신옥이 구치소에 수감되자 이미 수감되어 있던 민청학련 학생들이 환호성을 지르며 환영했다.

대법원 상고가 지루하게 이어지던 1975년 2월 15일 강신옥은 대통령특별조치에 의해 구속집행정지로 석방되었다. 바로 그날 민청학련 수감자들도 형집행정지로 풀려났다. 인혁당재건위 관련자들은 여전히 풀려나지 못했다.

강신옥은 변호사 자격이 상실되어 개업을 못 하고 있다가 내가 박정희를 쓰러뜨린 후 복권되어 변호사 업무를 개시할 수 있었다. 변호사 업무를 다시 개시하게 해준 나를 위해 지금 변호인으로 수고하고 있다.

나는 민청학련·인혁당재건위 사건 당시 중정차장이라는 막중한 지위에 있긴 했지만 어디까지나 최종 결정권자는 박정희였다. 박정희를 막지 않는 한, 심하게 말해 박정희를 제거하지 않는 한 시국의 광기를 제어하기는 힘들 거라는 생각이 더욱 들었다.

그렇다고 중정차장으로 협조하며 저지른 일들에서 자유로울 수 없었다.

호송차가 이리 기우뚱 저리 기우뚱 잠시 흔들렸다. 한강 강변을 따라 강변북로 공사가 이제는 마무리를 앞두고 있을 것이었다.

내가 건설부장관으로 재임할 때도 강변북로 공사가 한창 진행되고 있었다. 건설부장관은 주택이나 아파트를 건축하는 일뿐만 아니라 도로 공사에도 관심을 기울여야 했다.

중정차장 재직 10개월째로 접어드는 1974년 9월 17일 경호실장 박종규가 물러나는 등 개각 단행이 있을 때 박정희는 나를 건설부장관에 임명했다. 13년 전 호남비료회사 사장에 임명될 때와 똑같은 의문이 일었다.

"토목이나 건설 전문가도 아닌데 어떻게 건설부장관을 맡습니까?"

박정희의 대답도 13년 전과 거의 비슷했다.

"호남비료회사 사장 때 회사 건물을 건설하지 않았나. 5사단에 있을 때는 하사관 학교도 짓고. 3군단장으로 있을 때는 그 어려운 한계령 도로를 건설하고. 지금 건설부장관은 토목 공사만 하는 게 아니라 해외로 눈을 돌려 건설 수주를 따오는 데 역량을 발휘해야 한단 말이야. 국제적이고 사업가적인 마인드가 있어야 되는 거지."

나는 박정희 밑에서 참으로 다양한 분야를 섭렵하는구나 싶었다. 적어도 건설부장관직은 유정회 의원이나 중정차장보다는 나을 거라는 기대가 있었다. 무엇보다 내 밑에서 일하던 신직수를 중정부장으로 모시는 껄끄러운 일에서 벗어나 홀가분하기도 했다.

5사단장 박정희 밑에서 36연대장으로 근무할 무렵 연대보급창고가 불타는 큰 사고가 있었다. 나는 책임자로서 징계당할 처지에 놓였다. 하지만 박정희가 인근 부대에서 남아 있는 군수물자를 모아와 화재로 소실된 분량을 채워주어 징계를 면해주었다.

몹시 추운 겨울 어느 날 박정희가 나를 사단장실로 부르더니 지시를 내렸다.

"재규야, 부대 뒤쪽 공터에 하사관 학교를 세워야겠어. 재규 자네가 총감독을 해서 지어보게."

"건설 기술자도 아닌데 어떻게 제가 건물을 짓습니까?"

"군대에서 못 하는 일이 어디 있나. 사병들을 동원해 빨리 지어봐."

나는 사병들을 집합시켜 우선 흙벽돌을 만들라고 명령했다. 워낙 추운 날씨라 사병들이 간신히 흙을 이겨놓으면 금방 얼어버려 벽돌 모양을 잡을 수가 없었다. 사병들이 하다 하다 사기를 잃고 지쳐버렸다.

내가 박정희를 찾아가서 사정을 말하며 요구했다.

"사병들이 무척 고생하고 지쳐 있습니다. 사병들을 위해 황소 한 마리 내려주십시오."

"황소 한 마리?"

박정희는 잠시 놀란 표정을 짓더니 이내 너털웃음을 웃으며 내 요구를 들어주었다.

사병들은 황소 한 마리를 잡아 고기를 구워 먹고 삶아 먹고 다시 힘을 냈다. 이긴 흙이 빨리 얼어버리는 문제를 어떻게 해결해야 하나 고민하고 있는데 어느 사병이 반합에 벌겋게 인 숯불을 담아 가지고 왔다. 이긴 흙이 얼기 전에 얼른 뜨거운 반합으로 다림질을 해서 벽돌 모양을 잡았다. 일단 벽돌 모양을 잡아놓으면 순식간에 얼어버리기 때문에 속성으로 벽돌을 많이 만들 수 있었다.

마침내 하사관 학교 건물이 우뚝 서게 되었다. 박정희는 기발한 아이디어로 하사관 학교를 지었다고 칭찬을 아끼지 않았다.

박정희가 하사관 건립과 함께 언급한 3군단장 시절의 한계령 도로 건설은 그야말로 한계를 극복해야 하는 난제였다.

이전에는 '소동라령'이라는 이름으로도 불리던 길이 확장 공사 이후 '한계령'으로 확정되었다. '한계'(寒溪)는 차가운 시내라는 뜻이다.

해발고도 1,004미터나 되고 굽이진 길이 많아 공사가 쉽지 않았다. 겨울에 눈이 내리면 차량 통행도 힘들어 공사가 지연되기도 했다. 이런 난공사에 투입된 공병 장교와 사병들이 낙석에 맞고 낭떠러지로 굴러떨어지고 장비에 깔리는 사고들을 당하여 꽤 많은 수가 사망했다. 육이오 전쟁 중 고지를 점령하는 전투를 치르다가 병사들이 전사하는 경우와 다름없었다. 한계령 휴게소 근처에 공사 중 사망한 장교와 사병들을 위해 위령비를 세워주었다.

건설부장관 임명식을 며칠 앞둔 즈음 나는 이상한 꿈을 꾸었다. 기념식장인지 임명식장인지 제법 넓은 공간에 사람들이 모여 있고 저 앞쪽 연단에서 박정희가 깐깐한 자세로 연설을 하고 있었다.

내가 어느새 문세광으로 변했다. 권총을 들고 앞으로 나아가 권총을 발사했다. 문세광은 실패했지만 나는 박정희를 저격하는 데 성공했다. 총알이 박정희 머리 부위를 뚫고 지나가자 박정희가 연단과 함께 앞으로 쓰러졌다. 우당탕, 요란한 소리에 놀라 잠이 깨었다. 이마에 진땀이 배어나와 있었다.

나도 문세광처럼 박정희를 저격할 수도 있겠다는 생각이 예감처럼 파고들었다.

동생 김항규가 장관 취임을 축하하러 왔다가 나에게 귀띔을 해주었다.

"형님, 제가 무역업을 했지 않습니까. 건설업에도 좀 관여했고요. 문의할 일 있으면 언제라도 연락 주세요. 요즘은 중동에서 건설붐이 일어나고 있습니다. 오일 달러가 넘치는 중동 진출에 힘써야 합니다."

내가 건설부장관이 된 후 항규의 조언대로 중동에 눈을 돌려 기업들의 협력을 얻어 건설 수주를 받아오기 시작했다.

중동 오일쇼크로 전 세계가 경제 위기에 직면해 있고 한국도 오일 의존도가 높은 가운데 심각한 어려움에 처해 있었다. 오일 1배럴당 3달러에서 12달러로 치솟기도 했다. 중동에 쌓이고 있는 달러를 건설 수주를 통해 계속 들여온다면 한국 경제도 숨통이 트일 것이었다.

현대건설은 바레인 아랍 수리조선소 건설 수주를 받아내고 사우디 해군기지 해상공사도 따냈다. 그 당시 세계 최대

프로젝트인 9억 3천만 달러 규모의 주베일 산업항 공사도 따냈다. 현대건설이 재벌로 발돋움하는 데 중동 진출이 큰 몫을 했다.

다른 기업들에게도 혜택이 돌아가 한국 경제가 활기를 띠었다. 1974년도 중동 건설 규모가 6천 9백만 달러에 불과했는데 1년 사이에 8억 5천만 달러로 늘었다.

건설부장관으로 재임하게 되자 전국 국토에 대한 관심이 새로워졌다. 전에는 관심이 없었던 각 지역의 역사도 문헌들을 찾아 알아보기도 했다. 동네 이름 하나에도 다 독특한 유래가 있었다.

재임하고 보니 전주에서 광주·순천·진주·마산을 거쳐 부산에 이르는 358킬로미터 호남남해고속도로 준공 기념탑 공사가 섬진강 휴게소에서 진행되고 있었다. 이미 박정희와 육영수가 참석한 가운데 도로 준공식은 치렀지만 기념탑을 완공해야 온전하게 마무리가 될 것 같아 제작자인 이일영 화백과 일꾼들을 격려하며 예정일에 맞추도록 간곡히 부탁했다. 25미터나 되는 기념탑이라 연인원 3,800여 명이 동원되었다.

화강석으로 빚은 승리의 여신상이 화룡점정으로 기념탑을 빼어난 예술품으로 승격시킨 듯했다. 경부고속도로를 비롯하여 여러 고속도로 준공 기념탑을 보았지만 이번만큼 우아하고 미려한 기념탑은 본 적이 없었다. 도로 준공식이 있은 지 만 1년 후 기념탑 준공식에 참석하고 축하 글을 기념물에 새겼다.

"이 고속도로는 박정희 대통령 각하의 영도 아래 전 국민이 굳게 뭉쳐 조국 근대화의 신념을 가지고 땀 흘려 일한 결정이며 우리 후손에게 물려줄 값진 민족 자산으로 전 국토의 4대 권역을 완전한 일일 생활권으로 품어 균형적인 발전을 기약하는 지름길이다. 1974년 11월 14일 김재규"

1년 전 도로 준공식에서 치사한 박정희의 연설 일부도 다른 기념물에 새겼다. 거기에도 "유신의 기치 아래 총화 단결하여 나아가자"는 문구가 담겨 있었다. 나는 일부러 '유신의 기치' 같은 구절은 생략하고 '조국 근대화의 신념'이라는 문구로 대신했다.

1974년 12월에는 동아일보 백지 광고사태가 터졌다.

두 달 전 동아일보사 앞에서 시위 학생들이 동아일보를

불태우는 사건이 있었다. 동아일보가 지나치게 정부의 눈치를 보며 제대로 된 기사를 싣지 않는다는 것이었다.

평소에 정부의 언론검열에 대해 불만을 품고 있던 동아일보 기자들이 10월 24일 '자유언론수호대회'를 열어 결의문을 발표했다.

1. 신문, 방송, 잡지에 대한 어떠한 외부 간섭도 우리의 일치된 단결로 강력히 배제한다.
2. 기관원의 출입을 엄격히 거부한다.
3. 언론인의 불법연행을 일절 거부한다. 만약 어떠한 명목으로라도 불법연행이 자행되는 경우 그가 귀사할 때까지 퇴근하지 않기로 한다.

무시무시한 긴급조치 시대에 이러한 결의문을 발표했다는 것은 그래도 기자들의 결기가 살아 있다는 증거였다. 신문사 경영진은 결의문을 신문에 싣기를 꺼려했지만 편집국장 송건호는 사회면 톱 기사로 실어버렸다.

당황한 정부 당국은 기업에 압력을 넣어 동아일보에 광고를 싣지 못하게 했다. 동아일보는 이에 맞서 사상 초유로 백지 광고를 실었다. 백지 광고란에 호소문을 작게 싣기도 했다.

자금 압박을 받은 동아일보 경영진은 급기야 3개월 후부터 구조조정을 하고 150여 명의 기자들을 해직했다. 해직 기자들은 '동아자유언론투쟁위원회'를 결성하여 정부와 경영진의 부당한 처사에 항의했다.

내가 중정에 계속 있었으면 동아일보 사태에 개입했겠지만 건설부장관으로 재임했기에 시국의 혼돈에서 한발 떨어져 있을 수 있었다. 동아일보 백지 광고를 보며 이상하게도 박정희의 긴급조치들이 머지않아 백지화될 거라는 예감이 들었다.

건설부장관 재직 2년째 될 무렵 아버지가 별세했다. 아버지 무덤을 마련할 때 꽤 유명한 지관을 불러 명당자리를 찾아보게 했다. 지관이 '봉황귀소형' 명당이라고 지목한 선산군 육성면 덕촌리 산 중턱에 아버지를 묻었다.

그때 지관이 한 가지 주의를 주었다.

"이곳은 새가 날개를 펴는 곳이라 상석이나 둘레석을 두면 안 됩니다. 돌이 새의 날개를 눌러 날아오르지 못하게 합니다."

지관의 말에 따라 비석만 세우고 비교적 단아한 무덤이
되게 했다.

"사내는 죽을 자리를 잘 택해야 하느니라."

아버지의 말씀이 귓전에 맴돌았다. 나는 항규와 영규를
비롯한 일곱 동생들에게 홀로 남은 어머니를 우리가 잘 모시
자고 뜻을 모았다.

박정희는 긴급조치를 연이어 발표하여 유신헌법에 대한
반대 운동을 잠재우려 했지만 재야인사들과 학생들은 긴급
조치 따위에 겁먹지 않고 더욱 극렬하고 치밀해졌다.

결국 1975년 2월 12일 다시 국민투표를 실시하여 유신체
제에 대한 찬반 여부를 묻기로 했다. 찬성률을 높이기 위해
중정이 뒤에서 조정해야만 했다. 언론을 통제하고 공무원 조
직과 각종 사회운동 단체를 동원했다.

높은 찬성률로 반대운동파들을 제압하려 했으나 고작
73퍼센트에 그치고 말았다. 박정희는 자못 실망한 기색을
감추지 못했고 나를 비롯한 각료들은 죄지은 자처럼 몸 둘
바를 몰랐다.

그 무렵 미국 유학 중인 20대 중반의 딸 수영이 결혼을 했

다. 한국에서 결혼식을 올리면 건설부 공무원들과 건설업자, 정계 인사들이 대거 참석하는 화려한 결혼식이 되기 십상이어서 미국에서 올리도록 했다. 중동에 나가 있는 동생 항규와 미국에 살고 있는 동서 최세현 등만 참석하게 했다. 나는 아예 참석하지 않았다.

인혁당재건위 관련자 8명이 항소를 거쳐 대법원에서 사형 확정판결을 받는 날, 1975년 4월 8일 박정희는 긴급조치 7호를 발표했다.

1. 1975년 4월 8일 17시를 기하여 고려대학교에 대하여 휴교를 명한다.
2. 동교내에서 일체의 집회, 시위를 금한다.
3. 위 제1,2호를 위반한 자는 3년 이상 10년 이하의 징역에 처한다. 이 경우 10년 이하의 자격정지를 병과할 수 있다.
4. 국방부장관은 필요하다고 인정한 때에 병력을 사용하여 동교의 질서를 유지할 수 있다.
5. 이 조치에 위반한 자는 법관의 영장없이 체포, 구금,

압수, 수색할 수 있다.

6. 이 조치에 위반한 자는 일반법원에서 관할심판한다.

오로지 고려대 시위를 막기 위한 희한한 긴급조치였다. 고려대 정문 앞에 장갑차와 무장 군인들이 쫙 깔렸다.

그다음 날, 인혁당 관련자 8명이 대법원 사형 판결이 확정된 지 18시간도 되지 않아 그야말로 긴급하게 서울구치소에서 사형집행을 당했다. 대법원 판결문이 미처 서울구치소에 송달되기도 전에 사형집행이 단행되었다.

대법원에서 사형 확정을 발표하기도 전에 판결문이 군검찰에 넘어갔다고 하니 군검찰의 위력을 짐작할 만하다. 다른 재판들도 검찰의 구형 그대로 선고되었다. '정찰제 선고'라는 오명을 들어도 할 말이 없었다.

사형집행을 당한 인혁당 8명의 유족들의 몸부림이 내 눈에 선하고 통곡과 울부짖음이 지금도 귀에 들리는 듯하다.

사후세계가 있다면 인혁당 사형수들을 만나게 될 텐데 그들을 죽인 박정희를 죽이고 나도 사형을 당했으니 그들이 나를 매몰차게 내치지는 않을 것이 아닌가. 매몰차게 내친다 해도 나는 어쩔 수 없다.

인혁당 관련자들이 사형당하고 이틀이 지난 4월 11일 수원에 있는 서울대학교 농과대학에서 김상진의 할복 자살 사건이 있었다. 구속학생 석방 및 유신체제 반대 학생총회가 열렸는데 세 번째 연사로 나선 김상진이 양심선언문과 '대통령에게 드리는 공개장'을 낭독했다.

"죽음으로써 바라옵나니, 이 조국을 진정 사랑하는 마음에서 바라옵나니, 더 이상의 무고한 희생이 가지 않도록, 더 이상의 혼란이 오지 않도록, 숭고한 결단을 내려주시기 바랍니다."

낭독을 마친 후 김상진은 과도를 꺼내어 자신의 배를 찌르고 갈라서 할복을 감행했다. 일본 작가 미시마 유키오가 그랬던 것처럼 할복할 때는 고통이 심하므로 옆에서 목을 쳐주는 조력자 '가이샤쿠'가 장검을 들고 서 있어야 하는데 김상진은 단독 할복을 시도했다.

김상진은 병원으로 이송되었으나 다음 날 사망하고 말았다. 정작 찔러야 할 대상 대신에 자신을 찌른 것이었다.

한 달 남짓 후 5월 13일 긴급조치 8호가 발표되었는데 그 내용은 긴급조치 7호를 해제한다는 것이었다. 긴급조치 5호, 6호도 앞서 발표한 긴급조치들, 1호와 4호, 3호 등을 해제한다는 내용이었다.

긴급조치 8호가 발표된 5월 13일 바로 그날에 긴급조치 9호가 동시에 발표되었다. 긴급조치 9호는 지금까지의 긴급조치들을 한데 엮은 결정판으로 헌법 비방과 개폐·선전 금지, 학생 시위와 언론 통제를 골자로 하고 있었다.

자다가 깨고 나면 긴급조치라 유신헌법 제53조의 대통령 긴급조치 권한이 마구 남용되고 있었다.

헌법 조문이 헌법에서 튀어나와 헌법을 유린하는 꼴이었다.

1975년 8월 17일 충격적인 비보를 들었다. 장준하 선생이 경기도 포천군 약사봉에서 등산하다가 추락해 숨졌다는 소식이었다.

장준하는 1974년 긴급조치 1호 위반으로 징역 15년형을 선고받았으나 협심증과 간경화로 형집행정지를 받아 가석방되어 병원에 입원했다. 병원에 입원해 있으면서도 1975년 1월 8일 개헌청원백만인서명운동본부 이름으로 '박정희 대통령에게 보내는 공개서한'을 발표했다. 대통령 자신이 개헌을 발의해서 완전한 민주헌법을 만들고 그 헌법에 따라 자신의 거취를 정하고 긴급조치로 구속된 민주인사와 학생을 무조건 즉시 석방하고 자유언론을 보장하라는 내용이었다.

장준하 편지가 박정희의 양심을 건드렸는지 유신헌법 찬반 여부를 묻는 국민투표 후 2월 15일에는 김지하, 박형규 등 56명, 17일에는 지학순, 김찬국 등 93명을 석방했다.

장준하가 요구한 대통령의 개헌 발의나 거취 결정 같은 것은 여전히 외면하고 있어 장준하는 계속 유신반대운동에 박차를 가했다. 그러던 차에 등산 추락사 사건이 터졌으니 과연 추락사인가 의문이 들지 않을 수 없었다.

장준하가 나에게 했던 말이 새삼 가슴 저 깊은 곳에서 울려 퍼졌다.

"진정으로 국민을 생각하는 군인들이 있을 거요."

그 말을 들을 때 내 두 손이 마치 권총을 쥐고 있는 듯 떨렸던 일이 기억났다.

서빙고 쪽으로 호송차량이 지나가자 서빙고 보안사 분실에서 당했던 수모가 온몸을 뒤덮는다. 나의 지시로 서빙고 분실에서 고문당했던 수많은 사람의 신음소리도 들려온다.

'서빙고'(西氷庫)는 얼음 창고로 동빙고와 함께 조선 태조 5년에 설치되어 궁궐과 관아에 얼음을 공급했다. 활인서의 환자, 의금부의 죄수들에게까지 얼음을 나눠주었다고 하니 그 저장량이 어마어마했을 터였다. 정확하게 500년이 지난 1896년에 동빙고와 함께 폐지되었다. 어쩌면 조선의 운명과 함께한 서빙고였다.

그렇게 사람들을 두루 시원하게 해주던 서빙고가 보안사 분실이 들어선 이후로는 악명 높은 지역이 되고 말았다. 그 야말로 사람을 아예 냉동시켜버리는 '빙고'가 되고 말았다.

내가 체포되어 서빙고 분실로 끌려오자 수사관이 나를 조사실로 데려갔다. 나는 보안사령관을 지낸 전임자로서 전두환 사령관이 모니터로 조사실 상황을 지켜보고 있다는 사실을 잘 알고 있었다.

낯이 익지 않은 수사관은 다짜고짜 주먹으로 내 얼굴을 내리쳤다. 나는 의자에 앉아 있다가 뒤로 자빠졌다.

"사령관을 지냈으니 잘 알겠네. 이곳이 얼마나 무서운지. 내가 묻는 대로 속이지 말고 대답해야 해!"

수사관은 제일 먼저 나의 자존심을 꺾어놓으려고 작정한 게 분명했다. 혼자서 작정한 것은 아니고 전두환의 지령대로 움직이고 있을 터였다. 나를 감히 주먹으로 내리친 것도 전두환이 시킨 짓이었다. 그는 전두환의 명령에 전 인생을 걸었다.

전두환은 무엇보다 내가 어떤 계획을 세웠는지, 쿠데타 동조 세력이 있는지, 지지 병력을 얼마큼 동원할 수 있는지 궁금해할 것이다.

나는 전두환이 함부로 나를 대하지 못하도록 허세를 부려 볼까 했으나 그건 나중에 나를 더욱 곤란하게 하는 자충수를 두는 일이요 아무 관련 없는 자들을 엮어놓는 파렴치한 짓이기에 될 수 있는 한 솔직하게 조사에 임하기로 했다.

수사관은 우선 사건 경위에 대해 물었고 나는 기억나는 대로 소상히 답했다.

"대통령 각하를 죽인 이유가 무엇인가?"

재판 기간 내내 나에게 반복해서 주어진 질문의 첫 시작이었다.

"유신을 끝내기 위함이다."

"그럼 쿠데타인가?"

"쿠데타는 아니다."

"공범이 있는가?"

"없다."

"부하들은?"

"부하들은 내 지시만 따랐을 뿐이다. 그냥 살기 위해 총격전을 벌였고."

전두환은 모니터로 신문 상황을 지켜보고 내가 단독범임을 파악했을 것이다. 다른 공범 세력이 없다는 걸 확인한 전두환은 이제 마음 놓고 나를 다룰 것이 분명했다.

아니나 다를까 수사관이 군 작업복을 가지고 와 복장을 바꾸도록 했다. 이번에는 주먹이 아니라 각목으로 때리기 시작했다. 박정희 시해 동기에 대해 같은 질문을 되풀이하고 내가 "유신을 끝내기 위함이다"라고 동일한 답변을 하면 고문의 강도가 더욱 세어졌다.

"차 실장과 싸우다가 화가 나서 우발적으로 쏜 거잖아. 유신을 끝내기 위해 쏘았다니. 중정부장까지 해먹은 자가 할 소리냐."

내가 애초의 답변을 고집하면 군용 전화선을 손가락에 걸고 전기고문을 가하기도 했다.

몇 날 며칠이고 같은 질문과 같은 답변이 반복되었다. 내가 보안사령관, 중정차장, 중정부장으로 있을 때 요원들이 피의자들에게 가했던 각종 고문이 나에게 쏟아졌다. 그동안 고문받았던 자들의 원한과 분노가 나를 덮치는 듯했다. 나는 여러 번 기절해 쓰러졌고 찬물을 뒤집어쓰고 간신히 눈을 뜨곤 했다. 간경변으로 지혈이 되지 않아 얼굴과 온몸이 시뻘건 핏빛으로 물들었다.

나는 수사관에게 애원했다.

"내가 죽거든 이런 몸으로는 고향으로 갈 수 없으니 서울 아무데나 묻어주시오."

고향에는 노모가 살고 있었다.

수사관을 통해 김계원을 비롯하여 박흥주, 박선호, 이기주, 유성옥, 김태원, 유석술 등이 보안사로 끌려왔다는 것을 알게 되었다.

여기저기서 비명소리, 신음소리, 고함소리가 어지럽게 들려왔다. 수사관들이 피의자들을 맡아 고문하고 신문하면서 서로 교차 확인을 했다. 어떤 때는 대질신문을 하기도 했다. 피의자들뿐 아니라 현장 목격자인 신재순·심민경(심수봉 본명)과 다른 중정요원들도 참고인으로 불러 조사했다.

박정희는 이런 일을 예상했는지 1979년 3월 전두환이 보안사령관이 된 이후 계엄이나 전쟁 같은 비상시국에는 보안사령관이 정보부, 검찰, 경찰 같은 정보수사기관을 장악하여 합동수사본부를 구성하고 본부장을 맡도록 대통령령을 발표했다.

물론 전두환이 약해진 보안사 권력을 강화하기 위해「시국수습방안」「계엄시 보안사의 역할에 관한 연구」들을 마련하여 박정희의 마음을 움직인 결과이기도 했다. 그런 박정희의 대통령령이 있었기에 전두환에게로 권력이 집중될 수 있었고 일사불란하게 박정희 시해 사건을 수사해나갈 수 있었다.

내가 어떠한 질문을 받고 어떤 답변을 하더라도 결국 사형선고를 받으리라는 것은 명약관화한 일이었다. 피의자가 신문을 받을 때는 어떡해서든지 형량을 줄여보려는 방향으로 답변을 하는 법인데 나는 그럴 필요가 전혀 없었다. 수사관들이 원하는 대로, 차지철에 대한 분노로 충동적으로 박정희를 향해 총을 쏘았다고 진술한다 해도 마찬가지였다. 충동적이든 의도적이든 사형은 변함없는 결말이었다.

나는 박정희와 함께했던 오랜 세월을 반추해보고 내 마음을 깊이 들여다보았다. 박정희를 죽이고 싶은 순간들이 꽤 있었음을 새삼 상기했다. 나의 모델이요 나의 우상이었기 때문에 더욱 죽이고 싶은 대상이기도 했다.

그러하기에 충동적으로 살해했다는 건 스스로 용납할 수 없었다. 겉으로는 충동적으로 보여도 오랜 세월 동안 무의식적으로 의도된 일이라 아니할 수 없었다.

유신헌법을 정독했을 때 박정희의 끝 모르는 욕망을 훤히 볼 수 있었고 그 욕망은 자신의 몰락을 어찌해서든지 막아보려는 처절한 몸부림에 불과했다. 유신헌법은 박정희를 철저히 보호해주는 것 같았지만 사실 유신헌법 안에서 박정희는 이미 죽어 있었다. 유신헌법 안에서 이미 죽은 박정희를 나는 확인사살했을 뿐이었다.

이 복잡미묘한 심리를 수사관에게 진술할 수는 없었다. 가장 간단한 방법은 '유신을 끝내기 위함'이라는 진술을 고집하는 것이었다.

유신을 끝내야 하는 이유는 이미 학생과 시민들의 시위에서 만천하에 공포되었고 재야 인사들에 의해 좀더 정교하게 표현되었다. 내가 따로 보탤 것은 없었다. 다만 내가 유신을 끝낼 수 있는 유리한 위치에 있었고 시대의 염원을 이루는 도구가 되었을 뿐이었다.

나는 사형당해 죽겠지만 나의 결행으로 삶을 다시 얻을 수많은 사람은 환호할 것이다. 그들이 나에게 감사를 표하리라 기대할 수는 없지만 다시 얻은 그들의 삶 속에서 나도 여전히 호흡하고 있으리라.

보안사에서는 나에게 재산포기 헌납 각서를 쓰게 하고 무인을 찍도록 했다. 내가 수십 년 동안 군인생활과 공직생활을 통해 벌어 모았던 모든 재산을 과연 그들이 빼앗아갈 수 있는 권리가 있는지 반문하지 않을 수 없었지만 고문으로 자포자기 심정에 빠져 그들의 요구대로 받아들였다. 재산포기 각서에 무인을 찍을 때 가장 마음에 걸렸던 것은 고가의 보물이나 다른 재산들이 아니라 희한하게도 내가 딸에게 선물로 준 피아노였다. 그 피아노 하나만이라도 재산포기 목록에서 제외시켜 달라고 호소하고 싶었다.

서빙고에는 끔찍한 기억만 있는 게 아니고 달콤한 추억도 있었다.

내가 방첩부대장이 되었을 때 김신조 일당의 청와대 습격 시도가 있었던 시기라 방첩부대가 초대 대장 김창룡 재임 시기처럼 과격해질 위험성이 없잖아 있었다. 나는 부하들에게 성과를 내기 위해 서두르지 말고 자기를 과시하려고 으스대지 말며 치밀하고 은밀하게 파고들라고 당부했다.

그 무렵 아내 이외의 여성을 만나 관계를 맺었다. 마침 연합통신에 보안문제가 생겨 내가 조사를 지시했다. 연합통신은 사태를 무마하기 위해 나와 가까운 사람들을 동원하여 정상참작을 호소했다.

장경원 한국일보 사장이 중재를 맡아 종로 '도성'이라는 요정에 자리를 마련했다. 김석원 쌍용시멘트 회장도 함께했다. 그 자리에서 술 시중을 든 40대 장정이라는 여자에게 끌렸다. 김석원은 장정이에게 나를 잘 도와주라는 말까지 하며 은근히 부추겼다.

장정이는 처음 볼 때부터 일반 접대부와 다른 면이 있었다. 40대이면서도 20대 못지않은 생기가 있었고 화술도 좋았다. 미모는 말할 것도 없었다.

아내에게서 느껴보지 못한 농염한 매력은 나를 사로잡고 말았다. 아내에게 미안한 일이었지만 장정이에게 끌리는 마음을 주체할 길이 없었다.

한번 몸을 섞고 나자 중독 현상처럼 시도 때도 없이 장정이 몸을 탐하게 되었다. 언제 이런 욕정이 내 몸속에 숨어 있었는지 나도 놀랄 지경이었다.

장정이와 사귐을 가질 즈음인 1968년 9월 방첩부대는 육군 보안사령부로 개칭되었다. 한 달 남짓 후 10월 30일 삼척·울진 지역에 120명의 공비가 침투하는 사건이 벌어졌다. 공비들은 군복, 신사복, 노동복 차림들을 하고 수류탄과 기관단총 등으로 무장한 채 대담하게도 주민들을 집합시켜 놓고 북한 책자를 나눠주고 북한 발전상을 소개하고 김일성 사상 교육을 시키며 인민유격대 가입을 강요하기까지 했다.

공비 소탕작전은 12월 말까지 57일간이나 계속되었다. 공비 120명 중 사살 111명, 생포 5명, 자수 2명에 나머지 2명은 도주했다.

공비 소탕작전에서 군경 27명, 예비군 6명, 민간인 16명 등 49명이 사망했다. 이때 9세의 이승복 어린이가 일가족과 함께 공비들에게 무참하게 살해되었다.

나는 다른 부대장들과 소탕작전을 진두지휘하느라 눈코 뜰 새가 없었다. 그런 중에도 장정이를 만나는 일은 게을리 하지 않았다. 산을 누비며 병사들을 지휘할 때도 장정이의 나신이 눈앞에 어른거렸다.

이 소탕작전을 직접 목도하기 위해 일본의 유명한 작가 미시마 유키오가 내한했다는 사실이 특기할 만했다. 그는 일찍이 휴전선도 둘러보았다.

그는 도쿄대학 법학부를 졸업하고 곧바로 고등문관시험에 합격하여 대장성 고위공무원으로 재직하면서 소설을 써 각광을 받았다. 당시 고등문관시험은 합격하기 어려운 순서로 외무과, 행정과, 사법과가 있었다. 외무과 시험은 도쿄대학 출신들만 합격할 정도로 난이도가 아주 높았다. 미시마가 대장성 공무원으로 들어간 것으로 보아 행정과에 합격했던 것 같다.

마침내 고위공무원 생활을 그만두고 전업작가로 빼어난 작품들을 발표하여 젊은 나이에도 벌써 노벨문학상 후보로 다섯 번이나 거론되었다. 나는 그의 작품을 읽은 적이 거의 없지만『금각사』가 가장 훌륭한 작품이라고들 했다.

내가 관심이 있는 일본 군사 쿠데타 2 · 26 사건을 배경으로 작품을 썼다고도 했다. 1936년 2월 26일 일본 군국주의의 강화로 일부 청년 장교 세력이 폭주하자 이에 반발한 황도파(皇道派) 장교 16명이 주축이 되어 1,500여 명의 군사들이 반란을 일으켰으나 제국 군대와 경찰에 의해 사흘 만에 진압되었다. 이때 전직 총리대신 2명이 사망하고 관료와 장교, 경찰, 민간인들이 다수 사망했다. 원래는 현직 총리대신 오카다 게이스케를 살해하려 했으나 착각하여 비서인 마쓰오 덴조를 살해했다. 이때 일본 육군 대좌로 있던 조선의 영친왕도 황도파 진압에 가담했다.

쿠데타에 실패한 황도파 주동자 장교 2명은 자살하고 19명은 처형당했다. 그러나 지휘관을 따른 부사관과 병사들은 사형당하지 않고 투옥되거나 재복귀 명령을 받았다.

미시마는 황도파 자살 장교를 주인공으로 삼아 그가 칼로 배를 찌르고 엘(L) 자 형으로 배를 가르는 할복 과정을 끝까지 세세하게 묘사하여 「우국」이라는 중편 소설을 발표했다.

미시마는 박정희를 흠모했는지 5·16 혁명을 모델로 삼아 일본을 개혁하려는 포부를 지니고 있었다. 미시마는 울진·삼척 무장공비들이 소탕되는 장면을 보면서 무슨 생각을 했을까.

그는 결국 「우국」의 주인공처럼 일본 군국주의 부활을 외치며 할복 자결했다.

공비 소탕작전 두 달 후 1969년 2월 23일, 동해안 삼척·속초 지역에서 암약하던 간첩 일당을 검거하는 성과를 거두었다. 김고섭을 비롯한 고정간첩 6명과 이들에게 포섭된 지하당 망원(세포당원) 9명을 체포하여 일망타진했다. 김고섭은 납북어부로 가장하여 북한의 지령을 받고 납북귀환 어부로 돌아와 암약했다. 이들은 동해안 지역의 군경시설 정보뿐 아니라 군사·정치·경제 전 분야의 정보들을 빼돌려 북한에 넘겨주고 특히 친지를 포섭하여 북한으로 데려가는 대동월북 임무에 힘을 썼다.

이들이 삼척·울진 공비침투사건과 관련 있는지는 밝혀지지 않았지만 아무래도 이들이 제공한 동해안 군경시설 정보들이 활용되었을 가능성이 높았다.

나는 소탕작전과 간첩 일망타진 등의 공로로 1969년 4월

1일 중장으로 진급했다. 박정희가 직접 계급장을 달아주며 진급을 축하해주었지만 그 무렵 그의 표정은 굳어 있고 어두웠다. 3선개헌 추진 문제로 골머리를 앓고 있던 시기였다.

당의장 김종필 계열 의원들이 차기 대선 주자로 김종필을 밀기 위해 3선개헌에 반대했다.

김용태를 비롯한 김종필 계열 주요 의원들을 반국가단체 결성 혐의를 씌워 공화당에서 제명시키기까지 하자 1968년 5월 25일 김종필은 돌연 정계은퇴를 선언해버렸다. 당의장, 의원직, 당적 모두를 포기해버렸다.

김종필은 은퇴했으나 그를 따르는 국회의원들은 남아 있어 호시탐탐 때를 노리고 있었다.

시국이 어지럽게 돌아갔지만 나는 장정이에게 빠져 시국을 초월한 듯 어떤 행복감에 젖어 있곤 했다.

이 무렵 장정이가 아들을 낳았다. 나는 내 아이일 거라 여기고 장정이에게 따져 묻지도 않았다. 아이는 나에게 새로운 원동력이 되었다.

혜화동에 기와집 한 채를 마련하여 장정이가 살도록 하고 그 집을 수시로 드나들었다. 장정이가 보고 싶어 가는지 아이가 보고 싶어 가는지 나도 헷갈렸다.

아내는 첫 딸을 낳고 둘째를 임신했을 때 유산을 하게 되어 생산 능력을 잃었다. 나에게도 아들을 갖고 싶은 마음이 잠재되어 있었는지도 모른다.

주변에 장정이의 아이가 내 아이라는 소문이 돌았다. 아내도 소문을 듣고 한동안 말도 하지 않고 서운해하다가 조심스럽게 입을 열었다.

"당신 아이면 내가 키울 용의가 있으니 데리고 와요."

그런데 정보과장이 누구의 부추김을 받았는지 장정이 아이가 내 아이인지 여러모로 확인해본 모양이었다. 아내가 부탁했을 수도 있었다.

정보과장이 하루는 넌지시 말했다.

"아이가 말입니다. 사령관님의 아이가 아닌 것 같습니다. 생김새도 그렇고 혈액형도."

장정이도 결국 내 아이가 아니라고 했다. 아내에게 아이를 빼앗기지 않으려고 거짓말을 하는지도 몰랐다. 하지만 장정이가 곁에 있는 한 내 아이가 아니라 해도 자식처럼 키울 용의가 있었다.

그런데 동생 항규가 무역회사 자회사인 서진기업을 운영하다가 자금이 어려워지자 모회사가 은행 융자를 받는 데 도움을 달라고 했다. 나는 장정이에게 준 혜화동 집을 담보로 해서 융자를 받아보도록 주선해주었다. 하지만 모회사가 융자금을 갚지 못하고 부도가 나고 말았다. 혜화동 집은 경매 처분되고 장정이는 내가 임시로 마련해준 다른 집으로 들어 갔다. 이런 일로 항규는 나와 장정이에게 늘 미안한 마음을 가지고 있었다.

결국 내가 설립한 서빙고동 중경학원 부지 일부에 공병대 를 동원하여 집을 짓게 하고 장정이와 아이를 들어가 살도록 했다. 한 달에 두세 차례 들러 장정이와 아이를 만나보고 생 활비를 지원해주었다. 운전사, 유모, 개인 가정교사, 관리인 등을 고용하여 부족함이 없도록 돌보았다.

지금도 장정이는 아이와 함께 서빙고에 살고 있다. 하지 만 세상 눈이 무서워 나를 면회 오지도 못했다. 전두환이 합 수부 수사 결과를 발표하면서 장정이의 인격을 모독해버렸 다. 보도문 제목도 '김재규의 파렴치한 사생활'이었다. 신문 과 방송은 전두환이 불러주는 대로 복사기처럼 기사를 썼다.

"김재규는 정보부장 재직 시 10억 원의 공금을 횡령하여 땅 2만 평을 매입하고 친인척에게 무조건 특혜조치를 해주 어 많은 비난을 받았다. 1968년경 D요정 여주인 J를 이혼케 하여 소실로 삼고 공금을 유용하여 축첩에 탕진했다."

그외 내가 얼마나 부도덕하고 비인간적인지 소설을 쓰듯 이 없는 사실을 나열했다.

"주방 냉동실 등에 각종 고기류가 즐비하게 쌓여 있음에
도 신변보호차 한 집에서 근무하는 경비요원들이나 운전사
들에게는 조금도 먹이지 않았다. 고기가 남아 썩어서 내다버
리면서도 이들 요원들이 어쩌다 남은 음식을 먹는 것을 보면
김재규는 무섭게 힐책했다. 이런 그의 비인간적인 처사에 주
위 사람들의 빈축이 그칠 날이 없었다."

전두환이 경비요원이나 운전사들도 조사하여 이런 사실
을 알아냈다는 말인가. 전두환이야말로 사건의 본질과 관계
없는 비인간적인 수사 발표를 한 셈이었다.

무엇보다 장정이에 대한 나의 사랑과 열정을 전두환이 똥
물로 덮어씌우고 만 것이 분통했다. 아마도 전두환이 장정이
도 잡아가서 고문하여 나의 부정축재 사실을 털어놓으라고
협박했을 것이다.

호송차는 서빙고를 지나 용산을 오른편에 끼고 나아간다.
용산 국방부 건물 뒤쪽에 군법회의 재판정이 있어 수도 없이
드나들던 곳이다.

"오늘은 용산을 그냥 지나치는군요."

내가 용산 재판정으로 올 때마다 호송을 맡았던 안면 있

는 교도관이 회상에 젖은 목소리로 중얼거렸다. 이제 그로서
도 나를 용산으로 호송해올 일은 다시 없을 터이다.

"고마웠소."

수갑에 차여 불편한 손이었지만 몸을 틀어 그의 손을 잡
아주었다. 다정한 온기가 전해져 왔다. 내가 손에 쥐고 있는
염주와 단주가 그의 손등을 덮었다.

내 손등으로 따뜻한 눈물 한 방울이 떨어졌다. 교도관이
당황스러운 듯 조심스레 손을 빼며 눈가를 훔쳤다.

내가 체포된 지 18일이 지난 11월 13일 나와 김계원, 중정
요원 6명은 내란목적살인과 내란미수 혐의로 육군본부 계엄
보통군법회의 검찰부로 송치되었다. 검찰부는 보안사 수사
기록을 바탕으로 다시금 강도 높게 신문했다. 보안사 수사기
록의 모순과 오류들을 바로잡기도 했다.

내가 볼 때는 현장 목격자인 신재순과 심민경도 다르게
증언하고 있는 것으로 보아 보안사에서부터 뭔가 진술을 강
요받았을 가능성이 많았다. 이렇든 저렇든 내가 박정희를 저
격한 사실은 변함이 없으므로 이들의 증언에 대해 일일이 이
의를 제기하지도 않았다. 그 끔찍한 현장에 있도록 한 사실

에 대해 송구하기 그지없었다. 두 여인이 평생 깊은 트라우마를 지니고 끊임없이 고통당할 것이 분명했다.

김계원이 공범 혐의를 받고 있는 것이 마음 아팠고 박흥주를 비롯한 부하들이 내 지시를 따랐다가 극형 선고를 앞두고 있어 가슴이 찢어질 것만 같았다. 부하들에게 청와대 경호원들을 제압하라는 지시를 내리지 않고 나 혼자 일을 저질렀다면 어떻게 되었을까. 그래도 어차피 총격전이 벌어졌을까. 나 혼자 일을 저지르고 차지철이 대통령을 쏘았다고 청와대 경호원들에게 거짓말을 했다면 총격전은 벌어지지 않고 부하들이나 경호원들이 살아남지 않았을까.

지금 와서 생각하니 박흥주와 박선호 등을 끌어들인 일이 몹시 후회스러웠다. 그들은 나의 지시를 따랐을 뿐이라고 하면 정상참작이라도 받을 수 있지 않을까. 하지만 합수부가 전권을 장악한 상황에서 그들이 극형을 면하기는 어려울 것이다.

그들은 나이가 그리 많지도 않고 자식들도 어린데 처형당하고 나면 가족들이 얼마나 황당하고 절통할 것인가. 궁정동 운전기사 36세 유성옥은 가난하여 결혼식을 올리지 못하고 있다가 11월 13일 오후 12시에 서울신문사 회관에서 결혼식을 올리기로 예정되어 있었다.

26세인 아내 서명숙과 2세, 4세 아들들과 함께 전세방 생활을 하고 있던 유성옥이었다. 하지만 결혼식 예정일인 11월 13일에 보안사에서 검찰부로 송치되었다.

검찰부는 나를 포함한 8명을 기소했고, 기소한 지 8일 만에 12월 4일 오전 10시 용산 국방부 건물 뒤편 계엄보통군법회의 대법정에서 첫 공판이 열렸다.

나는 흰색 한복에 흰색 양말, 하얀 고무신을 신고 가죽 수갑을 찬 채 법정으로 호송되었다. 차창 너머로 내다보니 공판정 안팎으로 집총한 헌병 20여 명이 경비를 서고 있었다. 내가 법정으로 입장하니 이미 박선호, 이기주, 유성옥, 김태원, 유석술 들이 둘째 줄 긴 의자에 앉아 있었다. 박흥주와 김계원은 앞줄에 앉아 있었다. 교도관은 나를 앞줄 오른쪽에 앉혔다. 나는 부하들과 김계원을 향해 보일 듯 말 듯 목례를 보냈다.

검찰관석에는 검찰부장 전창렬 육군중령, 이병옥 육군소령, 차한성 육군대위가 앉아 있고 변호인석에는 김제형, 안동일, 강신옥 등 변호사 28명이 두 줄로 앉아 있었다.

내외신 기자들의 플래시가 나를 향해 어지럽게 터졌다. 나는 될 수 있는 한 의연한 자세를 잃지 않으려고 했다. 얼굴 표정에도 마음을 썼다. 나를 찍어대는 기자들을 둘러보는 여

유까지 보였다.

장내가 정리된 후 재판부가 입장했다. 재판장 김영선 육군중장, 심판관 유범상 육군소장, 이호봉 육군소장, 오철 육군소장, 법무사 신복현 육군준장 법무감이 재판부를 이루고 있었다.

신복현의 인정신문이 있은 후 전창렬의 공소장 낭독이 30여 분간 이어졌다. 그다음 나의 사선변호사들의 대표인 김제형이 '모두진술'을 했다.

"이 사건은 기존의 정치적·법적 질서의 산물인 현행 실정법 체제 안에서 재판하기에는 몹시 부적당한 것인지도 모르겠습니다. 그렇기 때문에 현실 정치의 이해를 떠난 역사적인 안목과 겸허한 자세로 진정한 국민의 뜻에 귀 기울이는 성실성이 이 재판을 통해 나타나기를 희망하며 무엇보다 재판과정의 적법성이 철저하게 보장되기를 바랍니다."

이어서 김정두 변호사가 군법회의의 재판관할권에 대한 이의를 제기했다. 나의 혐의는 계엄 선포 이전에 실행된 민간인의 행위에 대한 것이므로 군법회의가 재판권을 행사할 수 없다면서 재판관할을 계엄보통군법회의에서 서울형사지방법원으로 이관하라고 주장했다. 변호인단 21명의 이름으로 재판관할권에 대한 재정신청을 재판부에 제출하여 대법원의 결정을 기다리기로 했다.

그때 법무사 신복현이 변호인단에게 경고한다면서 주의를 주었다. 김정두가 나를 '김재규 장군'이라고 호칭한 데 대해 시비를 걸었다. 장군이니 부장이니 그런 전직 호칭은 삼가라고 했다. 검찰관 전창렬은 역사의 심판이니 국민의 심판 대상이니 하는 발언도 혁명을 연상시키므로 아예 꺼내지 말라고 했다.

재판 내내 이러한 재판부와 검찰관의 간섭과 경고가 시도 때도 없이 이어졌다.

12월 8일 제2차 공판이 열렸다. 재판관할권에 대한 재정 신청은 대법원에서 받아들이지 않았다. 오전 10시에 시작된 공판이 변호인단의 녹취신청, 위헌 여부 제청, 재판부 기피 신청 등으로 오후 7시 45분까지 10차례나 휴정했다. 그만큼 변호인단의 열의가 대단했다. 이미 결과가 빤히 보이는 재판 인데도 변호인단은 역사적인 재판이라 의식했는지 국선이든 사선이든 쉽게 넘어가는 법이 없었다. 그래서 재판정에는 늘 긴장감이 감돌았다.

박선호가 자기가 맡은 일을 진술하기 위해 박정희의 엽색 행각을 언급하려고 하자 즉시 검찰관의 제지가 들어왔다. 나도 뒤에서 "박 과장!" 하며 그의 말을 막았다. 끝까지 박정희의 사생활 문제는 덮어주고 싶었다. 사실 박정희의 엽색 행각을 방조한 책임에서 나도 자유로울 수 없었다.

나는 재판정에서 이상한 풍경을 보았다. 재판 중간중간 재판관석 뒤쪽 옆문으로 누군가 들락날락하면서 쪽지를 법무사에게 건네주곤 했다. 쪽지를 통해서 재판을 좌지우지하는 세력이 따로 있다는 사실을 눈치챌 수 있었다. 중정부장의 경험으로 미루어보아 아마도 합수부에서 재판과정을 지켜보면서 그때그때 지시를 내리고 있음이 분명했다.

2차 공판이 있던 12월 8일 반가운 소식이 들려왔다. 최규하 대통령이 선출된 지 이틀 만에 긴급조치 9호를 해제하고 유신을 폐지한다고 선언했다. 문익환 목사, 함세웅 신부 등 긴급조치 위반으로 전국 교도소에 갇혔던 68명이 석방되고 불구속 기소자 224명이 면소되었다. 내가 박정희를 제거한 효과가 가시적으로 나타나는 것 같아 내심 뿌듯함을 느꼈다. 이것이 혁명이 아니고 무엇인가.

나는 재판을 받는 동안 민간인이 들어가는 서대문 서울구치소가 아니라 남한산성 서쪽 기슭 육군교도소 7호 특별감방 독방에 갇혀 있었다. 현역 군인인 박흥주를 제외한 다른 피고인들은 서울구치소에 있었다. 변호인단이 나를 서울구치소로 옮겨 달라고 간청했으나 수괴로서 특별한 관리가 필요하다면서 허락해주지 않았다.

　호송차는 용산을 뒤로하고 마포 방향으로 접어들었다. 파출소 앞에 서 있던 순경 둘이 호송차량 행렬을 멈추게 하고 검문을 하려고 했다. 이 새벽 시간에 냉동차 모양의 차량 석 대에다 헌병들이 가득 탄 차량들까지 따라오니 누가 보아도 이상야릇하지 않을 수 없었다.

　육군교도소장이 차에서 내려 순경들을 상대하는 모양이었다. 육군교도소장이 사실을 말했을 리는 없겠지만 순경들이 "안녕히 가십시오!" 큰 소리로 인사까지 했다.

　나도 마지막으로 보는 서울 풍경에 대해 '안녕!'이라고 외치고 싶었다.

　보안사와 검찰부 수사, 재판과정에서의 검찰 신문과 변호인의 변론, 증인들의 증언 등을 통해 나는 부하들이 바로 그날 어떻게 행동했는지 구체적으로 알게 되었다.

　나는 사실 그날 일이 성공할 확률이 10퍼센트도 되지 않는다고 생각했다. 차지철이 경호용으로 권총을 가졌을 가능성도 많았고 안재송을 비롯한 청와대 경호원들의 사격 솜씨가 중정 경비원들보다 훨씬 뛰어났기 때문에 경호원들이 나를 먼저 처치할 수도 있었다.

중정 경비원들과 청와대 경호원들은 박정희의 소행사나 대행사 때마다 궁정동 안가에서 만나 함께 식사도 하고 담배도 나눠 피우고 커피도 같이 마시고 장기나 바둑도 두고 잡담도 나누면서 친밀한 정을 주고받았다. 형제처럼 가까운 육사 동기 동창들도 있었다.

그들이 서로 총격전을 벌였으니 기가 막힐 일이었다. 그들이 서로 죽이기보다 투합하여 나를 제거할 수도 있었는데 내 부하들은 자신의 앞날이 어떻게 될지도 모르고 충직하게 내 명령을 따랐다. 그들의 젊은 생명이 나와 함께하는 것도 안타깝기 그지없는데 그 가족들을 생각하면 무간지옥으로 떨어지는 느낌이었다.

내 부하들의 가족뿐 아니라 부하들이 사살한 청와대 경호원들의 가족은 또 어떠할 것인가. 나는 내 부하와 청와대 경호원 15명가량을 죽인 죄로도 사형을 받아 마땅한 법이다. 내 목숨이 여러 개 있다면 내 목숨을 그들의 죽음에 대한 속죄로 다 내어놓아도 모자랄 판이었다.

살생을 금하는 부처님의 뜻을 될 수 있는 한 지키려고 나름 노력해왔지만 인생 말년에 엄청난 살생을 저지르고 말았다. 하지만 나의 살생으로 부산·마산을 비롯한 전국의 수십만, 수백만 살생을 막은 것이 아닌가.

박선호는 나에게 말한 30분 안에 준비를 갖추기 위해 직속 부하 이기주를 불러 권총을 가져오게 하고 이기주도 무장을 하라고 지시했다. 박선호는 해병대 대령 출신이라 경비원 30명 중에서 유일하게 해병대 출신인 이기주를 특별히 아끼는 편이었다.

이기주는 하사로 예편했기에 박선호를 어려워하면서도 존경하며 그의 지시를 성심을 다해 수행했다. 이기주가 38구경 리볼버 권총을 가지고 와서 박선호에게 건네고 자기는 기관단총으로 무장했다. 박선호가 이기주에게 기관단총을 권총으로 바꾸라고 하면서 식당차 운전사 유성옥도 총을 쏠 줄 아느냐고 물었다.

이기주가 대답했다.

"중사 출신이라 총 다룰 줄 압니다."

"그럼 유성옥도 무장시켜 데리고 오게."

박선호는 이기주와 유성옥에게도 총소리가 나면 경호원들을 몰아붙이라는 내 지시를 전달하면서 한마디 더 보탰다.

"일만 잘되면 자네들도 한 급 올라갈 거네."

이기주가 물었다.

"경호원들이 총을 쏘면 어떻게 할까요?"

"응사해야지."

박선호는 유성옥에게 식당 행정차량 제미니 승용차를 주방 뒤에 주차하게 하고 박흥주, 이기주와 함께 차에 들어가 대기하게 했다.

박선호는 식당 대기실로 가서 경호처장 정인형과 부처장 안재송의 동태를 살폈다. 둘은 땅콩을 먹으며 미8군 AFKN 방송을 보고 있었다. 정인형은 박선호와 해병 임관 동기로 같은 대령 출신이었다. 해병대가 해산될 때 함께 예편당한 처지라 서로 남다른 동지애를 느끼고 있었다. 안재송은 해병대 후배로 올림픽 속사권총 국가대표 출신이었다.

박선호는 나동 관리인 남효주를 불러 만찬장으로 가서 나를 잠시 나오도록 하라고 지시했다. 내가 나오자 박선호는 "준비됐습니다" 하고 보고하고는 다시 식당 대기실 소파로 가 앉았다.

안재송이 화장실로 간 사이에 박선호는 정인형과 잡담을 나누며 총소리가 나면 어떻게 정인형을 제압할 것인가 궁리했다. 절대 서로 죽여서는 안 되는 사이였다.

박선호는 검찰관 신문 시에 "그때 총소리가 나도 안재송이 화장실에서 돌아오지 않으면 어떡하나 걱정했다"고 진술했다.

안재송이 화장실에서 돌아와 다시 편안한 자세로 텔레비전을 시청했다.

7시 40분경 드디어 만찬장 쪽에서 총소리가 두 번 연달아 들려왔다. 정인형과 안재송은 잠시 움찔하며 서로 쳐다보았다.

박선호가 권총을 둘에게 들이대며 "우리 같이 살자!"고 외쳤다. 자기 말만 잘 들으면 총을 쏘지 않겠다는 뜻이었다. 하지만 안재송은 속사권총 선수로 자기 실력을 과신했는지 잽싸게 권총을 뽑아들었다. 그 순간 박선호는 안재송의 가슴을 향해 총을 쏘고 말았다. 정인형도 권총을 뽑아들었고 박선호는 뒤로 물러나면서 그를 쏘았다. 정인형은 차마 친구에게 총을 쏘지 못하고 잠시 망설였음이 틀림없었다.

만찬장에서 총소리가 나자 제미니 승용차에서 대기하고 있던 박흥주, 이기주, 유성옥도 지시대로 달려나가 주방에 있는 경호원들을 향해 사격을 가했다. 일순 불이 나가 깜깜해지자 어둠 속을 향해 되는 대로 마구 총질을 해댔다. 그 바람에 청와대 경호원뿐 아니라 궁정동 요리사들도 사망하거나 부상당했다. 박선호가 불을 켜라고 소리 질렀고 잠시 후 다시 불이 들어왔다.

김계원이 마루로 나와 넋이 빠진 듯 서 있었다. 내가 만찬장을 달려나가 회중전등을 들고 있는 박선호를 만나 권총을 받아왔다.

재판에서 증언을 통해 안 사실이지만 최초의 총소리가 났을 때 지하 기계실 요원이 건물 전체가 합선된 줄 알고 전원 스위치를 내렸다가 다시 올린 것이었다.

이기주는 총들을 회수하라는 박선호의 지시를 받고 주방으로 들어가는데 마루 쪽에서 "얘들아, 들어와라. 각하가 부상당하셨다!" 하는 소리가 들려왔다. 만찬장으로 뛰어들어가 보니 한 사람이 바닥에 피를 흘리며 누워 있고 또 한 사람이 교자상 쪽에서 유혈이 낭자한 채 왼편으로 쓰러져 있었다.

"각하를 빨리 모셔라!"

김계원이 다급하게 외쳤고 이기주가 교자상으로 다가가는데 어느새 달려들어온 식당 경비원 서영준이 대통령을 등에 업으려 했다. 남효주도 달려와 이기주와 함께 서영준을 도왔다. 이기주는 뒤에서 대통령의 등 밑을 받치며 유성옥이 시동을 걸고 대기하고 있는 차로 급히 옮겼다. 서영준과 김

계원도 차에 오르고 이기주는 대문을 열어 차가 빠져나가게
했다.

박선호는 나와 박흥주가 전용차를 타고 이미 안가를 빠져
나간 사실을 인지하고 M16으로 무장한 김태원을 데리고 식
당 쪽으로 가 보았다. 김태원은 병장 출신으로 식당 경비원
으로 근무했는데 바로 전날 야근을 해서 비번이었으나 대행
사가 있다 하여 늦게 출근했다. 박선호는 이기주를 만나 대
통령을 병원으로 옮긴 상황을 보고받았다. 이기주에게 식당
과 주방 상황을 확인하고 정리하라고 지시하고는 외부에서
걸려온 전화들을 받았다. 이기주는 김태원에게 만찬장과 식
당, 주방으로 가서 확인하라고 지시했다. '확인하라'는 것은
사실은 확인사살을 하라는 뜻이었다.

김태원은 M16을 들고 식당 대기실로 가 문 앞에 쓰러져
있는 사람에게 한 발, 안쪽에 엎어져 있는 사람에게 두 발을
쏘았다. 만찬장으로도 들어가 바닥에 널부러져 있는 사람을
향해 두 발을 쏘고 주방으로 가서 쓰러져 있는 사람에게 한
발을 쏘았다.

김태원은 만찬장에 있던 사람이 차지철인 줄도 몰랐고 총
을 쏜 대상이 이미 죽은 사람들인 줄만 알았다고 했다. 하지
만 이기주가 만찬장으로 들어섰을 때 차지철의 손이 움직이

는 것 같았다고 진술하는 바람에 김태원은 확인사살 혐의를 벗기가 힘들었다. 아직 죽지 않았을 수도 있는 사람들을 확실하게 죽였을 수도 있다는 것이었다.

박선호를 비롯한 부하들은 하루 이틀 후 대개 집에 있거나 중정 사무실에 있다가 보안사 요원들에게 체포되었다. 함께 체포된 유석술은 이기주의 지시로 증거물인 총들을 감추고 만찬장을 제외한 현장을 정리해버린 혐의로 기소되었기에 다른 부하들에 비해 훨씬 가벼운 처벌을 받을 터였다.

12월 10일 오전 10시 제2차 공판이 열렸다. 나와 김계원, 박선호, 박흥주에 대한 검찰관 신문, 변호인 반대신문, 재판부 신문이 진행된 후 오후 2시에 나머지 피고인들에 대한 신문이 이어질 예정이었다.

재판장의 공판 속개 선언 직후에 내가 손을 들어 피고인석 마이크 앞으로 나갔다. 재판부와 검찰관, 변호인단, 방청인 들이 일제히 나를 주목했다.

"재판장님, 본인은 지금부터 본인을 위한 사선변호인단의 변론을 거부하겠습니다. 변호인단 없이 변호하게 해주십시오."

21명의 사선변호인단 쪽에서 웅성거리는 소리가 났다.

법무사가 변호인 없이 재판을 진행할 수 없으니 그럼 국선변호사를 임명하겠다고 했다.

변호인단은 나의 심경 변화에 관해 알아보겠다고 10분간 휴정을 요청했다. 나는 변호인단에게 사선변호인단이 필요없는 이유에 대해 설명했다.

나의 결행은 혁명에 해당하므로 굳이 변호받을 필요가 없고 변호인단에게 나의 형을 감면받게 해주는 역할은 기대하지 않고 혁명에 관한 정확한 기록을 남겨놓는 데 도움이 되기를 바랐는데 여의치 못하다고 했다. 혁명이 변론을 받음으로써 퇴색될 우려가 있다고도 했다.

공판이 속개되었을 때 내가 변호인단에게 말한 요지를 다시 진술했고 사선변호인단은 쓸쓸히 퇴정했다. 재판부는 나의 국선변호인으로 안동일과 신호양을 선임 결정했다. 국선변호인들은 21명의 사선변호인 수에 비해 너무 적은 수이므로 국선변호인 수를 늘려 달라고 간청했으나 받아들여지지 않았다.

안동일과 신호양은 밤 9시 육군교도소까지 찾아와서 접견 신청을 했다. 헌병이 일반 접견 장소가 아닌 다른 장소로 나를 호송해갔다. 언덕 위에 망대처럼 세워져 있는 초소 같은 작은 건물로 들어가 두 변호사가 오기를 기다렸다. 초겨울 바람이 건물 창문을 세게 때렸다.

잠시 후 두 변호사가 들어오자 내가 일어서서 고개를 숙이며 인사했다.

"이렇게 밤중에 수고를 끼쳐드려 미안합니다."

나는 흰색 한복에 고무신을 신고 가죽 수갑에 두 손이 묶여 있었다. 안동일이 접견 담당자에게 변호사 접견 시에는 가죽 수갑을 풀어주어야 한다고 항의했다. 접견 담당자가 어디론가 전화를 하니 박 상사가 달려왔다. 박 상사는 안동일과 안면이 있는지 반가워하면서도 상부의 명령이라 어쩔 수 없으니 양해해달라고 오히려 안동일에게 사정했다. 내가 수갑을 차고 있어도 괜찮다고 하자 안동일도 더 이상 항의하지 않고 접견으로 들어갔다.

세 사람이 앉기에는 좁은 공간이었지만 책상을 사이에 두고 변호사들과 마주 앉았다. 나는 한 손에 쥐고 있는 짧은 염주인 산복숭아씨 단주를 돌려가며 변호사들의 질문에 답했다.

변호사들은 사선변호인단을 해임한 나의 진의를 다시금 파악해보려고 했다. 나는 재판정에서는 말하지 않은 내용을 들려주었다.

"사선변호인 몇몇은 나를 변호하기보다 나를 이용하여 자신들의 정치적 신념을 내세우는 데 더 골몰하고 있는 것 같습니다."

사실 합수부에서 나를 찾아와서 모욕한 적이 있었다.

"혁명, 혁명 하면서 합리화하는데 처음에는 그런 생각도 하지 않았다가 좌파 변호사들에게 세뇌되어 그런 헛소리를 하는 게 아닌가."

나는 그때 나와 신념을 같이하는 변호인들이 있어 든든하기도 했지만 세뇌당했다는 오해를 받으면서 나의 결행 의도가 변호인들의 변론 속에 묻혀버릴 수도 있겠다는 생각이 들었다.

게다가 셋째 여동생 김정숙이 어렵게 면회와서 집안사람들이 얼마나 합수부에 시달리는지 알려주었다. 사선변호인단을 해임하지 않으면 가족과 친인척들의 비리를 캘 것이며 사업도 못 하게 세무조사를 할 거라 위협했다고 했다. 가족과 관련된 이런 이야기는 국선변호인들에게도 하지 않았다.

나는 단주를 쥔 손으로 안동일의 손을 꼭 잡으며 간절히 부탁했다.

"내 부하들은 아무런 죄가 없습니다. 나의 명령에 복종한 죄밖에 없습니다. 과거 일본에서도 근위사단 병력이 내각 대신을 쏴 죽인 5·15 사건과 2·26 사건이 있었는데 주모자인 장교만 극형을 당하고 부하들은 무죄로 풀려났습니다. 특히 박흥주는 군인이라 계엄하에서는 단심으로 끝나기 때문에 더욱 가슴이 아픕니다. 원컨대 나보다는 그들을 위해 열심히 변론해주십시오. 부탁입니다."

변호사들은 최선을 다해보겠다고 약속하고 돌아가면서 내일도 접견 오겠다고 했다.

재판은 하루 이틀 간격으로 신속하게 진행되어 몇 차 공판인지 헤아리기도 어려웠다. 그러다가 12월 13일로 예정된 6차 공판일이 12월 14일로 연기되었다. 변호인단과 피고인들도 법정에 와서야 통고받았다. 재판정 주변이 이전 같지 않고 출입을 엄격히 제한하는 등 삼엄한 경계태세가 느껴졌다. 헌병들 대신에 공수부대 복장을 한 군인들이 경계를 서고 있었다. 국방부 건물 주변에 핏자국들이 흩어져 있기도 했다.

정승화 계엄사령관이 체포되었다는 흉흉한 소문이 들렸다. 하루 사이에 무슨 변고가 일어났음에 틀림없었다. 유신을 끝내기 위해 박정희를 사살했는데 박정희가 다시 살아난 것만 같은 불길한 예감이 들었다.

최규하 대통령이 유신폐지를 선언하면서 긴급조치 9호를

해제하고 긴급조치 위반자들을 석방한 지 닷새도 지나지 않았는데, 나의 결행으로 민주주의가 찬연히 회복하려고 하는데, 이 모든 것을 한꺼번에 역행시키는 사건이 벌어진 것은 아닌가. 아무래도 합수부 권한이 너무나 세져서 전두환 패거리들이 준동한 것 같았다.

12월 14일 6차 공판 시 재판정 분위기는 시국의 변화로 인한 여파로 무겁게 가라앉아 있었다.

12월 15일 7차 공판 때는 나에 대한 변호인단의 반대신문과 현장 목격자인 두 여성의 증언이 있을 예정이었다. 나와 CIA의 연관설에 대한 진술이 있을 거라는 소문이 돌아 국내외 기자들의 관심이 모아지고 있다고 했다. 또한 두 여성에 대한 호기심은 하늘을 찌를 듯했다.

변호인단은 나의 결행이 충동적이고 우발적인 것이 아니라 유신을 끝내기 위한 계획이 오래전부터 있었다는 사실을 다른 증거물들로 입증하려고 애쓰며 반대신문을 통해 내 입으로 확증하도록 유도했다. 물론 변호인단의 증거물은 내가 제출한 것들이었다.

변호인단은 먼저 내가 건설부장관에 임명되어 대통령에

게 임명장을 받으러 간 사진을 제시했다. 오른쪽 호주머니 부분을 주의해서 보라고 하면서 그 부분이 약간 솟아나 있는 것은 호주머니 안에 권총이 들어 있기 때문이라고 했다. 그 임명식 때 대통령을 쏘고 피고인 자신도 자결하기로 마음먹은 사실로 보아 10·26 사건은 우발적이 아니라 혁명을 염두에 둔 거사라는 논지였다. 나도 건설부장관 임명식 때의 일을 시인했다. 건설부장관 재직 시 대통령 초두순시가 있었을 때 태극기에 권총을 숨겨 암살과 자결을 함께 시도하려 한 사실도 시인했다.

건설부장관 시절 두 번이나 계획했던 암살 기도는 3군단장 때처럼 박정희를 보는 순간 무산되어 일종의 해프닝으로 끝난 셈이었다. 하지만 암살 의지를 증명하는 데는 도움이 될지도 몰랐다. 그외에도 박정희를 죽이고 싶은 순간들이 있었지만 일일이 증명할 수는 없는 노릇이었다.

변호인단은 내가 1979년 한 해에 수시로 쓴 한문 액자 사진들도 증거로 제출했다. '민주민권'(民主民權) '자유평등'(自由平等)이라고 쓴 두 액자에는 각각 '기미년 춘삼월' '1979년 5월 20일'이라는 날짜가 적혀 있었다. 그 액자의 글들이 유신종식에 대한 의지를 보여주는 거라고 변론했다.

변호인 반대신문이 끝날 무렵 신호양 변호사가 보충질문

을 했다.

"유신을 끝내기 위한 목적이었다면 왜 대통령을 먼저 쏘지 않았습니까?"

왜 차지철부터 쏘았느냐는 질문이기도 했다. 내가 차지철부터 쏜 것 자체가 차지철에 대한 분노를 이기지 못하고 우발적인 충동으로 총질을 한 증거라는 게 합수부의 수사 결론이었기에 그것을 깨기 위해 질문한 것 같았다.

"경호실장은 항상 무장을 하고 있어서 무장한 사람을 제거하지 않고는 애초의 목적을 이룰 수 없지요."

나도 사실 차지철을 쏘고 나서야 그가 권총을 차고 있지 않은 사실을 알게 되었다. 술자리에서 권총 차고 있는 걸 대통령이 싫어한다 하더라도 권총을 두고 온 것은 경호실장으로서 직무유기를 범한 셈이었다. 차지철의 직무유기가 나의 결행을 가능케 해주었다 해도 과언이 아니었다.

변호인단이나 검찰관, 재판부도 나의 CIA 관련설에 대한 질문은 하지 않았다. 외교문제로 비화될 수 있는 사안이라 다들 조심스러웠던 모양이었다.

물론 나의 결행 계획을 CIA에 흘린 적은 없지만 결행한 후에는 CIA를 중심으로 미국이 어떤 식으로든지 움직이리라 기대했다. 하지만 국내 반응과 마찬가지로 미국 반응도 미온적이라 적이 실망스러웠다.

1층 대법정이 아닌 2층 소법정에서 진행된 두 여성의 증언에서는 특별히 새로운 것이 없었다. 이미 내가 보고 들은 것들이었다. 다만 그들이 여성이면서도 그 절체절명의 순간에 달아나지 않고 박정희를 돌보려고 애썼다는 사실이 새삼큰 울림을 주었다. 그때 두 여성이 혼비백산하여 비명을 지르며 달아났더라면 내가 사살했을지도 몰랐다. 죽어가는 박정희를 돌봄으로써 둘은 스스로 생명을 구한 셈이었다.

신재순이 한 시간 이상의 증언을 마치고 베이지색 바바리코트를 집어들고 법정을 나서려는 순간 피고인석에 앉아 있던 내 몸이 앞뒤 좌우로 심하게 흔들렸다.

간경변으로 인한 독소가 오후 시간에 더욱 온몸에 퍼져 현기증이 나면서 정신이 아득해지곤 했다. 헌병 둘이 달려와 나를 부축하여 긴 의자에 눕히고 담요를 말아 머리에 받쳐주었다. 군의관이 와서 내 눈꺼풀을 뒤집어보기도 하면서 내 상태를 점검하고는 일단 안정을 취하라고 했다.

얼마 후 나는 정신을 차리고 일어나 앉아 자세를 바로잡았다. 옆에 있는 헌병이 작은 소리로 나에게 속삭였다.

"지난번에도 법정에서 일어서서 답변하시던데 앞으로는 앉아서 답변하도록 하세요."

헌병의 따뜻한 말 한마디가 격려가 되었다.

신재순에 이어 진행된 심민경의 증언에서 차지철이 손에 총을 맞고 화장실로 피한 상황에서도 화장실 문을 열고 박정희에게 "각하, 괜찮으십니까?" 물었다는 대목이 나왔다. 그래도 차지철이 끝까지 박정희를 지키려 했다는 사실은 인정할 수 있었다. 그 순간 그는 권총을 차고 오지 않은 것을 얼마나 후회했을까. 두 여성이 재판정으로 들어올 때와 마찬가지로 퇴정할 때도 기자들의 플래시가 어지럽게 터졌다.

12월 17일 8차 공판에서는 국군서울지구 병원장, 군의관, 궁정동 요원, 합수부 수사관 등 14명의 증인이 출석했다. 병원장과 군의관들은 박정희가 병원으로 실려온 후 사망을 확인하고 처리하기까지의 상황을 증언했다.

공군 준장 김병수는 청와대 의무실장으로 있다가 국군서울지구 병원장으로 온 인물이었다. 박정희가 피투성이로 병원에 실려왔을 때 처음에는 누군지 알 수 없었다. 더군다나 환자를 싣고 온 중정요원 유성옥과 서영준이 시트를 이쪽 한 번 저쪽 한 번 반쪽씩만 열어 환자의 얼굴을 보여주었다. 환자를 진단하니 이미 죽어 있었다. 총알이 왼쪽 귀 부위에서 오른쪽 광대뼈 방향으로 뚫고 들어가 머리에 박혀 있었다. 가슴도 오른쪽 심장 부위에 총을 맞아 피에 흥건히 젖어 있었다. 함께 시신을 싣고 온 김계원은 병원을 떠난 뒤였다.

잠시 후 김계원이 전화를 걸어와 환자의 사망을 확인하고 나서는 시신을 대통령 전용 입원실로 모시라고 했다. 김병수가 의아하게 여기며 대답했다.

"시신을 각하 입원실로 옮기다니요. 시신은 영안실로 옮겨야 하지 않겠습니까. 여기 병원은 대통령을 모시는 병원이라 영안실이 없습니다. 영안실이 있는 수도통합병원으로 모시도록 하겠습니다."

"안 돼! 절대 안 돼!"

김계원이 당황해하며 버럭 고함을 질렀다. 중정요원 유성옥이 권총을 든 채 김병수의 일거수일투족을 감시하고 있었다.

"무슨 전화였습니까?"

통화가 끝나자 유성옥이 김병수에게 눈을 부라리며 물었다.

"비서실장 전화였소."

"비서실장님 전화 이외에 다른 외부 전화는 삼가해주십시오."

김병수는 뭔가 이상하다 싶어 시신을 응급실로 옮겨 와이셔츠를 슬쩍 올려 복부를 살펴보았다.

대통령 각하구나!

김병수는 충격을 받아 쓰러질 뻔했다. 청와대 의무실장으로 재직할 때 치료해주려고 한 박정희 복부의 반점이 아직도 뚜렷하게 남아 있었다.

김병수는 자신이 시신의 신원을 파악한 사실을 유성옥이 모르도록 시치미를 떼고 이 상황을 보안을 유지하면서 어떻게 상부에 알릴까 궁리했다. 청와대 비서실장이 박정희의 죽음을 숨기려 하고 있으므로 청와대 쪽으로는 알릴 수 없는 노릇이었다.

병원 지역 경호는 보안사 관할이어서 대통령의 시신을 경호하기 위해서는 보안사령관 전두환에게 연락해야 한다고 생각했다. 하지만 유성옥이 감시하고 있어 전화를 함부로 걸 수 없었다. 유성옥의 감시가 잠시 덜한 틈을 타서 얼른 진료부장실로 들어가 전두환에게 전화를 걸었다. 금방 유성옥이 따라붙었다. 대통령 각하가 사망했다고 하려다가 말을 바꾸었다.

"중요한 분이 사망했습니다."

"죽은 사람이 누구요?"

"모르겠습니다."

유성옥이 누구와 전화했느냐고 물어 대강 얼버무렸다. 김병수가 또 전화 걸 기회를 찾고 있는데 이번에는 병원장실 책상 위 전화가 울렸다. 김병수가 전화를 받자 유성옥이 따라와 옆을 지켰다.

보안사 참모장 우국일 준장의 전화였다. 우국일은 김병수가 감시받고 있다는 걸 눈치채고 자기 말에 '네, 아니요'라고만 대답하라고 했다.

"작고했소? 차 실장인가요?"

"아니요."

"코드 원(대통령을 지칭하는 은어)인가요?"

"네."

병원장실 벽시계는 밤 8시 50분을 가리키고 있었다. 유성옥이 또 무슨 전화냐고 물어 그냥 안부 묻는 전화라고 했다.

김병수는 박정희 시신을 엑스레이 촬영 등으로 정밀 진단하기 시작했다. 예상했던 대로 박정희의 두부를 뚫은 총알은 여전히 두개골 안쪽에 박혀 있었다.

자정이 한 시간쯤 지난 시각 최규하 총리를 비롯한 국무위원들이 김계원과 함께 병원으로 몰려와 대통령의 죽음을 확인하고 크게 울며 통곡했다. 그때는 이미 내가 보안사 세종로 분실에 갇혀 있을 시각이었다.

국무위원들이 병원을 떠나고 나자 보안사 감찰실장 이상

연이 요원들을 지휘하여 중정요원 유성옥과 서영준을 체포했다.

새벽 2시경 박정희 둘째 딸 박근영이 보안사 요원들의 경호를 받으며 병원을 찾아와 아버지 시신을 확인하고 통곡했다. 3시경 박정희 시신은 청와대로 옮겨졌다. 장녀 박근혜도 아버지 시신을 붙들고 비통해하며 몸부림쳤다.

시신이 옮겨지기 전 김병수가 유족에게 박정희의 머리에 박힌 총알을 빼내는 문제를 문의했으나 유족은 극구 반대했다.

그 시각 나는 서빙고 보안사 분실에서 구타당하고 고문당하고 있었다. 나도 시신이 될 뻔했다.

이날 재판 증언에서 남효주는 차지철이 마지막 순간에 만찬장으로 들어선 자신을 보고 "남군, 남군!" 하며 도움을 청했다고 했다. 차지철을 일으켜주려 했으나 급히 도망가지 않으면 사살당할 것 같아 신재순과 함께 현장을 그냥 빠져나왔다고 했다.

그러고 보면 차지철은 김태원이 M16 소총 두 발로 확인사살을 하기 전까지는 숨이 붙어 있었음이 분명했다. 결국 차지철은 내 총알에 숨을 거둔 것이 아니었다. 내가 차지철을 죽이지 않았다고도 할 수 있을까.

12월 18일 마지막 결심공판이 있었다. 12월 4일 1차 공판이 열린 지 2주 만이었다. 너무나 급속한 재판 진행이었다.

검찰관의 구형이 떨어지는 재판이므로 피고인의 가족들이 방청석을 가득 메웠다. 내 여동생 재선, 단희, 순희도 와 있었다. 낯이 익은 김계원의 아들 병덕, 병민도 방청석에 앉아 있었다. 박흥주의 아버지도 와 있어 민망하기 그지없었다.

박흥주 아버지는 중정에 놀러와 인사를 나눈 적도 있었다. 그때 나에게 한 말을 잊을 수가 없다.

"아들이 소위를 달고 중위를 달고 소령을 달고 대령을 달고 한 계급씩 올라갈 적마다 내가 하늘을 나는 기분인 기라요. 육사 18기 중에서 제일 진급이 빠르다 하니 더 그렇제. 그래서 아들 군복과 군모에 달린 계급장 광내는 일이 내 취미인 기라요. 근데 위관 계급장은 광내기가 쉬운데 영관 계급장은 아무리 닦아도 영 광내기가 힘든 기라."

이제 박흥주 아버지는 닦아줄 아들의 계급장이 없어지고 말았다.

이기주, 유성옥, 김태원, 유석술의 아내들도 소리를 죽이며 흐느끼고 있었다. 그 아내들은 모두 서른 살 안팎의 젊디젊은 아낙들이었다. 그들이 흐느끼는 소리가 내 애간장을 녹이는 듯했다. 나는 속으로 '나무관세음보살'을 연신 읊조릴 수밖에 없었다.

검찰부장 전창렬 중령이 일어나 검찰의 논고를 읽어나갔다. 나를 비롯한 피고인 한 사람 한 사람에 대한 준엄한 질책과 함께 형량이 구형되었다.

나와 김계원, 박선호, 박흥주, 유성옥, 김태원에게는 형법 88조의 내란목적살인죄와 형법 87조의 내란미수죄로 각각 사형에 처함이 상당하다고 논고했다.

나의 형량에 대해서는 이미 예상하고 있었으므로 심적 동요가 그리 크지 않았다. 하지만 내 지시를 따랐을 뿐인 부하들과 아무 일도 하지 않은 김계원까지 사형을 구형받자 두 발로 서 있기가 힘들어 정신을 놓지 않으려고 두 눈을 부릅뜨고 앞만 바라보았다.

소리를 죽이며 흐느끼던 소리가 이제는 봇물이 터진 듯 재판정 가득 울려 퍼졌다.

유석술은 증거은닉죄로 5년형이 구형되었다.

변호인단의 변론 요지는 한결같이 10·26 사건은 내란을 목적으로 한 살인이 될 수 없고 대상이 대통령이긴 하지만 단순살인 사건에 불과하다는 것이었다. 특히 부하들은 내란을 모의한 단체의 일원도 아니고 내란 목적을 전혀 인지하지도 못했고 상명하복이 특성인 조직 속에서 명령에 복종한 것뿐이므로 극형에 처함이 부당하다는 것이었다. 사형제도가 사라지고 있는 세계적인 추세를 강조하는 변호인도 있었다.

변호인단의 변론이 있은 후 피고인들의 최후진술이 유석술부터 차례차례 이어졌다. 박흥주는 항소심 상고심이 가능한 다른 피고인들과는 달리 현역 군인이라 단심으로 종결되기 때문에 그야말로 최후진술을 하는 셈이었다.

그는 현역 군인으로 대통령 시해에 대해 잘못을 느낀다고 하면서 그동안 군인으로서 얼마나 충실하게 살아왔는지 자신의 인생을 돌아보듯이 진술해나갔다.

"저는 평생을 군에서 보내고 국군묘지에 묻히기를 원했던 사람입니다."

이 말을 할 때는 그토록 의연하던 박흥주도 자세를 흐트리고 어깨를 들먹이며 울음을 터뜨렸다. 방청석에서도 울음이 터지고 내 두 눈에서도 왈칵 눈물이 쏟아졌다.

나무관세음보살, 박흥주를 살려주소서.

박흥주는 간신히 울음을 진정시키며 내 지시를 따를 수밖에 없었던 내적 동기에 대해 설명했다. 여전히 나에 대한 신뢰와 존경이 배어 있는 진술이었다.

"물론 사건이 다 끝난 오늘에 와서는 생각되는 점이 많이 있습니다. 그러나 당시에는 가장 적절하고 가장 정확한 판단에 의해서 행동했다고 생각합니다. 이제 본인은 궁정동의 비극이 발전하는 민주대한의 활력소가 되기를 간절히 바랍니다. 그리고 유족 여러분께 죄송하다는 말씀 드립니다. 이상입니다."

피고인 중 이기주만은 "할 말이 없습니다" 한마디로 최후 진술을 끝냈다.

김계원은 나의 결행을 은근히 폄하하면서 박정희 서거에 대한 추모사와 같은 최후진술을 했다.

피고인 7명의 최후진술이 있은 후 이제 나의 차례가 되었다. 그런데 갑자기 재판부에서 10분을 휴정하며 나의 최후진술은 국가기밀이 누설될 위험이 있으므로 비공개로 한다고 선언했다. 관계기관 요원들을 제외한 방청인들이 모두 퇴정하고 가족 4명과 재판부 5명, 검찰관 3명, 변호인 8명만이 남아 나의 최후진술을 들었다.

제법 긴 최후진술이었지만 역사의 기록을 위해 원고 없이 온 힘을 모아 세상에 외치듯 목소리를 높였다. 텅 빈 재판정이라 내 목소리가 공명되듯 크게 울렸다.

날은 이미 어두워 재판정 벽시계는 오후 7시를 가리키고 있었다.

공덕동을 지나간다. '공덕'(孔德)은 글자 그대로 보면 큰 덕이라는 뜻이다. 만리재라고도 하는데 이것도 큰 고개라는 말이다. 그 옆 동네 '애오개'와 대조된다. 애오개는 아이고 개, 애고개에서 유래된 이름으로 작은 고개를 뜻한다. 큰 고 개를 넘고 작은 고개를 넘으면 서대문으로 이어진다.

공덕동은 조선 말기에는 분장동(粉場洞)이라는 마을이 있을 정도로 분뇨를 퇴비로 써서 채소를 재배하던 곳이었다. 늘 분뇨 냄새가 진동했다. 일제 강점기에는 아예 분뇨처리장 이 생겨 경성의 똥과 오줌이 모이던 지역이었다. 똥통길이라 고 불리는 길도 있었다.

분뇨처리장 근처에는 화장터도 생겨 분뇨 냄새와 더불 어 시신 태우는 냄새까지 퍼져나갔다. 사실 '공덕', 큰 덕이 없이는 인간이 가장 꺼리는 그런 냄새를 용납하기 힘든 법 이다.

군대에도 '영현반'이라 하여 복무 기간 내내 사고사당한 군인, 자살한 군인, 전사한 군인 들의 시신을 다루고 화장하 는 일만 하다가 제대하는 사병들도 있다. 서울구치소 사형 집행인들도 분뇨 같은 인간들을 처리하는 일종의 '영현반' 이다. 재판에서 분뇨 같은 인간으로 판정받았지만 개중에는 도저히 분뇨로 재단할 수 없는 인물들도 많았을 터이다.

나는 1심 최후진술에서 재판을 통해 줄기차게 주장해온
10·26 혁명의 불가피성을 다시금 역설했다.

"대통령 각하를 잃은 것은 매우 가슴 아픈 일이고 마음 아
픔을 비할 데가 없습니다. 그러나 유신 이후 7년이 경과되
었고 영구집권이 보장된 오늘날 박 대통령이 살아 있는 한
20년 내지 25년 내에는 최소한 자유민주주의 회복이 안 된
다고 볼 때, 가슴 아프지만 국민들의 희생을 막기 위해 이 혁
명은 필연성이 있는 것입니다."

나는 말을 할수록 희한하게도 아랫배에서 뜨거운 기운이
올라오는 것을 느꼈다. 목소리도 더욱 카랑카랑해져서 재판
정에 가득 울려퍼졌다.

"지금은 우리나라에 핵심이 없습니다. 각하께서 돌아가시
고 나서 핵심이 없어져버렸습니다. 이 상태가 가장 어려운
상태이고 가장 위험한 상태입니다. 4·19 혁명 이후와 비슷
합니다. 주인이 없습니다. 이런 상태로 자유민주주의가 출범
하게 되면 힘센 놈이 밀면 또 넘어갑니다. 악순환이 계속됩
니다."

나는 합수부를 중심으로 한 전두환 세력이 악순환의 원흉
이 되지 않을까 염려되었다.

"그래서 저는 오히려 빨리 민주회복을 안 하고 시간을 끌

다가는 내년 3월, 4월이면 틀림없이 민주회복운동이 대대적으로 일어나 큰 문제가 될 것으로 봅니다. 그때는 걷잡을 수 없는 사태가 벌어집니다. 지금은 국가의 핵이 없습니다. 정부가 통제력이 없고 국민은 자제력이 없습니다. 이런 상태에서 큰일을 당하면 뭐가 될지 모릅니다. 그래서 저는 문제가 될 만한 요인을 미리미리 없애라고 권고드리고 싶습니다."

나는 아무래도 내년 봄에 뭔가 큰일이 일어날 것만 같은 불길한 예감이 들었다. 그 큰일도 전두환 세력과 관련이 있을 것 같았다.

"다만 제가 빨리 이 세상을 하직함으로써 자유민주주의가 이 나라에 만발하는 것을 보지 못하고 가는 그 여한이 한량없습니다. 그러나 이미 모든 것이 기약되어 있기 때문에 제가 못 보았다 뿐이지 틀림없이 올 것이기에 저는 웃으면서 갈 수 있습니다. 제 소신에 의한 행동이니 그에 알맞은 형벌을 내려주시기 바랍니다."

마지막으로 부하들에 대한 선처를 부탁했다.

"끝으로 제 부하들은 착하고 양같이 순한 사람들입니다. 너무 착하기 때문에 저와 같은 사람의 명령에 무조건 철두철미하게 복종했으며 또 그들에게 선택의 여유나 기회를 주지 않았습니다. 그들 입장에서 볼 때 죄를 지었고 저의 입장에서는 혁명을 했습니다만 그러나 모든 것은 저에게 책임이 있습니다. 많은 사람을 희생시킨다고 해서 법의 효과를 얻는다고 생각하지 않습니다. 저 하나 중정부장을 지낸 사람이 총책임을 지고 희생됨으로써 충분합니다. 저에게 극형을 내려주시고 나머지 사람들에게는 극형만은 면해주시기를 바랍니다.

특히 박 대령은 단심이라 가슴이 아픕니다. 매우 착실한 사람이었고 가정적으로도 매우 모범적이고 결백했던 사람입니다. 청운의 꿈을 안고 사관학교에 지망했고 지금 선두로 올라오는 대령입니다. 군에서는 더 봉사할 수 없겠지만 사회에서는 더 봉사할 수 있도록 극형만은 면하게 해주시기를 간절히 부탁드립니다. 두서없는 말을 장황하게 해서 죄송합니다. 이것으로 마치겠습니다."

박흥주에 대해 호소할 때 목이 메었으나 끝까지 자세가 흐트러지지 않도록 두 발로 버티었다.

가족들의 울음을 뒤로하고 헌병들에게 이끌려 다시 남한산성 육군교도소로 돌아왔다. 즐비한 나무들이 거의 보이지 않는 캄캄한 산길을 올라오며 문득 올해 초 역술인을 찾아가 운세를 물어본 기억이 났다. 그때 역술인은 '풍표낙엽 차복전파'라는 운세를 한자로 적어주었다.

'단풍이 떨어져 낙엽이 될 무렵 차가 엎어지고 전파된다.'

나는 운세를 염두에 두고 차 사고를 염려하며 조심해왔는데 이제 와서 보니 '차복전파'(車覆全破)의 의미가 다르게 다가왔다. 차지철이 쓰러져 엎어져 죽고 전두환이 나를 체포하여 내 인생을 파괴해버린 상황을 예고한 것만 같았다.

이틀 후 12월 20일 1심 선고 공판이 열렸다. 나는 법정으로 들어서면서 다른 피고인들을 잠시 둘러보며 목례를 보냈다. 피고인들은 모두 너무나 긴장하여 거의 아무 반응도 보이지 않았다.

김계원의 안색은 이미 하얗게 질려 있었다. 박흥주는 최종 선고임을 의식했는지 더욱 긴장하고 덥수룩한 얼굴로 의젓한 자세를 유지하려고 애쓰고 있었다. 푸른 죄수복을 입은 박선호는 올곧은 자세로 앞쪽을 응시하고 있었다. 이기주는 눈을 지그시 감고 있었고 유성옥과 김태원도 바짝 굳어 있었다.

나를 비롯하여 사형 구형을 받은 8명에게는 구형대로 사형이 선고되고 유석술은 2년이 감면되어 3년형이 선고되었다. 사형에 해당하는 죄명은 약간 달라졌다. 나는 내란목적살인죄와 내란수괴미수죄가 적용되었고 나머지 6명에게는 내란목적살인죄와 내란중요임무종사미수죄가 적용되었다.

피고인의 이름이 불리고 "사형에 처한다"는 선고가 떨어질 때마다 방청석에는 탄식과 울음이 터져 나왔다. 이미 사형이 집행된 것처럼 곡소리에 가까운 울음소리도 들려왔다.

"피고인 김재규에게 사형을 처한다."

나는 흰색 한복에 검은 고무신과 털양말을 신고 두 손을 무릎에 얹은 채 허리를 꼿꼿이 세웠다. 하지만 간혹 마른기침이 나와 몸이 흔들렸다. 이발을 하지 못해 길게 자란 머리칼이 종종 눈을 가려 쓸어올려야만 했다.

유석술을 포함한 피고인들은 모두 항소를 제기했다. 나는 나와 어머니 권유금, 아내 김영희의 이름으로 항소장을 제출했다. 각 피고인의 변호인들도 따로 항소장을 제출했다.

항소장에 적힌 '권유금' 이름을 보았을 때 나는 그동안 참고 있던 눈물을 쏟고 말았다. 어머니는 노령인데도 나와 가까이 있고 싶다고 고향을 떠나 남한산성 근처에 방을 얻어 기거하고 있었다. 하지만 지금까지 두 번밖에 면회를 하지 못했다. 가장 큰 불효는 부모보다 먼저 세상을 떠나는 것이라는데 내가 그 큰 불효를 저지르게 될 판이었다.

박흥주의 변호인 태윤기는 12월 26일 박흥주를 구하기 위한 마지막 수단으로 재심 청구를 했다. 전두환 무리가 세력을 잡은 상황에서 재심이 받아들여지기는 어렵겠지만 재심 청구를 통하여 사형집행을 연기할 수는 있을 터였다.

12월 29일 몹시 찬 바람이 몰아치는 날 오후 2시 국선변호인 안동일이 육군교도소로 직접 찾아와 나를 접견했다. 항소이유서 내용을 두고 서로 의견을 주고받았다.

안동일이 내 얼굴을 살피며 말했다.

"표정이 많이 밝아지고 목소리도 맑아졌군요."

"감사합니다. 국선변호사인데도 이렇게 성심을 다해주시니. 간경변 증세는 더 심해진 것 같습니다. 교도소에서 주는 밥에는 간이 소화할 수 없는 게 섞여 있는지 교도소 배식 밥은 거의 먹지 못합니다. 어차피 저는 육체적으로도 생명이 얼마 남지 않았습니다."

나는 산복숭아씨 단주를 손가락으로 돌리며 속으로 '나무아미타불'을 되뇌었다. 귀의한다는 뜻인 '나무'가 얼마나 마음을 포근하게 감싸주는지 새삼 절감했다. '나무'할 수 있는 대상이 있다는 것도 감사한 일이었다.

"지난번 변론에서 큰 감동을 받았습니다. 내 마음을 그대로 대변해주었습니다."

"문제는 단순살인이라는 변론 요지와 혁명이라는 김 장군의 주장이 서로 모순될 수 있다는 점입니다. 충동적이고 우발적인 살인이라면 단순살인이 설득력 있지만 혁명을 염두에 두었다면 내란 혐의를 받을 가능성이 많지요. 항소이유서에는 단순살인과 혁명을 어떻게 조화시키느냐 좀더 고민해봐야겠습니다."

안동일이 수첩에 메모를 해가며 의논했다.

"시저를 암살한 브루투스처럼, 이토 히로부미를 저격한 안중근처럼 최고 지도자 개인을 살해한 단순살인인 경우에도 혁명의 성격을 띠고 있지 않습니까."

"법적인 논리로 설득력 있게 잘 연결해야겠지요."

"단순살인이든 혁명이든 사형 판결에는 전혀 영향을 미치지 않겠지만 후세에 남기는 역사적인 기록이라 여기고 또 수고해주십시오."

"네, 그렇게 하겠습니다. 브루투스 이야기가 나와서 하는 말인데 시저를 살해할 때 브루투스가 두 명이라는 사실을 알고 계신지요?"

"아, 그렇습니까?"

"혈연관계가 아닌 데키무스 브루투스와 마르쿠스 브루투스가 있었지요. 그 둘은 마르쿠스 브루투스의 매제 카시우스의 사주를 받아 12명을 더 모아 도합 14명이 원로원 회의에 참석하는 시저를 마구 찔러 죽였지요. 23군데나 찔렀는데 그 중 단 한 번만이 치명상을 입혔지요. 시저가 죽으면서 '브루투스, 너마저'라고 했다고 셰익스피어가 연극에서 각색을 했는데 어떤 브루투스를 가리키는지 논란이 있어요. 하지만 사실은 셰익스피어가 참조한 수에토니우스의『황제 열전』원전을 보면 '아이야, 너마저'라고 되어 있어요."

"아무튼 시저도 공화정을 폐기하고 왕이 되어 영구집권을 꿈꾸다가 암살당한 거 아닙니까."

"그렇지요. 권력욕이 죽음을 자초했지요."

안동일이 주섬주섬 신문 한 장을 꺼내어 책상에 펼쳐 보였다.

"박흥주 대령의 딸들 사진입니다."

국민학생인 박흥주의 두 딸이 양쪽에서 플래카드를 들고 있는 사진이었다. 큰딸은 왼편에 서서 손등으로 눈물을 닦고 있고 작은딸은 오른편에 앉아 얼굴도 가리지 않은 채 큰소리로 울고 있었다. 사진이었지만 울음소리가 분명히 들렸다.

배경을 보니 박흥주의 집 방 안인 듯했다. 도자기 주전자, 육각 탁상시계, 수석 같은 것들이 목제 칸막이 선반에 진열

되어 있었다.

플래카드 윗줄에는 '박흥주 우리 아빠'라고 적혀 있고 아랫줄에는 '살려주세요'라고 적혀 있었다. 유난히 큰 글씨로 쓰인 '살려주세요' 문구를 보는 순간 눈물이 핑 돌았다.

"MBC 기자가 집에 찾아갔을 때 찍은 사진인 모양입니다. 재심이 받아들여지지 않아 마음이 아픕니다."

박흥주가 나와 같은 육군교도소 독방에 갇혀 있었으나 서로 만날 기회가 없었다. 나는 민간인이라 교수형을 당하겠지만 박흥주는 현역 군인이라 총살형을 당할 것이었다. 내가 데리고 있지 않았다면 승승장구하여 육군참모총장까지 될 수 있는 빼어난 인물인데 나와 함께 생을 마감하게 되다니 절통할 일이었다.

안동일이 화제를 바꾸어 내 아내가 입원한 철도병원에 병문안을 간 이야기를 했다. 아내도 내가 체포된 직후에 보안사로 끌려가서 신문받고 고문을 당해 심신이 피폐해질 대로 피폐해져 있었다.

"사모님께서 몸이 많이 회복되었고 마음도 안정을 되찾아가고 있는 것 같았습니다."

나는 가만히 안도의 한숨을 쉬며 감사하다고 했다.

"혹시 다음에 또 아내를 만나게 되면 전해주십시오. 제일

보고 싶다고. 건강에 유의하고 어머니를 잘 돌봐드리라고. 동요하지 말고 의연한 자세로 혁명가 집안답게 살라고 전해주십시오. 궁색해 하거나 목숨 구걸하는 추한 꼴 보이지 말고 앞으로 더욱더 절약하며 살라고 해주십시오."

나는 유언처럼 말하고 있었다.

"잘 알겠습니다. 그대로 전하겠습니다. 근데 알아보니 묘한 인연이더군요?"

"무슨 인연요?"

내가 의아해하며 반문했다.

"제 아내와 사모님이 같은 여고 선후배 사이더군요. 그리고 차지철 아내하고도 여고 선후배 사이고요."

세 명의 아내가 같은 여고 동창이라는 사실이 기묘했다.

"아, 그런 인연이 있군요. 근데 한 가지 더 부탁드리고 싶은 게 있습니다. 강제로 작성된 재산포기 각서에서 딸에게 선물한 피아노는 빼달라고 요청해주십시오. 고문과 구타로 강제로 작성되었기 때문에 나중에는 재산포기 각서가 무효화되겠지만, 우선 피아노 한 대만이라도 제외해달라고 해주십시오."

"육본 검찰부장을 좀 아는데 찾아가서 강력하게 요청해보겠습니다."

결국 안동일 덕분에 딸 수영에게 선물했던 피아노는 압수 목록에서 제외되었다.

나는 안동일이 국선변호인인데도 헌신적으로 일하는 데 감동을 받고 이런 변호사라면 사선변호인으로 삼아도 괜찮겠다는 생각이 들었다.

"이번 항소심에서는 국선변호인 말고 사선변호인으로 변호해주십시오. 단독으로 해도 좋고 뜻이 맞는 변호인 몇 명을 더 선임해서 주 변호사를 맡아 해도 좋겠습니다."

"변호사 초년생에 불과한 제가 어떻게 주 변호사를 맡겠습니까. 선배 변호사들과 의논해보겠습니다."

나는 그 자리에서 변호인 선임서에 무인을 찍어주었다.

항소심 사선변호인으로 안동일을 비롯하여 김제형, 이돈명, 강신옥, 조준희, 홍성우, 황인철 등 7명이 선임되었다.

4

애오개, 작은 고개를 넘어간다. 이제 점점 서울구치소가 가까워져 오고 사형장이 다가온다. 구치소에 도착하자마자 나를 사형장으로 끌고 갈 것인가, 구치소에 가두어두었다가 사형장으로 데리고 갈 것인가. 호송 교도관들에게 물어볼 수도 없는 일이다. 교도관들은 잠깐씩 조는지 고개를 떨구었다가 놀란 듯 즉시 다시 머리를 든다. 세상에 많은 직업이 있지만 사형수를 호송하는 직업은 고약한 직종이다.

항소심을 준비하는 동안 해가 바뀌었다. 1980년이 되었다. 박정희는 준공식이나 기념식에서 연설할 적마다 "번영의 80년대를 향해 줄기차게 매진해나갑시다"라는 말을 자주 했다. 하지만 번영의 80년대에 박정희는 없다. 나도 곧 사라질 것이다.

1월 9일 낮으로 기억한다. 교도 헌병이 내 감방 문고리를 만지는 소리가 들렸다. 감방문을 여나 보다 하는 순간 나는 이미 감방을 나서 광활한 대지 한가운데 섰다.

갑자기 시야가 밝아지면서 무지개가 서쪽 끝에서 동쪽 끝까지 갖가지 빛을 뿌리며 펼쳐졌다. 평상시 무지개는 빨주노초파남보 일곱 줄로 되어 있는데 내 시야에 펼쳐진 무지개는 무려 22줄로 되어 있었다.

육신은 느껴지지 않고 의식만이 혼령인 양 전 세계와 우주를 왕래했다. 이전에 치질 수술하면서 마취제를 맞았을 때처럼 적막 상태로 들어가 아무 소리도 들리지 않았다. 일체중생이 다 같이 부처라는 진리가 마치 환하게 보이는 듯했다.

그동안 '원'(圓)과 '무'(無)를 화두로 삼아 좌선을 해왔으나 화두가 풀릴 듯 말 듯 답답하기도 했다. 하지만 무지개가 펼쳐진 그 순간에는 화두가 풀리면서 황홀경으로 들어갔다. '원'과 '무'뿐 아니라 이전에 붙들었던 화두들도 자유자재로 풀렸다.

이런 체험이 바로 득도인 건가, 견성(見性)인 건가.

1980년 1월 22일 항소심 1차 공판이 열렸다.

검찰관은 김계원에 대한 공소장변경신청서를 재판부에 제출했다. 김계원에게 적용한 죄명 중 내란목적살인죄를 단순살인죄로 바꾼다는 내용이었다. 김계원은 박정희를 죽이는 데는 나와 공모하지 않았고 차지철을 죽이는 일에만 나와 공범이라는 것이었다. 공소장 변경으로 김계원은 표정이 조금 밝아진 듯했다.

다음 날 1월 23일, 2차 공판 후 바로 그날 밤 변호인단과 야간 접견이 있었다. 육군교도소 접견실 바깥에는 눈이 펑펑 내리고 있었다.

나는 변호인단에게 10·26 사건 이전에도 박찬현 문교부 장관을 세 차례나 만나 긴급조치로 제적된 학생 구제 문제를 의논했다는 사실을 들려주었다.

또한 내란 혐의가 얼마나 터무니없는지 소견을 피력했다. 무너진 자유민주주의 체제를 회복하려고 했던 시도가 내란일 수 없고 계엄이라는 합법적 절차를 통해 이루려고 했기에 내란일 수 없다는 논리를 펼쳤다.

"나를 사형집행으로 죽이면 마산 바다 김주열의 죽음이 민중봉기를 일으켰듯이 전국에서 대정부 투쟁 시위가 일어나 큰 혼란에 빠질 수 있습니다. 차라리 내가 자결하게 해주

십시오. 그래야 큰 혼란 없이 자유민주주의 체제가 회복될
수 있을 겁니다."

나의 요청에 변호인단은 고개를 숙인 채 묵묵부답이었다.

내가 박정희를 암살하려고 했던 몇 번의 시도에서는 박정
희를 죽이고 나도 자결하기로 했다. 하지만 10 · 26 저격 사
건에서는 어느 정도 내 역할을 감당하고 나서 자결을 하든
지 잠적을 하든지 하기로 했다. 어차피 간경변으로 내 생명
은 얼마 남지 않았다. 나는 죽어가면서 박정희를 죽였다. 내
가 살기 위해, 정권을 잡기 위해 박정희를 제거하지 않았음
을 까맣게 변색되어 가는 내 육체가 증언하고 있지 않은가.

사실 육군교도소에서 자결하려고 여러모로 시도해보았
으나 감시가 심해 기회를 잡지 못했다. '내가 자결하게 해주
십시오'라는 요청은 암묵적으로 나에 대한 감시를 느슨하
게 해 자결 기회를 갖게 해달라는 호소이기도 했다. 하지만
전두환 세력은 나에게 자결 시혜를 베풀지 않을 것이 분명
했다.

1월 24일 3차 결심 공판을 거쳐 1월 28일 선고 공판이 있
었다.

나는 그동안 반입이 되지 않아 쓰지 못했던 아끼는 금테
안경을 변호인단의 도움으로 반입받아 쓸 수 있었다. 하늘색

고무신을 신고 있었는데 앞코가 떨어져나가 발가락이 약간 시렸다.

박선호, 유성옥 등은 포승줄이 풀리자 방청석으로 고개를 돌려 가족을 찾았다.

김계원을 제외한 피고인 7명의 죄명과 형량은 바뀐 게 없었다. 피고인에게 사형이 선고될 때마다 탄식과 울음이 재판정에 울려 퍼졌다.

김계원에 대한 판결문이 낭독되는 동안 나도 그가 사형선고를 면할 수 있을 거라고 기대했다. 차지철을 살해한 일에 그가 공범이라고는 하지만 실제 행위는 아무것도 없었다.

"김재규의 의도에 순응하여 범행을 은폐시키는 등 국가 요직에 있던 피고인이 일신상의 영달만을 위해 기회주의적인 범행을 자행했고 원심 법정에서부터 당 법정에 이르기까지 자신의 범행을 부인하는 등 뉘우치는 기색이 없어 원심대로 사형에 처한다."

나보다 더 감형을 기대했을 김계원은 고개를 푹 떨구고 말았다.

선고가 끝난 직후 나는 자리에서 일어나 박흥주, 박선호 등 사형선고를 받은 부하들과 일일이 악수를 나눴다. 다시 만져보지 못할 손들이었다. 모두 눈시울이 붉어졌다.

"모두들 건강하게."

마지막 인사를 건네는 내 입술에 경련이 일었다.

선고 다음 날 1월 29일, 관할관인 이희성 계엄사령관은 김계원의 형량을 무기징역으로 감형해주고 다른 피고인들은 선고 형량대로 확인 조치를 함으로써 항소심 형량을 확정했다.

이제 대법원 상고심 준비를 해야만 했다. 일주일 안에 상고장을 제출하고 상고장 접수 후 20일 이내에 상고이유서를 제출해야 했다. 나는 모든 공판에서 그랬지만 상고이유서에도 무엇보다 부하들이 극형만은 받지 않도록 해달라는 호소가 담기도록 변호인단에 부탁했다.

변호인단이 나를 접견하여 의논해가면서 작성한 수백 페이지 상고이유서를 읽어나가면서, 강신옥, 안동일을 비롯한 일곱 명 변호인단의 노고에 감복하지 않을 수 없었다. 성심성의껏 열정을 다해 써나간 상고이유서였다. 문장 면에서도 명문장이었고 법리 논쟁사에도 오래 남을 귀중한 문서라 여겨졌다.

논점별로 상고이유 제1점에서 제9점까지 기술되어 있었다. 특히 저항권과 관련된 제4점 3항 대목이 인상적이었다.

"맹자의 역성혁명론이나 플라톤의 폭군정벌론에서 보는

바와 같이 고대 봉건군주정치 시절에도 국민의 자유와 재산을 침범하는 폭군은 반드시 절멸되어야 하고 그 정벌은 도덕적 선으로 평가받아 마땅하다고 하여 왔고 기원 13세기의 유명한 기독교 신학자 존 솔즈베리도 '참된 군왕은 신의 형상이므로 존경받고 추앙되고 또한 그에 복종하는 것이 의무이지만 폭군은 이미 신으로부터 버림받은 사악의 형상이므로 일반적으로 피살되어야 한다. 그것은 유독식물로 자라는 나무이기 때문에 잘라야 한다.' 하여 폭군 토벌의 신학적 정당성을 역설한 바 있으며 근대 초기에 로크와 루소는 사회계약론의 이론에서 '누구나 간에 수임받은 범위를 넘어 법률에 의하지 아니하거나 법률을 악용하여 상대방의 권리를 침해하는 자는 폭력을 행사하는 것에 해당한다. 이러한 상태에서는 그자와의 계약은 이미 해약되어 그 계약상 의무에서 해방되므로 모든 사람은 자기 자신을 방위하고 침략자에 저항할 권리를 갖는다. 이것은 너무나 명백한 사리이기 때문에 국왕의 권력과 신성성의 위대한 옹호자인 바클리까지도 그러한 경우는 국민이 군왕에 저항하는 것을 합법적이라고 인정 안 할 수 없다고 말하고 있다.' 하여 거듭 논의되고 일반적인 인정을 받아 드디어 저항권은 현대에 이르러 실정법으로까지 등장하게 된 것입니다."

제9점 5항에서는 현대 문명국에서 사형제도 폐지가 늘어나고 있음을 강조하여 나를 사형시키는 일을 재고해달라고도 했다.

"현대 문명국 중에는 현재 사형 그 자체를 폐지한 나라가 더 많으며 앞으로의 추세는 더 늘어날 전망입니다. 이론적으로도 사형폐지를 주장하는 편이 훨씬 우월하다고 할 수 있습니다. 사형이 일단 집행되면 생명을 돌이킬 수 없기 때문에 사형은 만회 불가능한 형인 것입니다.

특히 피고인의 이 사건의 성질은 범죄가 된다고 하더라도 확신범이며 양심범이며 정치범인 것입니다. 사형제도가 존치되고 있는 나라에서도 확신범이나 양심범에 대해서는 사형은 하지 않는 것이 문명국의 태도입니다. 정치범의 경우에는 야만국을 제외하고는 사형을 하지 않고 있습니다."

상고이유서 결론 요지는 내가 공판에서 줄곧 주장해왔던 내용과 대동소이했다.

"본건행위로 국가가 입은 손해가 거의 없고 또한 피고인의 성품과 행위에 비난의 요소가 없으며 확신범인 정치범 사건의 규율에 대한 선례와 사형제도의 전근대성에 비추어 본건 양형이 부당함을 밝혔습니다.

더욱 본건행위 이후에 수많은 우국지사가 감옥에서 석방

되고 길고 긴 억압의 시대가 가고 목마르게 바라던 민주시대
의 막이 열리고 있습니다. 이것은 오직 본건행위의 결과에서
비롯된 것임을 국민 누구도 의심하지 않고 있는 것으로 우리
는 알고 있습니다. 그럼에도 불구하고 그러한 역사적 계기를
마련한 피고인은 사형을 선고받았습니다. 이것은 분명한 논
리적 모순이 아닐 수 없습니다.

요컨대 발전적인 이 역사적 계기에 순응할 자와 거역할
자의 구별에 따라 그 결론이 다를 수밖에 없음을 우리는 믿
고 정의롭고 용기 있는 판결을 기대합니다."

판사들이 이 역사적 계기에 순응할 자라면 나에게 사형
확정 판결을 내리지는 않을 거라는 기대를 표명하고 있었
지만 그건 그야말로 기대에 불과한 것임을 나는 잘 알고 있
었다.

애오개를 넘어 서대문 로터리로 접어든 호송차는 좌회전
신호를 기다린다.

서울의 사대문 중 서대문만 일제 강점기 초기 1915년에
없어졌다. 일제는 도시계획의 일환으로 서대문을 헌다고 했
지만 완결된 사대문 체제에 흠집을 내어 민족정기를 빼려는

의도가 다분히 있었음이 틀림없다.

오래전부터 주요 도성에는 사대문 체제가 갖추어졌다. 평양·개성·수원·전주 등이 그러했다. 평양의 동대문은 대동문이고 서대문은 보통문이고 남대문은 거피문이고 북대문은 현무문이다. 수원에만 가보아도 동대문인 창룡문, 서대문인 화서문, 남대문인 팔달문, 북대문인 장안문을 볼 수 있다.

우리 조상들은 도성에 문을 만들어도 깊은 뜻을 가지고 세웠다. 한양의 동대문과 서대문 남대문은 '인의예지'(仁義禮智)의 '인'과 '의', '예'를 따와서 이름을 붙였다. 서대문은 '의'를 돈독하게 하는 문이라는 뜻으로 '돈의문'(敦義門)이라 했다.

한양의 대문에는 소문이 따른다. 남대문인 숭례문에 남소문인 광희문이 따르고, 동대문인 흥인지문에 동소문인 혜화문이 따르고, 북대문인 숙정문에 북소문인 창의문이 따른다. 원래 서대문인 돈의문에는 서소문인 소의문이 따랐으나 이제는 둘 다 없어졌다.

서소문인 소의문은 남소문인 광희문과 함께 시신을 내보내는 시구문(屍軀門)이었다. 사형장에도 시신을 바깥으로 내보내는 시구문이 있다. 나의 시신도 사형장 시구문으로 나가게 될 것이다.

의식이 없는 하나의 살덩어리로 변한 나의 시신이 과연 '나'라고 할 수 있을까. '나'는 나의 시신과는 아무 상관없이 따로 존재하는 것은 아닐까. 의식 있는 뼈와 살로만 존재하는 것이 유일한 존재양식은 아닐 터이다.

죽음도 또 다른 유력한 존재양식이지 않은가. 지금껏 '삶'으로 내가 존재했다면 이제는 '죽음'으로 존재하게 될 것이다.

이전에는 급속하게 이어지던 재판이었는데 상고심 판결은 상고이유서를 제출한 지 몇 달이 지나도 감감무소식이었다.

상고심을 기다리는 동안 더욱 불경에 몰두하며 「옥중수양록」에 기원문과 일기들을 계속 써나갔다.

무엇보다 내가 박정희를 쏘게 된 계기들을 다시금 점검해보았다. 그날 박정희가 나를 삽교천 방조제 준공식에 데려갔다면 박정희를 그날은 쏘지 않았을지 모른다. 하지만 부마사태로 머지않아 박정희를 쏘고 말았을 것이 분명했다.

부마사태는 김영삼과 밀접한 관계가 있는 사건이 아닐 수 없다. 야당 당수를 무리하게 제명하고 심지어 구속까지 시키려고 했으니 박정희가 자기 수명을 스스로 단축시킨 셈이었다. 내가 쏘지 않았어도 누군가 쏘았을 터이고.

10대 국회가 1979년 3월 15일에 개원하여 열흘도 채 되지 않아 이만섭 발언 파동이 벌어졌다.

이만섭은 여당 의원인데도 현 정부의 문제점들을 날카롭게 지적했다. 그 당시 압구정 현대아파트 특혜분양사건으로 고위 공무원들의 부정부패가 드러났다. 부동산 가격 폭등, 주식세 도입으로 인한 주가 폭락도 있었다.

성낙현 여당 의원의 미성년 소녀 성추행 사건도 있었다. 성낙현은 내가 자기를 미워해서 꾸민 일이라고 나에게 책임을 돌리기도 했다.

무엇보다 부가가치세 도입으로 국민의 심한 반발에 직면했다.

"우리가 이번 선거에서 사실상 패배한 이유가 무엇입니까? 이런 무리한 정책들이 국민의 외면을 초래한 게 아닙니까?"

이만섭의 카랑카랑한 목소리가 국회의사당에 울려 퍼질 때 차지철의 심복 의원이 급히 국회 휴게실로 나가 차지철에게 전화했다.

"실장님, 국회에 큰일났습니다. 이만섭이 야당보다 더 세게 정부를 비판해서 야당 의원들은 옳소, 옳소 박수치고 여당 의원들은 그만두라고 고함치고 국회가 발칵 뒤집혔습니다."

차지철은 박정희가 육영수 친오빠 육인수의 집으로 육영수 제사를 지내러 갈 때 동행하며 이만섭의 발언을 고자질했다. 박정희는 곧바로 공화당 당의장 서리 박준규를 불러 이만섭을 당장 제명하라고 윽박질렀다.

그 소식을 듣고 나는 김계원 비서실장과 유혁인 정무수석과 함께 박정희를 찾아가 이만섭 제명은 야당에게 빌미를 주고 국정운영에도 걸림돌이 될 거라고 재고를 요청했다. 박정희는 나한테 이전 제자라고 봐주려는 거냐며 뜻을 바꾸지 않았다.

나는 이번에는 박준규 의원을 찾아가 이만섭을 구할 방책을 의논했다. 박준규가 이만섭을 불러 즉각 제명하라는 박정희의 뜻을 전했다. 하지만 이만섭은 기가 꺾이지 않고 대꾸했다.

"바른말 한다고 제명이라니요? 그렇다면 이 당에 더 이상 있고 싶지 않습니다. 어서 제명하시오."

박준규가 달래며 말했다.

"이 의원만 영웅이 되려는 거요? 당은 어떻게 되든 말든."

"아니, 나를 제명한다고 한 쪽이 어딘데."

"이 의원 제발 그러지 말고 각하께 사과 편지를 올리면 어떻겠소? 내가 전달하리다."

"사과할 게 뭐 있나요? 내가 왜 그런 발언을 했는지 오해 없도록 편지를 쓸 수는 있소."

"아무튼 정중한 어조로 편지를 올립시다."

결국 이만섭이 박정희에게 편지를 쓰고, 나도 계속 이만섭 제명 재고를 요청하여 이만섭은 당에 남게 되었다. 이 일도 조용히 마무리할 수 있었는데 차지철이 고자질하는 바람에 일이 커지고 말았다고 생각하니 차지철이 꼴도 보기 싫었다.

한차례 폭풍우가 지나가고 이만섭을 불러 점심을 함께 했다. 이만섭이 아직도 제자의 마음을 지니고 나를 선생님이라고 불렀다.

"선생님이 이번에도 힘써 주셨다는 소문을 들었습니다. 감사합니다."

"내가 힘써 준 게 뭐 있나. 각하 성질이 불같아서 확 타오르다가 시일이 지나면 좀 진정이 되기도 하니까. 차지철이 각하의 불같은 성질에 기름을 끼얹었으니 골칫거리야."

"저보다 차지철을 제명해야겠군요. 허허허. 근데 선호는 잘 있나요? 스승의 날에 같이 선생님 댁에 놀러가던 일이 엊그제 같은데."

"선호는 각하 행사 챙기느라고 고생 좀 하고 있지. 나도 곧 선호를 다른 부서로 가도록 할 작정이네. 한번 같이 식사 자리 만드세."

오랜만에 제자와 음식을 나누며 회포를 풀었다.

지난 국회보다 의석을 늘린 신민당은 기세를 올려 1979년 5월 30일 전당대회를 치렀다. 박정희는 신민당 총재로 김영삼이 되지 못하게 하라고 특명을 내렸다. 그 대신 유신체제에 비교적 협조적인 현 총재 이철승이 이번에도 당선되도록 하라고 지시했다.

차지철은 신민당 전당대회 총재 선거 1차 투표에서 과반수를 얻을 후보는 없을 거라 예상하고 2차 투표에서 이철승에게 표를 모아줄 신도환을 밀었다. 신도환이 최대한 표를 얻어 이철승에게 보태주면 이철승이 과반수를 얻어 총재에 당선될 거라고 예측했다.

나는 차지철의 간접 공격보다는 김영삼을 직접 공격하는 쪽을 택했다.

나는 김녕 김씨 종친회 회장을 지낸 적이 있었고 김영삼 역시 김녕 김씨였다. 신민당 전당대회 며칠 전 김영삼을 장충단 쪽으로 불러 단둘이 대면했다.

"김 총재, 각하의 뜻이 견고합니다. 이번 전당대회에서는 총재 선거 포기하시지요. 다음 기회도 있지 않습니까."

"나에게 포기란 없습니다. 75년도에 신민당 총재로서 대통령을 만났을 때 대통령이 유신헌법도 고치겠다 하고 민주주의도 회복시키겠다고 했는데 전혀 약속을 지키지 않았습니다. 나는 대통령의 약속을 믿고 그렇게 전했으나 그게 오히려 나에게 올무가 되어 오해도 받고 당권에서도 밀렸습니다. 더 나아가 나를 긴급조치 9호 위반으로 기소하고 비서인 김덕룡을 구속하기까지 했습니다. 그런데 내가 이리 배신을 당했는데 어떻게 포기할 수 있겠습니까."

김영삼의 어조는 완강했다. 나도 물러서지 않았다.

"각하께서는 김 총재의 위법 사례 10여 건을 꿰고 계십니다. 여차하면 다시 감옥에 들어갈 수 있습니다. 내가 지금까지 각하를 말려 김 총재가 무사한 줄 알아야 합니다."

"지금 나를 협박하는 겁니까. 나를 아무리 죽이려 해도 나는 정의의 편에 서 있으므로 죽지 않습니다."

나는 작전을 바꾸어 가족의 비리와 참모들의 위법 사례를 세세히 제시하며 압박했다. 그러자 김영삼의 태도가 다소 누그러들었다.

"좋소. 내 가족과 참모들을 건드리지 않고 현재 수사 중인 나에 대한 고소·고발 건들도 불기소 처분해주겠다고 약속한다면 한번 고려해보겠소. 그렇지 않으면 꿈쩍도 안 할 거요."

나는 반색하며 말했다.

"그건 염려 마시오. 내가 직을 걸고 약속하고 보장해주겠소."

"알겠소."

나는 속으로 쾌재를 부르며 한걸음에 달려가 박정희에게 경과 보고를 올렸다.

박정희가 기뻐할 줄 알았는데 반응이 의외였다.

"당 대표도 되지 못할 자를 왜 타협해주고 영웅 만들어주고 야단이야. 정보 똑똑히 수집해. 불기소 처분 좋아하네. 안돼!"

내가 그동안 애쓴 일들이 한순간 무너지고 얼굴이 화끈거릴 정도로 무안을 당하고 말았다.

김영삼은 나와의 약속은 개의치 않고 세력 결집을 위해 중국집 아서원에서 자파 대의원 단합대회를 열기로 했다. 이

자리에 가택연금 중인 김대중도 참석하도록 했다는 첩보가 들어왔다.

차장보 김정섭이 나에게 와서 보고했다.

"김대중이 김영삼 단합대회에 참석하게 하면 안 됩니다. 그러면 기세가 더욱 살아 이철승을 이길지도 모릅니다. 김대중의 외출을 막아야 합니다."

나는 이미 박정희에게 크게 무안을 당한 처지라 반발심이 생겨 김대중 외출을 막고 싶지 않았다.

"김영삼이 어차피 총재가 되지 못할 거라고 각하도 이야기했어. 그냥 내버려 둬."

"아닙니다. 국장들이 보고한 정보에 의하면 김영삼 당선 가능성도 높답니다. 김영삼 당선 가능성이 낮다는 보고는 경호실장을 통해 각하께 올라갔을 겁니다."

그럼 그렇지. 또 차지철이 내 속을 뒤집네.

나도 모르게 어금니를 깨물었다. 입안에서 으즉, 소리가 났다.

결국 신도환은 차지철이 기대했던 득표수에 이르지 못해 2차 결선투표까지 갔으나 변수로 작용하지 못했다. 김대중이 자파인 이기택 표를 김영삼에게 몰아주어 김영삼이 11표 차로 이철승을 누르고 총재에 당선되었다. 차지철의 작전도 여지없이 실패하고 말았다.

차지철과 나는 박정희에게 불려가 힐책을 받았다.

"뭐 제대로 하는 게 없군. 김영삼이 절대로 야당 총재가 되어서는 안 된다고 몇 번이나 말했어? 이제 전쟁이야."

박정희는 화가 날수록 목소리가 낮아지는 독특한 습관이 있었다. 목소리가 낮아지는 정도만큼 화가 나 있다고 해도 과언이 아니었다. 아주 낮은 박정희의 목소리에 차지철과 나는 몸이 얼어붙는 느낌이었다.

물러나오는데 차지철이 볼멘소리로 중얼거렸다.

"다 된 밥에 재 뿌리고."

"뭐라고? 나보고 하는 소리야?"

내가 버럭 고함을 지르며 차지철을 노려보았다.

"김대중 외출을 막지 않았다면서."

차지철도 화가 나 있는지 반말투로 대꾸했다. 나도 한마디 했다.

"신도환 그거 헛다리 짚었잖아."

"뭐, 헛다리? 헛소리하고 있네."

나의 왼쪽 볼에 경련이 일었다. 내 손이 어느새 바지 오른쪽 호주머니로 들어갔다. 안쪽 라이터 주머니를 개조한 주머니에서 권총의 감촉이 차갑게 전해졌다.

박정희가 예고한 대로 전쟁이 벌어졌다. 김영삼은 이철승을 유신 야합세력이라 공격하며 당선된 터라 유신헌법 개정과 긴급조치 해제, 민주인사 석방 등을 더욱 강도 높게 주장했다.

또한 김영삼은 무소속 의원과 민정회 의원 7명을 끌어들여 68석을 확보했다. 유정회를 뺀 공화당 의석에 육박하는 의원 수였다. 위기의식을 느낀 공화당도 무소속 15명을 끌어들여 보강했다.

6월 11일 김영삼은 당돌하게도 서울외신기자클럽 회견에서 북한 김일성 면담을 제의했다. 북한도 즉각 김영삼 제의를 수락했다. 박정희는 당황하지 않을 수 없었다. 대통령인 자기도 만나보지 못한 김일성을 야당 총재가 먼저 만나다니.

박정희가 또 나를 불러 질책했다.

"왜 이 지경이 되도록 중정에서 내버려두었어? 이게 말이나 돼? 무슨 수를 써서라도 막어!"

나는 우선 상이군경과 반공청년 단체 120여 명을 동원하여 신민당 당사를 점거하게 했다. 반공을 내세우는 그들은 "빨갱이 김영삼 물러가라!"고 소리쳤다.

정부에서도 "통일교섭은 정부의 권한이니 김영삼은 월권행위 하지 마라"고 성명을 발표했다.

8월 9일 YH 무역회사 여공 172명이 회사의 자진폐업에 항의하여 생계대책을 요구하던 중 도시산업선교회의 도움으로 마포 신민당 당사로 들어가 시위했다. 김영삼은 시위대를 보호하고 지켜주겠다고 약속하며 보사부장관 등에게 연락하여 문제 해결을 호소했다.

YH 무역회사는 1970년대 초에는 국내 최대의 가발 수출업체로 수출 순위 15위에 오르기도 했다. 하지만 1970년대 중반부터 수출둔화와 방만한 경영, 업주의 자금유용 등이 겹쳐 심각한 경영난을 겪게 되었다.

1975년에 노조가 설립되어 노동자들의 요구가 거세지자 1979년 3월 회사는 자진폐업을 공고했다. 주로 여공들로 구성된 노조는 5개월 동안이나 시위를 벌이다가 마침내 신민당 당사에까지 들어온 것이었다.

자신들의 문제를 외면하는 정부에 대한 시위로까지 이어지고 야당과 연합하는 형세가 되자 박정희는 강제해산을 명했다. 나는 순리적으로 이들의 절박한 문제를 해결할 길이 없을까 궁리했으나 박정희와 차지철은 반정부 시위로 단정하고 강경책을 쓰라고 했다. 나도 결국 박정희의 지시를 따를 수밖에 없었다.

8월 11일 시경국장 이순구의 지휘로 무술경관 1,000여 명이 새벽 2시경 무리하게 강제해산을 하는 과정에서 10여 명의 여공과 국회의원을 포함한 30여 명의 신민당원, 12여 명의 기자가 부상당했다. 이런 아비규환 속에서 노조 집행위원 21세 김경숙이 추락하여 숨지고 말았다. 김영삼은 최형우를 비롯한 경호원들의 보호로 다치지 않았다.

그러나 이틀 후 지난 전당대회의 절차상 하자를 이유로 이철승계 의원들이 김영삼을 상대로 총재직무정지 가처분 신청을 냈다. 자격이 없는 미복권 대의원들이 투표에 참여했다는 것이었다. 가처분 신청에 대한 법원 판결이 있기까지 차지철이 얼마나 으스댔는지. 차지철은 김영삼 변호인 이택돈의 변론요지서를 어떻게 입수했는지 들고와서 대책회의에 참석했다. 이택돈을 돈으로 매수했을 리는 없고 그 주변 인물들을 매수한 모양이었다.

"대책회의를 하려면 이 정도는 확보해야지."

변론요지서를 박정희 앞에서 나 보란 듯이 과시하며 흔들어대는 차지철 꼴이 역겹기만 했다. 결국 대책회의가 법원 판사까지 움직여 가처분 신청을 받아들이게 했다.

총재 직무가 정지된 김영삼은 가처분 신청 배후에 박정희가 있다고 확신하고 유신체제에 대한 반대운동을 더욱 펼쳐 나갔다.

9월 12일 김영삼은 『뉴욕 타임스』와의 인터뷰에서 과격한 발언을 했다.

"미국이 공개적이고 직접적인 압력을 통해 박 대통령을 제어해달라."

"이를 위해 한국에 대한 원조를 중단해야 한다."

"국민들로부터 유리된 소수의 독재 정부냐, 민주주의를 갈망하는 대다수 대한민국 국민이냐 둘 중 하나를 미국 정부가 선택하여 민주주의를 지켜달라."

이 인터뷰를 접한 박정희는 나와 김계원, 차지철이 있는 자리에서 부들부들 떨면서 몸을 제대로 주체하지 못했다.

"뭐, 원조를 중단하라고? 미국이 나를 제어해달라고? 정신이 완전히 나갔구먼. 죽으려고 환장했어."

옆에 김영삼이 있었다면 당장이라도 총을 쏴버릴 기세였다.

"김영삼을 제명해!"

"김영삼 제명은 더 큰 파란을 몰고 오지 않을까요."

내가 조심스럽게 의견을 개진했다.

"김영삼을 가만둘 수 없습니다. 이번에 제명하여 정치 생명을 끊어야 합니다."

차지철은 씩씩거리며 맞장구를 쳤다. 김계원은 아무 말도 하지 않았다.

김영삼 제명 공작이 시작되었다.

공화당과 유정회 의원들이 10월 4일 김영삼 국회의원직 제명안을 국회 법제사법위원회에 회부했다. 김영삼은 헌정 질서를 유린하고 사대주의적인 발언으로 국기를 문란케 했 다는 것이었다. 법사위를 통과하면 제명안은 본회의에 회부 될 것이었다. 신민당 의원들은 국회의사당 본회의장과 단상 을 점거하여 강력저지 태세를 갖췄다.

결국 공화당과 유정회 의원 159명은 오후 4시 7분 경호권 발동을 핑계로 300여 명의 무술경위를 출동시켜 신민당 의 원들을 감금하다시피 해놓고 국회 별실로 빠져나왔다. 백두 진 국회의장은 김영삼 의원직 제명안을 10분 만에 변칙 날 치기로 통과시켰다. 여기에 반발한 신민당 의원 66명과 민 주통일당 의원 3명이 10월 13일 의원직 사퇴서를 집단 제출 했다.

내가 예상했던 파란이 경상남도 지역에서 들불처럼 일어 났다. 부산 출장소 요원들의 정보가 시시각각 올라왔다.

10월 16일 그동안 잠잠하던 부산대학교 학생들이 김영삼 제명에 대해 분노하며 시위를 벌이기 시작했다. 처음에는 학생들이 잘 모이지 않았지만 상대생 정광민이 나서서 '선언문'을 작성하고 인문대 학생들에게 유인물을 뿌렸다.

"저 유신 독재정권에 맞서 우리 모두 피 흘려 투쟁하자!"

정광민의 선동에 수십 명의 학생이 호응했다.

정광민이 인솔하는 시위대가 도서관 앞에 이르자 수백 명으로 불어났고 교직원들이 시위대를 말리려 몰려나왔다. 2,000여 명 정도로 늘어난 시위대는 시내 진출을 시도했다. 경찰은 최루탄을 쏘며 교내로 진입하여 시위대를 분산시키려 했으나 오히려 학생들의 분노를 불러일으켜 합세하는 학생들이 계속 늘어났다.

오전 11시경 5,000여 명의 학생들은 세 갈래로 나뉘어 대학 담벼락을 무너뜨리고 경찰의 저지선을 뚫고 마침내 시내로 진출했다.

오후 3시부터는 부산대 소식을 들은 고신대와 동아대 학생들이 합류하여 시위대 규모가 더욱 커졌다. 시위는 국제시장 일대에서 게릴라식으로 전개되었다. 수십 명씩 조를 이루어 얼기설기 얽힌 골목길을 돌아다니자 경찰들이 당황했다. 이 골목에서 한 무리를 해산시키면 다른 골목에서 또 다른 시위조가 튀어나오곤 했다.

시민들도 자원해서 학생들을 응원해주었다. 박수를 치고 경찰의 진압 작전을 방해하며 쫓기는 학생들을 숨겨주었다. 빵이나 김밥, 청량음료, 캔맥주, 담배와 물수건 등을 던져주며 시위대를 격려했다. 오후 6시부터는 퇴근한 회사원·노동자·상인 들도 시위에 합류했다.

저녁 7시경에는 6만여 명이 부영극장 앞 간선도로를 꽉 메운 채 거대한 인파를 이루었다. 시위대는 유신철폐와 독재타도, 야당 탄압 중지, 김영삼 제명 철회를 부르짖었다.

시위대는 새벽까지 돌아다니며 보이는 파출소마다 급습하는 바람에 남포, 부평, 보수, 중앙 등 11개 지역 파출소가 파괴되었다. 파출소에 걸려 있던 박정희 사진마저 무참하게 불태워졌다. 이날 시위로 다수의 시민과 학생 282명이 연행되었다.

다음 날 10월 17일 유신 제7주년 기념식이 전국 각 지역에서 열렸다. 청와대도 예외가 아니었다.

"유신으로 총화단결을 공고히 하자!"

축배를 들고 건배를 외쳤지만 나는 그 자리에서 불안하고 초조하기 그지없었다. 정보에 의하면 부산 지역 사태가 보통 심각한 것이 아니었다.

유신 제7주년 기념식이 열리는 동안 부산과 근교에 있는 거의 모든 대학이 시위에 동참했다. 고등학생들까지 들고일어났다.

시위대는 시청에서 400미터 정도 떨어진 국제시장과 부영극장 근처에 저녁 무렵 집결하여 시청 쪽으로 행진하려했다. 경찰의 완강한 저지로 시청 쪽이 막히자 시위대는 어제처럼 조별로 분산하여 게릴라전으로 경찰의 저지선을 뚫었다.

밤이 깊어지자 시위는 더욱 격렬해졌다. 충무경찰서, KBS, 서구청, 부산 세무서, MBC 건물이 파괴되고 유리창 파편이 길거리로 쏟아졌다.

이틀 동안 시위로 경찰차 6대가 전소되고 12대가 파손되었다. 21개 지역 파출소가 부서지고 불에 탔다. 중상자 18명을 포함하여 시민·학생·경찰 110여 명의 부상자가 나왔다. 그중 경찰 부상자가 95명이나 되었으니 시위가 얼마나 격렬했는지 알 수 있다.

청와대 영빈관에서 국무위원을 비롯한 인사들을 초대하여 흥겹게 유신 기념식을 열던 박정희를 내가 한구석으로 이끌어 부산 사태의 심각성을 낮은 목소리로 알렸다.

박정희가 이번에는 내 말을 무시하지 않고 기념식을 예정보다 빨리 마무리하고 최규하 국무총리를 불러 부산 지역에 비상계엄령을 선포하게 했다. 최규하는 임시 국무회의를 소집하여 17일 자정을 기해 비상계엄령을 선포했다.

박정희가 야당 전당대회에 간섭하지 않고 여당 당수를 협치의 대상으로 조금이나마 존중해주었다면 부마사태가 이토록 심각해지지는 않았을 터였다.

변호인단의 접견을 통해 나와 부하들의 구명 운동이 사회각 분야에서 일어나고 있다는 사실을 알게 되었다. 천주교 정의구현 사제단의 구명청원서, 천주교 여자수도회의 조국을 위한 기도문, 10·26 가족 일동의 호소문, 양심범가족협의회의 성명서, 구명위원회의 서명운동 등에 관한 문서를 변호인단이 슬쩍 보여주어 일별하기도 했다.

"10·26 사태는 억압의 권력에 대한 국민적 저항이라는 연장선 위에서 보아야 할 것입니다. 따라서 10·26 사태를 살인이라는 범법적 차원에서 볼 것이 아니라 자유와 민주주의를 지향하는 나라의 기본 이념에 입각하여 국가적·국민적 차원에서 다루어야 할 것입니다."

"자비하신 주님, 김재규와 그의 동료들이 극형을 받기를 원하지 않는 우리 국민의 마음을 어여삐 보아주옵소서."

"정부 당국은 김재규와 그 부하들을 서둘러 처형할 것이 명백해졌기에 국가 민족의 장래를 걱정한 나머지 더 이상은 인자중하고 있을 수 없어 이에 김재규와 그 부하들의 구명을 간곡히 호소하는 바입니다."

"구체제의 눈으로 10·26 사태를 보아서는 안 될 것입니다. 민주주의와 국민의 입장에서 10·26 사태를 똑바로 보아야 할 것입니다."

원로, 가톨릭, 개신교, 언론계, 문단, 학계, 여성 각 분야에서 수백 명이 참여한 구명위원회는 1,500명의 서명을 첨부한 구명청원서를 변호인단을 통해 최규하 대통령, 이영섭 대법원장, 이희성 계엄사령관에게 각각 제출했다. 문단에서는 고은, 박태순, 양성우, 이호철 등이 참여했다.

윤보선 전 대통령은 개인의 이름으로「역사와 국민 앞에 떳떳한 재판을」「3·1절에 고함」등 성명서를 발표하기도 했다.

"피고인의 진의와 진실이 공개적으로 밝혀지지 않고 있음에 유감의 뜻을 표하지 않을 수 없다. 또한 본건 재판에 관여하고 있는 변호인단에 대한 직접 간접의 압력과 공포 분위기가 즉각 시정되기 바란다."

"민주화가 전체 국민의 소망이었고 그것이 이루어져야

할 역사적 과정이라면 그 민주화는 김재규 전 중앙정보부장에게 빚을 지고 있는 것입니다. 우리는 우리 모두 걸머지고 있는 빚을 전체 국민과 민주주의 이름으로 갚아야 할 것입니다."

2월 28일에 나는 「옥중수양록」에 이런 일기를 썼다.

"만일 내가 사형선고가 없이 견성할 수 있었겠는가. 육신, 즉 유한생명을 바치고 무한생명 부처를 찾았다. 불행이 지혜의 눈으로 보면 곧 행복이 된다는 진리를 입증해주었다."

2월 29일에는 반가운 소식이 들렸다. 긴급조치 위반자들의 대대적인 석방과 복권 조치가 이루어졌다. 윤보선·김대중·정일형 등 정치인 22명, 지학순·문익환·함세웅 등 종교인 42명, 김동길·리영희·백낙천 등 교수 교직자 24명, 성유보·안성열 등 언론인 9명, 학생 373명, 기타 217명 도합 687명이 복권되었다. 학생과 교수들의 복권 복직이 이루어진 대학가는 활기를 띰과 동시에 시위가 다시 불붙기 시작했다.

전두환을 중심으로 한 군부 배후 세력도 민주화의 열망을 거스를 수는 없구나 싶어 나는 한편으로 안심이 되기도 했

다. 박정희의 죽음과 나의 죽음이 민주주의 회복의 밑거름이
된다면 여한이 없다는 생각이 들었다.

4월 21일에는 국내 최대 민영탄광인 강원도 동원탄좌 사
북영업소에서 광부 3,500여 명이 어용노조와 임금 소폭 인
상, 열악한 작업환경에 항의하여 유혈폭동을 일으켰다. 인
구 3만의 사북읍은 나흘 동안 치안공백 사태로 큰 혼란에 빠
졌다.

진압 경찰과의 격렬한 충돌로 경찰 1명이 돌에 맞아 사망
하고 70여 명이 부상당했다. 힘에 부친 경찰은 계엄사에 공
수부대 투입을 요청했다. 하지만 계엄사는 민심 악화를 우려
해 경찰의 요청을 들어주지 않았다. 하지만 영월·정선 지역
에 대대 병력 300여 명을 대기시켜놓기는 했다.

결국 노사정 협의가 이루어져 광부들의 요구를 받아들이
기로 하고 평화적으로 사태가 해결되는 듯했다. 하지만 계엄
사는 광부들과의 약속을 저버리고 '사북사건 합동수사단'을
조직하여 사북사태 주모자들을 체포해 고문하고 취직도 못
하도록 사회적으로 매장시켰다.

5월 6일 합수단은 '수습대책 위원회'를 연다고 속여 간부
급 10명을 모이도록 해놓고 모두 연행해갔다. 그외 100여 명
을 더 연행하여 31명을 기소하고 50명을 불기소 처분했다.

계엄사는 광부들과 협의하는 척하면서 끝내 무력과 막강한 수사권으로 광부들을 처참하게 짓누르고 말았다. 나는 12·8 긴급조치 9호 해제와 2·29 복권조치 들을 보면서 민주주의 회복에 대해 일말의 희망을 걸었으나 사북사태를 보면서 심히 우려하지 않을 수 없었다. 사북사태가 전국 어디에선가 또 발생할 여지가 있었다.

5월 13일에서 5월 15일까지 서울 지역 대학생들이 계엄 해제를 내세우며 대대적인 시위를 벌였다. 서울역 앞에 모인 대학생들이 일단 철수하기로 한 '서울역회군' 이틀 후 5월 17일 정부는 오히려 '비상계엄 전국확대' 조치를 선포했다.

그동안 제주도를 제외한 지역에만 부분계엄이 선포되어 있었는데 이제는 5월 17일 밤 12시를 기해 전국계엄이 선포된 것이었다. 제주도 하나를 빼느냐 보태느냐에 따라 통치구조가 현격히 달라졌다. 부분계엄인 경우는 계엄사가 국방부 장관의 통제를 받으나 전국계엄인 경우는 계엄사가 대통령 직속 기관으로 바뀌어 계엄사령관이 행정·입법·사법 3부를 사실상 통제하게 된다.

계엄사령관 이희성은 보안사령관과 중정부장 서리, 합수부 본부장을 겸하고 있는 전두환의 통제를 받고 있어 명실공히 전두환이 최고의 실권자로 전면에 부상했다.

비상계엄 확대로 정치 활동과 옥내외 정치 집회, 시위가 전면 금지되었다.

18일 새벽 2시경에는 33사단 병력이 국회를 점령하여 출입을 금지시켰다. 모든 대학에 휴교령이 선포되고 장갑차를 앞세운 군부대가 대학 교정에 진주했다.

계엄군은 전국 대학 학생회장단 모임이 열리는 이화여대를 급습하여 회장단 전원을 체포하고 민주화를 요구해온 재야 인사들을 검거했다. 이미 보안사는 예비검속을 통해 김대중, 김종필 등 주요 정치인 26명을 합수부로 연행해놓았다. 신민당 총재 김영삼은 가택 연금을 당했다. 검거되어 연행된 자의 수가 2,699명에 달했다.

광주 지역에서 사북사태 그 이상의 사태가 벌어졌다는 흉흉한 소문이 돌았다. 하지만 언론에는 구체적인 기사가 한 줄도 실리지 않았다.

봄은 한창 무르익었지만 불길한 기운이 전국을 뒤덮고 있었다.

마침내 5월 20일 오전 10시 경복궁 근처 서울형사지방법원 대법정에서 상고심이 열렸다. 대법정으로 이영섭 대법원장을 비롯하여 11명의 대법원 판사가 입장했다. 대법원 판사 3명은 해외 출장 중이었다.

재판석 아래 대법정에는 나의 가족 3명, 나머지 피고인들의 가족 16명, 내외신 기자 50여 명, 변호인 등 120여 명이 자리를 잡고 역사적인 판결을 기다렸다. 나를 비롯한 피고인들은 참석할 필요가 없었다. 상고심 상황은 변호인단을 통해 들으면 되었다.

대법원 전원합의체는 내란목적살인 등에 대해 반론을 제기하며 소수의견을 낸 6명의 판사가 있었지만 피고인들의 상고를 모두 기각하고, 항소심 형량대로 확정했다. 나와 5명의 부하는 세 번이나 사형선고를 받은 셈이었다. 세 번이나 죽었다.

상고심 판결이 있은 그날 안동일을 비롯한 변호인단이 선고 결과를 알려주기 위해 오후에 육군교도소로 나를 접견하러 오기로 했다. 하지만 밤이 되도록 아무도 오지 않았다. 선고 결과가 어떠했는지는 보고받지 않아도 알 수 있었다. 무엇보다 변호인단에 무슨 일이 생겼나 걱정되었다.

안동일과 친분이 있는 박 상사가 조심스럽게 나를 만나 변호인단이 접견하러 오지 못한 사정을 들려주었다. 보안사가 나를 변호한 변호인단을 체포하려 한다는 정보가 있어 변호인들이 사무실에도 가지 못하고 피신 중이라고 했다. 이전에 민청학련 사건을 변호하다가 법정에서 체포된 적이 있는 강신옥은 사무실에 들렀다가 보안사로 끌려갔다고 했다.

변호인들까지 체포하려 하다니.

민주주의의 회복을 바랐는데 오히려 퇴보하고 추락하는 느낌이라 나의 결행이 아무런 열매를 맺지 못하는 게 아닌가 회의가 들었다. 나의 결행이 도리어 군부의 거센 반발을 일으켜 역효과를 낸 건 아닌가 좌절감에 빠지기도 했다. 하지만 나의 결행에 힘입어 민주주의를 위한 투쟁의 불길이 사그라들지 않고 밟히면 밟힐수록 더욱 타오르기를 염원했다.

광주 지역에서 학생·시민의 시위가 거세지고 계엄군이 진압하는 과정에서 유혈사태가 벌어지고 있다는 예감이 들고, 그 사태가 나와 부하들의 사형집행을 앞당기게 할 것이 분명했다. 어쩌면 광주에서 나를 민주열사로 추대하여 '김재규 석방!'을 외치며 시위하는 무리가 있는지도 몰랐다.

상고심 판결 이틀 후부터 가족들의 면회가 이어져 사형집행이 임박했음을 더욱 절감했다.

호송차량은 서대문 로터리에서 좌회전하여 독립문을 끼

고 올라간다. 이제 서울구치소에 거의 다 도착한 셈이다. 양편의 교도관들이 군복 매무새를 가다듬고 자세를 고쳐 앉는다. 나도 염주와 단주를 꽉 쥔 채 몸이 굳어진다.

독립문은 청나라가 몰락하자 청의 사신을 맞이하던 '영은문'(迎恩門)을 헐어 세운 문이므로 원래는 일제에서의 독립과는 상관없는 문이다. 하지만 그 정신은 일제에 대한 저항운동으로 이어졌다.

나는 일제 강점기에 태어나 보통학교 고등보통학교 교육을 받고 일본 군대에서 훈련까지 받았으므로 조국이 일본인 것처럼 여겨졌다. 우리나라를 독립시켜야겠다는 의지가 별로 없었다. 하지만 일본 순사들의 거만한 모습을 볼 때는 나라 잃은 설움 같은 것이 느껴지기는 했다.

선주보통학교 4학년 때, 하루는 수업이 끝나 책보를 둘러메고 집으로 오는 길에 마침 장날인 시장을 지나갔다.

나무전을 지나가는데 허리에 칼을 찬 순사가 새끼줄에 묶인 나뭇단을 두고 나무꾼과 일본말로 흥정을 벌이고 있었다.

"이거 얼마냐?"

"15전입니다."

"5전에 팔아."

"그렇게는 좀."

"5전에 팔라니까."

순사가 칼집을 만지작거리며 다그쳤다.

"그 그럼, 5전만 내시지요."

나무꾼이 굽신거리며 나뭇단을 내밀었다. 순사가 거드름을 피우며 동전 5전을 던져주었다.

"이거 우리 집까지 갖다 줘. 지게 여기 있네."

나무꾼이 난색하며 사정하다시피 말했다.

"여기 장사도 해야 하고. 그건 좀 어렵겠습니다."

"그럼 이 나뭇단을 내가 메고 가란 말이야? 응!"

"저는 나뭇단만 팝니다."

"나무를 팔면 집까지 갖다 줘야지."

"그건 안 되겠습니다."

"안 돼?"

"네, 안 됩니다."

이번에는 나무꾼이 단호한 태도를 보였다.

"이 새끼 봐라. 뭐 안 된다고? 혼 좀 나야 정신차리지."

순사가 구둣발로 나무꾼을 걷어차고 찍어 누르고 짓이기듯이 밟기까지 했다.

"아이쿠."

나무꾼은 반항도 못 하고 자빠진 채 몸을 이리 웅크리고 저리 웅크리며 맞고만 있었다. 코도 맞았는지 코피가 흘러 누런 삼베 옷을 시뻘겋게 적시고 있었다.

장날 장사치와 손님들이 빙 둘러 모여들었지만 아무도 말리려고는 하지 않았다.

순사가 나무꾼에게 발길질을 할 때마다 몸이 부르르 떨려 나도 모르게 주먹을 불끈 쥐었다. 내가 좀더 키가 크고 힘이 있으면 순사에게 달려들어 패주고 싶었다. 주위에 키도 크고 힘도 있어 보이는 사람들이 구경만 하고 가만히 있는 게 이상했다.

"아쿠, 으윽."

나무꾼의 신음 소리가 높아지자 내가 그만 고함을 지르고 말았다.

"저 순사는 도둑이다! 도둑 잡아라!"

순사가 발길질을 멈추고 홱 돌아보았다. 그와 눈길이 마주치자 내 몸이 얼어붙어 버렸다. 도망을 가려고 해도 발이 떨어지지 않았다.

그가 와락 달려들어 억센 손으로 내 멱살을 움켜쥐었다.

"이 꼬마 새끼가 뭐 내가 도둑이라고?"

일본말로 소리를 지르며 근처 주재소로 나를 질질 끌고 갔다.

난생처음 유치장에 갇히는 신세가 되었다. 무섭기는 했지만 내가 도둑이라고 고함을 지르는 바람에 나무꾼이 살아났으니 나도 김문기 할아버지 후손답게 착한 일을 했다는 생각이 들었다.

저녁 무렵 아버지가 허겁지겁 주재소로 들어와 순사에게 머리를 조아리며 봉투 같은 것을 건넸다.

순사가 유치장 철문을 열어주며 한마디 했다.

"아버지 보고 한번 용서해주는 거니까 앞으로 조심해."

나는 대답도 하지 않고 아버지에게 달려가 품에 안겼다. 아버지는 묵묵히 내 손을 잡고 큰길 쪽으로 나오면서 천천히 입을 열었다.

"장터 사람들 말을 들으니 너는 잘했다. 하지만 참아야 할 때도 있다."

"네."

집으로 돌아오면서 아버지가 있어 든든하구나 싶었다.

지금 아버지가 살아계신다면 호송차에 실려 끌려가고 있는 나를 그 큼직한 손으로 꺼내줄 것도 같았다.

아버지, 아버지가 늘 말씀하시던 대로 제가 죽을 자리를 제대로 찾은 것입니까.

　서대문 구치소에 다 이르렀는가 싶었는데 호송차량이 속
도를 내지 못하고 천천히 멈췄다. 바깥에서 강한 불빛들이
어른거렸다. 우르릉 우르릉, 요란하게 기계 돌아가는 소리도
들려왔다. 아스팔트 콜타르 냄새가 진하게 나는 것으로 보아
도로 포장 공사를 하고 있는 것 같았다.
　도로를 하나 깔 때도 얼마나 많은 섬세한 공정이 필요한
지 나는 잘 알고 있다. 하층노반과 상층노반, 기층과 표층에
따라 구성성분을 달리해야 한다. 대개 기층과 표층은 쇄석,
모래, 석분과 아스팔트를 가열 혼합하여 고르게 깔아 롤러로
단단히 다져나간다. 저 기계음은 육중한 쇳덩어리 롤러를 돌
리는 소리다.
　독립문 주변에는 유난히 공사가 많다. 금화터널 공사, 현
저고가도로 공사, 근처 아파트 건축 공사 등 공사들이 이어
질 적마다 도로도 새로 깔아야 한다.
　독립문도 금화터널 공사와 고가도로 공사 때문에 원래 위
치에서 북서쪽으로 70미터가량 이동해야만 했다. 그때 영은
문 주초도 함께 옮겨졌다. 독립문이 이동하듯 우리나라도 역

사의 흐름에 따라 독립해야 할 대상이 달라진다.

내가 군인이 되어 미 군정을 겪으면서 일본 순사들의 거만함을 미 고문관들에게서도 느끼곤 했다. 이제는 일본이 아니라 미국으로부터 독립이 필요한 나라가 되었구나 싶어 부아가 치밀기도 했다.

일본 군대에서 가미카제 훈련을 받다가 구사일생으로 조국, 아니 모국으로 다시 돌아온 나는 계속 안동농림학교를 다녀야 하나 문의해보았다. 이미 학적란에 '특간(특별간부후보생) 채용으로 졸업 인정'이라 적혀 있었다.

중등교원양성소를 마치고 6개월 동안 김천중학교에서 체육교사로 교편을 잡았다. 하지만 교사가 내 적성에는 맞지 않다고 여겨졌다.

그 무렵 어머니가 척추 디스크로 허리를 제대로 펴지 못하고 기동도 하지 못했다.

어머니는 수시로 나에게 빨리 결혼하라고 재촉했다.

"니 아버지가 친구 딸을 니 마누라감으로 벌써부터 정해두었다. 아버지 뜻을 따라 그 처녀를 맞도록 해라."

아버지도 자주 재촉했다.

"니 엄마 병세가 날로 심해지는구나. 내일 어찌될지 모르니 하루속히 결혼을 하도록 해라."

결국 부모의 성화에 쫓겨 한 번도 만난 적 없는 30리 떨어진 동네 산동면 처녀와 혼례식을 올렸다. 첫날밤 아내된 여자가 너무나 낯설어서 손도 잡아보지 않고 떨어져서 잠을 잤다. 어찌어찌 몸을 서로 합한 것은 혼례식을 올린 지 두어 달이 지난 후였다. 나는 아내에게 영 마음이 끌리지 않아 각방을 쓰다시피 했다.

나는 교사 생활과 아내에게서 벗어날 겸 조선경비사관학교 2기생으로 입학했다.

1기생 89명은 45일 과정을 거쳐 속성으로 졸업했지만 2기생 263명은 국사·수학·영어 등 필기고사와 면접, 신체검사를 통과하여 합격했고 교육기간도 82일로 1기생에 비해 두 배로 길었으므로 자부심이 대단했다.

역시 군인이 내 체질에 맞아.

나는 오랜만에 뿌듯함과 해방감을 느꼈다.

동기 입학생 중에는 만주군 출신, 일본군 출신이 많았다. 그들은 이미 군사훈련을 받은 터라 교육을 잘 받았고 성적도 좋았다. 또한 친일파로 매도되기 쉬운 신분을 세탁하는 데도 군인의 길이 안성맞춤이었다.

광복군·중국군 출신들도 있었다. 장교 출신이 30명, 하사관 출신이 50명이었고 민간인 출신들도 있었다. 전체 비율로 볼 때 일본군 출신이 절반을 넘었다.

교육과목은 미 군정청의 지침에 따라 제식훈련, 99식 소총훈련, 분대 소대 부대편성 훈련, 독도법, 행군, 숙영훈련 들이었다.

내무반 생활은 일본군의 구습에서 벗어나지 못했다. 구타와 기합이 일상적이었다. 이전 선배가 동기나 후배가 되기도 하고 출신 군대도 각양각색이라 기강이 제대로 잡히지 않았다. 특히 일본군 출신과 광복군 출신 사이에 팽팽한 긴장감이 감돌았다.

동기생 중에 특별히 눈에 띄는 학생이 있었다. 키가 자그마하고 체구도 작으면서 눈매가 매섭고 강단이 있어 보이는 그 학생은 먼저 나에게 다가와 자기소개를 했다.

"박정희라 하네. 일본군 출신인가? 난 만주군, 아니 관동군이네. 그게 그거지만. 광복군에도 좀 있었고."

서로 이야기를 나누는 가운데 나와 고향도 같고 교사 경력도 공통점이라는 사실을 알고 더욱 반가웠다. 내 고향은 경북 선산군 선산면인데 박정희의 고향은 인근 선산군 구미면이었다.

박정희는 대구사범을 졸업하고 문경공립보통학교에서 교사 생활을 하다가 일본이 만주를 점령하여 세운 만주국 육군군관학교에 지원했으나 자격 미달로 합격하지 못했다. 하지만 혈서를 쓰면서까지 충성 맹세를 하자 합격증을 받을 수 있었다.

이 학교 우등생은 일본 육군사관학교에 유학할 수 있는 혜택이 주어졌는데 수석 졸업생 박정희는 육군사관학교 본과 3학년으로 편입했다. 만주국 육군군관학교 수석 졸업 기념품은 푸이 황제가 하사한 금시계였다.

일본 육사에서도 300명 중 3등이라는 우수한 성적으로 졸업한 박정희는 소련과 만주 접경지대 관동군 23사단 72연대 등에서 복무하다가 중위 계급으로 해방을 맞았다. 하지만 곧바로 귀국하지 않고 한국광복군 제3지대 제1대대 제2중대 중대장직을 맡아 일본군 경력을 지우려고 했다. 그후 1946년 6월에 귀국하여 나와 동기생이 되었다.

나이는 박정희가 나보다 아홉 살이나 많았다. 나와 나이 차이가 열 살 가까이 나는 터라 박정희가 엄격한 형처럼 여겨져 간혹 자리를 함께하긴 했으나 늘 조심스러웠다. 박정희는 무척 가난한 소작농 집안에서 자라났고 나는 부유한 대지주를 아버지로 두고 있었다.

조선경비사관학교 졸업 무렵에는 67명이나 탈락하여 196명만 남았다. 박정희는 3등, 나는 14등으로 졸업했다. 나로서는 보통학교, 중등학교에서 거두지 못한 우수한 성적이었다.

졸업 후 3개월 만에 소위로 임관된 나는 10177 군번을 받고 대전 제2연대 중대장 대리로 대한민국 군인생활을 시작했다. 대전으로 내려갈 때 내가 인솔했던 14명 동기생들은 얼마나 당찬 포부에 부풀어 있었던가.

중대장 대리를 마치고 연대 정보주임 보직에 임명되었다. 정보 관련 업무는 처음 맡아보았다. 자못 위태로운 업무라는 걸 느끼지 않을 수 없었다.

전임자가 나에게 업무를 인계하면서 조심스럽게 말했다.

"연대장이 남로당 출신이오. 공산주의자란 말이오. 잘 감시하시오. 아마 자네도 포섭하려고 할지 몰라."

나는 바짝 긴장하지 않을 수 없었다. 여러 정보원을 통해 알아보니 과연 연대장이 남로당 출신이었다. 하지만 직속상관이라 어떤 내색도 하지 않았다. 연대장은 가톨릭 신자라면서 사무실에 십자가를 걸어놓기도 했고 한국민주당(한민당) 당원이라고도 했다. 한민당이라면 공산주의를 적대세력으로 여기는 당이 아닌가.

연대장은 교묘하게 자기를 숨기고 나에게 접근하여 은근히 공산주의의 장점을 지나가는 말처럼 툭툭 던졌다. 나는 그가 나를 포섭하려고 점찍어놓은 걸 눈치챘다.

결국 내가 연대장에게 직언을 하고 말았다.

"연대장님, 정보에 의하면 좌익 계통 사람들을 자주 만난다고 하더군요. 국방경비대 중임을 맡은 장교로서 좌로나 우로나 치우치지 않게 처신해야 한다고 생각합니다."

당신 공산주의자가 아니냐고 몰아세우지는 않았다. 머리도 명석하고 부대 관리도 깔끔하게 하는 연대장에게 전향 기회를 주고 싶었다.

그 이후로는 연대장이 나를 기피하기 시작했다. 더군다나 내가 정보 업무를 맡고 있으므로 자기에 대해 상부에 어떤 보고를 올릴지 신경쓰지 않을 수 없을 터였다. 내가 일을 저지르기 전에 나를 미리 자를 것 같은 예감이 들었다.

그 무렵 마침 군경축구시합이 열렸다. 그날 일직사령이 동기생인 박노규였는데 갑자기 위경련이 일어 입원하면서 나에게 일직사령을 잠시 대신 맡아달라고 했다. 나는 박노규가 병원에서 치료받고 곧 돌아올 거라 예상하고 연대장에게 보고도 하지 않고 오후 2시경 일직사령 완장을 팔에 찼다.

일직사령은 군경축구대회를 감독할 책임이 있었는데 축

구 시합 중 한 선수가 심하게 반칙을 하자 선수들끼리 패싸움이 일어나고 말았다. 구경하며 응원하던 군인과 경찰도 선수들과 합세하여 난투극이 벌어졌다. 내가 급하게 병력을 동원했지만 이미 걷잡을 수 없었다. 다들 피투성이가 되어서야 겨우 진정되었다.

일이 마무리되려고 하는데 축구장 저쪽에서 미군이 달려왔다. 미 고문관이었다. 누군가 축구장 사태에 대해 미 고문관에게 연락하여 수습해달라고 한 모양이었다.

미 고문관은 권총을 뽑아들고 영어로 고함을 질렀다. 내가 들어보니 한국인들은 어쩔 수 없다느니 싸움질이나 하는 종자라느니 한국인을 모욕하는 내용이었다. 미 고문관은 축구 감독과 선수들에게 뭐라 뭐라 물어보더니 우리 부대 사병 선수를 잡아가려고 했다.

나는 나도 모르게 허리에 차고 있는 칼을 뽑아 미 고문관에게 다가갔다. 영어로 왜 우리 사병을 잡아가느냐 함부로 까불지 말라고 언성을 높였다. 미 고문관은 나를 향해 권총을 겨눴다. 나도 칼을 치켜든 채 쏠 테면 쏘라고 가슴을 내밀었다. 내 기세에 눌렸는지 그는 휙 등을 돌려 걸음을 빨리하여 운동장을 벗어났다.

화가 난 미 고문관이 미 군정청에 보고하고 미 군정청이 연대장에게 연락하여 강하게 항의했다. 연대장은 이때다 싶어 내가 보고도 하지 않고 일직사령을 대신 맡은 일과 군경 체육대회 감독을 제대로 하지 못하고 미 고문관에게까지 대든 과실을 빌미로 나에게 중징계를 내렸다. 중위 임관이 예정된 바로 그날에 '명예면관' 징계를 받고 말았다. 한국 군대 역사상 최초로 명예면관당한 군인이 되었다.

면직을 시키되 명예롭게 시킨다는 뜻인가. 면직 자체가 불명예 아닌가.

'명예면관'의 '명예' 덕분인지 나는 곧 대륜중학교 체육교사직을 맡을 수 있었다. 대륜중학교는 탁구와 수영 종목에서 빼어난 성적을 거둔 학교로 유명했다. 육상·축구·정구·자전거·빙상 종목에서도 두드러진 성적을 거두었다. 김천중학교와는 달리 체육과 체육교사의 위상이 높았다.

담임도 맡았는데 그때 박선호 학생을 만났다. 2년 가까이 교사생활을 하는 동안, 나를 자른 연대장은 공산주의자라는 사실이 밝혀져 군법회의에 회부되어 사형선고를 받고 처형되었다. 육군본부 인사국에서 내가 억울하게 연대장에게 징계당했다고 판단했는지 '복직권고'를 해왔다.

미 고문관과 다툰 일 때문에 하마터면 내 인생이 전혀 엉뚱한 길로 갈 뻔했다.

박정희도 미국에 대해 비굴한 자세를 취하지 않아 그 점은 마음에 들기도 했다. 카터 대통령이 방한했을 때도 당당하기 이를 데 없었다. 미 국회의원들을 매수하기 위해 돈을 뿌린 박동선 사건, 코리아게이트도 미 국회의원들을 은근히 멸시하는 마음에서 비롯되었다고 할 수 있었다. 너희들이라고 돈에 약하지 않을 리 있느냐는 배짱이 깔려 있었다. 하지만 그런 태도도 선을 넘으면 동맹관계, 외교관계에서 위험스럽기 그지없는 사태로 발전되기 십상이다.

1979년 6월 29일 미국 카터 대통령이 공식 방한했다. 주한미군 철수 문제와 코리아게이트 사건 등으로 미국에 대해 서운함을 가지고 있던 박정희는 회담장에서 속에 품고 있는 말들을 토해놓았다.

"미군이 우리나라에 좀더 있어 달라고 하는 건 북한이 공격할 경우 중국과 소련이 지원하지 않는다는 보장이 없기 때문이다. 굳이 빼내가겠다면 그렇게 하라. 하지만 미군의 무기와 장비는 남겨두고 가라. 그냥 주면 좋겠지만 돈을 달라면 주겠다. 그리고 내가 먹여 살리는 국민 인권 문제는 내가 더 잘 안다. 인권 문제에 이래라저래라 간섭하지 마라."

통역을 맡은 최광수는 당황스럽기 그지없었다. 최대한 표현의 강도를 낮추어 통역했으나 카터의 표정은 이미 일그러져 있었다.

화가 잔뜩 난 카터는 나머지 일정을 포기하고 미국으로 당장 돌아가겠다고 했다. 그때서야 박정희가 나와 김계원 비서실장, 차지철 등을 불러 이 사태를 어떻게 수습하면 좋겠느냐고 의견을 구했다. 김계원이 먼저 입을 열었다.

"어떡해서든지 카터 대통령을 붙들어놓고 달래야 합니다."

"어떻게 붙들어놓느냐 말이오."

내가 조심스럽게 의견을 제시했다.

"통역이 지나치게 통역했다고 통역에게 책임을 돌리는 것이 좋겠습니다."

박정희가 가만히 고개를 끄덕였다.

"곧 그렇게 카터 측에 전달하도록 하게."

카터도 속는 셈 치고 나머지 일정을 소화하고 21개 항의 공동성명을 내고 돌아갔다. 공동성명에는 '주한미군 주둔 유지' '남·북·미 3자 회담 제의' 등이 포함되었다.

카터가 돌아가자 박정희가 나를 비롯한 참모들에게 으스대며 말했다.

"카터는 역시 촌놈이야. 땅콩농장 출신이야. 이번에 나한테 당하고 갔으니 창피해서 어떡하나."

나를 비롯한 참모들이 박장대소하며 화답했지만 한편으로 걱정스럽기 그지없었다.

아무튼 우리나라는 강대국들 사이에서 비굴하지 않은 '독립정신'으로 강대국들을 오히려 역으로 이용해가면서 살아남아야 한다.

호송차량 행렬이 다시 움직이기 시작했다. 도로공사 팀이 간신히 길을 터준 모양이었다. 호송차는 좌회전을 하여 조심조심 서울구치소 정문으로 들어섰다.

"이제 서울구치소입니다."

오른편 교도관의 목소리에 울먹임이 섞여 있었다. 나는 악력을 다하여 염주와 단주를 감아 쥐었다. 호송차는 보안과 청사 옆 마당에 멈췄다. 내 심장도 멈춘 듯했다. 나도 모르게 "끙" 소리가 목젖에서 울려나왔다. 뒤따라온 군용차량에서 헌병들이 뛰어내리는 소리가 우르르 어지럽게 들렸다.

"이제 내리시지요."

양쪽에서 교도관들이 나를 붙들어 일으켰다.

"몇 시입니까?"

내가 물었다.

"새벽 4시 40분입니다."

바깥마당에 서니 서울구치소 보안과 직원들이 다가왔다. 그중 직책이 높은 듯한 직원이 나에게 말했다.

"장군님, 오시느라 수고하셨습니다. 간단히 이감절차를 밟겠습니다. 이곳은 중대 편성으로 운영되는 육군교도소와는 달리 군인들이 교도관으로 근무하지 않습니다. 장군님답게 모범적인 수형생활을 해주시기를 바랍니다."

마치 오늘 사형집행이 없는 것처럼 말하고 있었다.

나는 머리를 들어 하늘을 올려다보며 심호흡을 했다. 새벽 동녘 하늘이 서서히 밝아오고 있었다. 구름이 많아 아침놀이 진하게 퍼졌다. 하늘이, 우주가 시뻘겋게 총상을 입은 듯했다. 세상에서 마지막으로 보는 아침놀이었다.

나는 마지막 공기인 양 다시 한번 심호흡을 해보았다. 참으로 맑은 새벽 공기였다.

이제 이 맑은 공기도 더 이상 맡지 못하겠지.

보안과 청사는 온통 하얀 타일로 덮여 있어 희붐한 어둠 속에서도 또렷이 드러나 보였다. 보안과 직원들이 육군교도소 교도관들과 함께 나를 데리고 지하로 내려가 5호 독방에 다시 가두었다. 일제 강점기부터 고문실로 유명했던 지하 감옥이었다. 육군교도소 독방보다 더 좁은 감방이라 겨우 쪼그리고 앉아 있을 수 있었다. 언제 사형장으로 끌고 갈 것인지 아무도 말해주지 않았다.

감시 교도관을 제외하고 다른 교도관들이 떠나간 지하 감옥은 다시 적막에 잠겼다. 나는 또 발자국 소리가 언제 다가오나 온 신경을 곤두세우고 있어야 하는 처지가 되고 말았다.

서울구치소 역사는 일제 침탈이 시도되던 순종1년 1907년 무렵부터 시작된다. 일본인이 감옥 관리 인력으로 대거 기용됨에 따라 감옥 운영의 주도권이 일제로 넘어가게 되었다. 1908년 10월 21일 일본인 건축가 시텐노 가즈마가 지은 경성감옥이 개소되었다. 1923년 서대문형무소로 명칭이 변경되었다.

해방 후에는 경성형무소로 불리다가 서울형무소로 개칭되었다. 1961년 5·16 혁명 이후 서울교도소로 바뀌었고 1967년부터는 서울구치소로 불렸다.

감옥이 설립된 초기에는 허위·이강년·이인영 등 의병 우두머리들이 많이 투옥되어 사형에 처해졌다. 1919년에는 3·1 운동 수감자가 폭발적으로 증가하여 시위 관련자

1,600여 명을 포함해 3,000여 명이 수용되었다. 한용운·유관순·양한묵·강우규·안창호·여운형 등 수많은 독립운동가들이 수감되어 옥고를 치렀다.

해방 이후에는 정치 사회 문제와 관련하여 간첩 및 사상범이 많이 투옥되었다. 유신시대에는 긴급조치 위반 등으로 수많은 운동권 학생과 재야 인사들이 투옥되었다.

내가 정보기관에 근무하고 보안사령관, 중정차장, 중정부장을 거치는 동안 간첩으로 몰린 자들과 유신체제에 반기를 든 자들을 얼마나 많이 이곳으로 보냈던가. 그들이 감옥에 갇혀 박정희와 나를 얼마나 원망하고 저주했을까. 내가 박정희를 시해했을 때 그들은 감옥에서 또 얼마나 환호했을까.

사형수는 사형을 당해야 기결수가 된다. 살아 있는 사형수는 영원한 미결수로 구치소에 갇힌다. 나도 형행법 제13조에 의하면 반 년 전부터 여기 구치소로 와 있었어야 했다.

졸음이 몰려와 잠깐 졸았다. 그 짧은 순간 졸음과 죽음이 그대로 연결되었으면 하고 바랐으나 그리운 얼굴들만 파노라마처럼 눈앞을 지나갔다. 그 얼굴들 중에서 단연 그리운 얼굴은 박흥주였다. 너무나 억울하고 처절하게 죽은 박흥주였다.

박흥주와 나는 헬리콥터에 앉아 새벽 하늘을 날아가고 있었다. 부산 상공에서 내려다본 시위 현장은 전쟁터를 방불케 했다.

부산에 도착하여 계엄사령부 계엄위원회에 참석해 계엄사령관, 부산시장, 부산지검장, 시경국장, 교육감, 관구사령관, 법원장 등과 함께 현지 상황에 관해 의견들을 나누었다. 계엄사령관으로 임명된 군수사령관 박찬긍 중장이 상황을 좀더 상세히 알려주었다.

"오늘 새벽에 서울에서 1개 공수특전여단이 부산으로 진입했고 포항에서도 1개 해병연대가 부산으로 이동 중입니다. 병력이 보강되면 얼마든지 부산 시위를 진압할 수 있을 겁니다."

내가 박찬긍에게 박정희의 지시를 전했다.

"어떡해서든지 시위가 다른 지역으로 확산되지 않도록 조기에 진압하라는 대통령 각하의 지시가 있었습니다."

"네. 최선을 다하겠습니다."

계엄위원회 회의를 마치고 박홍주와 함께 허름한 점퍼를 입고 시위 현장으로 나가보았다. 보고된 정보대로 시민들이 김밥과 음료수를 준비해와 학생들에게 먹이고 부상당한 학생을 부축해 데리고 가고 경찰에 쫓겨 도망가는 학생을 숨겨주기도 했다.

차지철이 말한 남민전 같은 용공단체가 배후에서 조종하는 시위가 아니라 자발적인 시민과 학생들의 시위였다.

부산 시위 사태가 벌어지기 일주일 전 구자춘 내무부장관은 지하당 성격의 예비조직인 남조선민족해방전선(남민전)을 적발했다고 발표했다. 그 일당 74명 중 20명을 반국가단체 조직 및 간첩 혐의로 검거하고 54명은 같은 혐의로 수배했다.

차지철은 수배 중인 남민전 일당이 부산으로 내려가 학생 시위를 배후 조종하고 있다고 주장했다.

남민전이 적발된 계기가 요상했다.

1978년 12월부터 강남 일대 부유층 집에 잇달아 강도가 들었다. 경찰이 강도들을 잡으려고 애를 썼지만 잡지 못한 가운데 1979년 4월 27일 동아그룹 최원석 회장 저택에까지 강도가 들어 흉기로 위협하고 현금과 패물을 훔쳐갔다.

강남 일대 강도 체포조 수사관 중에 고문전문가 이근안이 있었다. 이근안이 최 회장 식구들을 참고인으로 조사하는 중에 강도들이 '혁명 군자금' 운운했다는 소리를 들었다. 이근안은 단순 강도 사건이 아니라 비밀조직의 소행이라 판단하고 수사 방향을 돌려 추적한 끝에 남민전 전위조직인 한국민주투쟁위원회(민투위)를 적발하고 더 나아가 남민전 일당을 검거하기에 이르렀다.

남민전은 유신체제를 종식시키기 위해서는 학생이나 시민들의 시위 정도로는 안 되고 도시 게릴라 전술로 무력을 행사해야 한다는 방향을 고수했다. 군자금을 모으기 위한 일환으로 강남 일대 부유층을 턴 것이었다. 사치와 허영을 일삼는 부유층과 재벌들에 대한 사회적 반감을 등에 업고 강도 행각을 벌인 셈이었다.

남민전은 북한의 지령을 받았다기보다 북한 공산당과 대등한 관계를 맺는 가운데 통일을 모색하며 유신체제를 뒤엎는 혁명을 시도하려 했다.

경찰은 '북한 공산당 집단의 대남전략에 따라 국가 변란을 기도한 사건' '북한과 연계된 간첩단 사건'으로 몰아갔다.

부산 시위가 일어나던 날에는 남민전 추가 수사발표라 하여 남민전의 베트남식 공산 혁명 시도를 강조했다. 남민전 사건으로 부산 시위를 누그러뜨리려 했지만 소용없었다.

주동자 이재문, 신향식은 사형 선고를 받았고 강도 행각에 참여했던 시인 김남주는 15년형을 선고받았다.

남민전 사건은 사실 중정부장인 내가 책임을 지고 말아야할 일이었다. 나도 중정요원들을 풀어 '혁명 군자금' 운운한 강남 일대 강도들을 잡아보려고 했지만 이근안을 비롯한 경찰들의 민첩한 활동에 미치지 못했다.

차지철은 어떻게 중정이 경찰 수사력에도 못 따라가느냐고 박정희 앞에서 무안할 정도로 나에게 핀잔을 주었다. 하지만 부산 시위를 막기 위한 미봉책으로 남민전 사건을 부풀렸다는 사실을 나는 알고 있었다.

내가 부산에 내려간 날 살펴보니 구속자 180명 중에서 학생은 16명에 불과하고 나머지는 모두 일반 시민들이었다. 학생이 주동이 된 이전 시위와는 성격이 달랐다. 시민이 외치는 구호는 학생들보다 훨씬 구체적이었다. 물가고와 조세, 부산 지역 경기침체, 집값과 관련된 구호도 꽤 많았다. 유신체제 반대는 기본이고 총체적인 생활 파탄을 호소하고 있었다. 옛 용어로 말하면 거의 민란 수준이었다. 현장을 둘러보는 내내 공포감이 나를 엄습했다. 이 현장에 박정희가 있다면 시민과 학생들이 당장에 때려죽일 기세였다.

정오쯤 광복동에 이르니 여기서도 시위대와 계엄군이 몇

미터 간격을 두고 대치하고 있었다. 나와 박홍주는 시위대와 가까운 인도를 따라 걸으며 상황을 살폈다.

그때였다. 계엄군 쪽에서 시위대로 최루탄을 쏘았다. 눈과 코를 찌르는 매운 연기가 퍼지자 시위대가 골목으로 흩어졌다. 내가 최루탄 연기를 이렇게 직접 마셔보기는 처음이었다. 나는 호주머니에서 손수건을 꺼내 얼굴을 가려보았지만 소용없었다. 시위대는 흩어지면서도 '유신 타도!' '김영삼 총재 제명 무효!'를 연신 외쳐댔다.

콜록 콜록.

나는 매운 눈물을 흘리며 기침을 토해냈다. 박홍주가 나를 붙들어 일단 골목으로 피신하게 했다.

골목으로 들어가니 어느 아주머니가 최루탄 가스로 눈물범벅이 된 채 어린아이를 안고 어쩔 줄을 모르며 당황해했다. 나와 박홍주에게 도와달라고 애원했다. 아이는 이미 최루탄 가스로 숨을 제대로 쉬지 못하고 의식을 잃은 상태였다.

내가 아이를 얼른 받아들고 근처 식당으로 들어갔다. 박홍주가 물수건으로 아이 얼굴을 훔치고 전신을 마사지하듯 어루만져 간신히 의식이 돌아오게 했다.

아이 어머니가 나와 박홍주에게 고맙다고 몇 번이고 인사를 하고 식당을 조심스레 나갔다. 식당에는 점심 식사를 하는 손님들이 서너 명 있었다. 나와 박흥주도 돼지국밥을 주문하여 요기를 하며 옆 테이블 손님들과 대화를 나눴다.

"손님도 데모하다가 들어왔습니까?"

내가 30대 초반으로 보이는 손님에게 물었다.

"여기 있는 사람들 다 그렇지예. 그쪽도 마찬가지 아닌교? 아이도 살려내고."

"그렇지요. 우리는 대구에 있다가 부산에 들렀는데 마침 데모 중이라 함께…"

내가 약간 얼버무리며 대답했다.

"대구 시민이든 부산 시민이든 들고 일어나야지예. 나라 꼴이 이게 뭡니꺼? 끄떡하면 긴급조치다 뭐다 해서 고소 고발을 남발하고 판사까지 한통속이 돼가지고."

옆 테이블 손님은 식사를 다 했는지 아예 나와 박흥주가 있는 테이블로 건너와 맞은편 의자에 앉았다. 넥타이까지 맨 것으로 보아 근처 회사 사원인 것도 같았다. 눈빛이 열렬한 기운으로 타고 있는 듯했다.

"김영삼 총재 제명이 뇌관을 건드린 셈이군요?"

박흥주가 손님의 눈치를 살피며 넌지시 물었다.

"하모, 그렇지예. 안 그래도 부글부글 끓고 있는데 기름을 부은 격이지예. 야당 당수를 국회에서 제명하는 법이 어디 있습니까? 아무래도 이번에는 끝장을 봐야 되지 않겠습니까?"

"끝장이라니요?"

내가 반문했다.

"본회퍼 목사라고 혹시 들어보셨어예? 히틀러를 암살하려다 실패하여 교수형을 당한 목사 말입니다."

"들어본 것도 같군요."

"그 목사가 이렇게 말했지예. 미친 운전기사가 버스를 몰고 있을 때 기독교인의 본분은 그 버스에 치여 죽은 사람의 장례를 치러주고 기도를 올리는 것이 아니라 그 운전기사를 끌어내리는 것이다."

그 말을 듣는 순간, 내 등 쪽으로 전율이 일어나는 것을 느끼며 박홍주를 흘끗 쳐다보았다. 박홍주도 내게로 고개를 돌리는 바람에 시선이 마주 부딪쳤다. 그 시선 속에서 어쩌면 박홍주와 운명을 함께할 거라는 예감이 들었다.

"히틀러 암살 사건이 여러 번 있었지요."

박홍주가 히틀러 암살 사건에 대해 아는 것이 꽤 있는 듯 대화를 이어갔다.

"그중에서도 슈타우펜베르크 대령 사건이 제일 유명하

지요."

박흥주는 같은 계급인 대령이라 더욱 관심을 가졌는지도 몰랐다.

"슈타우펜베르크 대령 사건요? 나도 자세히는 모르지만 조금은 알지예. 비정상적인 시대에는 비정상적인 방법이 필요하다는 유명한 말도 남겼지예."

넥타이 손님의 눈빛이 더욱 초롱초롱해졌다. 박흥주가 손님의 호응이 있자 목소리를 조금 더 높였다.

"슈타우펜베르크 대령은 북아프리카에서 기갑부대를 이끌고 전투를 벌이다가 왼쪽 눈과 오른팔을 잃고 왼손 손가락 두 개도 잃었지요. 부상이 심한 상이군인으로 근무했기 때문에 검문이나 몸수색을 잘 받지 않았어요. 그 이점을 이용해 히틀러가 회의를 주재하는 방에 폭탄이 든 가방을 갖다 놓을 수가 있었지요. 근데 회의에 참석한 브란트 대령이 히틀러 가까이 있던 가방을 자기 쪽으로 옮겨놓는 바람에 히틀러는 살고 브란트는 즉사했지요. 그때 회의 참석인원 24명 중 4명이 사망하고 나머지는 거의 모두 뇌진탕, 화상, 고막파열 같은 부상을 당했지요."

"슈타우펜베르크 대령은 나중에 체포되어 총살형을 당한 것 아닙니꺼? 본회퍼 목사도 그 사건과 연관되어 교수형에 처해지고예."

"본회퍼 목사라는 분도 그 사건과 연관이 있었군요. 그건 잘 몰랐네요."

박흥주와 손님의 대화를 엿들으며, '진정한 군인' 운운한 장준하 선생의 말을 들었을 때처럼 가슴이 떨리는 것을 느꼈다.

비정상적인 시대에는 비정상적인 방법을.

미친 운전기사를 끌어내려야 한다.

계엄령이 선포된 부산 지역 시위는 박정희 지시와는 달리 마산으로까지 옮겨붙어 3·15 부정선거 규탄 시위 못지않게 격렬해졌다.

경남대생 500여 명은 18일 오후에 모여 부산 상황을 공유했다.

"지금 부산에서는 우리 학우들이 유신독재에 항거하며 피를 흘리고 있습니다. 3·15 의거정신을 되살려 우리도 분연히 일어납시다. 마산 바다 김주열 열사를 기억합시다!"

학생들이 시내로 밀려들어 오자 무학국민학교 앞에서 경찰이 무자비하게 학생들을 구타하며 연행했다. 그 모습을 지켜보던 시민들도 합세하여 시위대가 순식간에 불어났다. 시위대는 공화당 당사를 박살내고 양덕파출소도 때려부쉈다.

시위대는 점점 늘어나 산호동, 북마산, 오동동 파출소가 부서지거나 불에 탔다. 밤이 깊을수록 경찰병력도 늘어나 시위대가 점거한 남성동 파출소를 중심으로 대치 상황이 이어졌다. 19일 저녁에는 수출자유지역 노동자들과 고등학생들도 합세했고 20일에는 새벽 3시까지 격렬한 시위가 계속되었다.

결국 마산과 창원출장소 일원에도 위수령이 발동되고 군대가 출동했다. 학교는 강제휴학당하고 무수한 시민과 학생이 연행되었다.

나는 박흥주와 서울로 올라오면서 시국에 대해 이야기를 나누었다.

"아무래도 획기적인 조치를 취하지 않으면 심각한 사태가 벌어지겠어."

내 말에 박흥주도 걱정이 가득한 얼굴로 답했다.

"이미 사태가 심각한걸요. 돌파구를 찾지 않으면…"

여기까지만 말하고 입을 다물었다. 나는 시국과 관련하여 깊은 부분에서 박흥주와 교감하고 있음을 느꼈다.

나는 곧바로 차지철과 김계원이 함께한 자리에서 박정희에게 부산·마산 상황을 보고했다.

"부산·마산 시위는 남민전이나 신민당에서 배후 조종하는 것이 아니라 자발적인 시위라 더욱 심각합니다. 아무래도 획기적인 해결책을 제시해야겠습니다."

"해결책? 지금 해결책이라고 말했습니까?"

차지철이 핏발 선 눈을 부라리며 반문했다.

"그렇지 않으면 유신체제고 뭐고 무너지게 됩니다. 억눌린 시민의 불만을 풀어주어야 합니다."

"김 부장, 이 시점에 그렇게 타협적으로 나가면 더 밀리게 된다는 걸 모릅니까?"

둘의 대화를 듣고 있던 박정희가 불쑥 입을 열었다. 내 귀를 의심케 하는 말이었다. 내 등골이 서늘해졌다.

"내가 발포 명령을 내리겠소. 4·19 때 최인규가 발포 명령을 내려 총살당했는데 내가 내리면 누가 나를 총살하겠나."

"네, 각하. 그런 완강한 자세로 맞서야 합니다. 캄보디아에선 3백만 명이 죽었는데 우리도 백만, 2백만쯤 뭐 대수겠습니까. 빨갱이 새끼들 싹 쓸어버려야 합니다."

차지철이 맞장구를 쳤다. 내 눈앞에 기관단총에 쓰러지는 부산·마산 시민과 학생들의 모습이 스치고 지나갔다.

이놈들이 살인마들이구나!

생전 처음 박정희를 속으로 '놈'이라 욕했다.

감시 교도관이 감방 앞을 왔다 갔다 하는 발자국 소리가 약하게 들린다. 나는 머리를 흔들어 졸음을 쫓아내고 반가부좌로 앉아 염주와 단주를 돌리며『금강경』경문을 다시 암송했다.

아개영입(我皆令入)

무여열반(無餘涅槃)

이멸도지(而滅度之)

번뇌 망상을 단멸하고 분별시비의 지혜를 떠나 육신까지 없애서 정적에 들어간 열반.

무여열반, 무여열반.

이생에서 나에게 남은 시간은 몇 시간인가, 몇 분인가, 몇 초인가. 여기서 사형장까지 거리는 몇 미터인가.

중정차장으로 있을 때 서울구치소를 방문해 사형장 건물을 들러본 적이 있었다. 미루나무 한 그루가 사형장 담벼락 바깥에 서 있고 또 한 그루는 담벼락 안쪽에 있었다. 1923년 서대문교도소 건립 무렵 심어진 나무들이라고 했다. 50여 년이 지난 지금 바깥 미루나무는 가지와 잎들이 풍성하게 30여 미터 높이로 뻗어 있었다.

그 미루나무를 가리켜 '통곡의 나무'라고 한다. 사형장으로 들어가기 직전 사형수들이 그 나무를 붙들고 통곡을 하여 그런 이름이 붙었단다. 교도관들이 사형수에게 잠시 통곡의 시간을 주는지는 의문이다. 어쩌면 사형장으로 들어가는 사형수의 통곡 소리를 그 나무가 듣기 때문에 '통곡의 나무'라는 별칭이 생겼다고 하는 편이 나을 터이다. 사형수의 통곡의 눈물을 비료 삼아 무럭무럭 자랐을까.

하지만 사형장 담벼락 안쪽 미루나무는 키는 크지만 비실비실 말라가고 있었다. 담벼락 안쪽은 응달이 지고 사형수들의 원기가 감돌고 있어 미루나무를 마르게 하는지도 몰랐다.

언젠가 사진으로 본 폴란드 아우슈비츠 수용소에도 미루나무들이 가득 자라고 있었다. 미루나무의 나무말이 '용서'라고 하니 아이러니하다.

사형 집행장 별실 뒤쪽으로 가서, 사형수의 목에 밧줄을 감은 후 당긴다는 레버도 살펴보았다. 집행인들은 그 레버를 '포인트'라고 불렀다. 레버를 직접 당긴 집행인의 죄장감 (罪障感) 내지 죄책감은 다른 집행인들에 비해 더욱 깊기 마련이었다. 레버를 당기는 순간 사형수가 앉은 밑판이 아래로 젖혀져 지하광 벽을 쾅 때리고 사형수의 몸은 일직선으로 쑥 내려가서 교수당한다.

사형수의 목에 거는 마닐라삼 밧줄을 바꾸면 구치소에 재앙이 닥친다는 미신 때문에 수십 년이 지나도 동일한 밧줄을 사용했다. 밧줄은 그동안 사형당한 수백 수천 사형수들의 체액이 겹겹이 묻어 시커멓게 반질반질해져 있었다. 얼핏 보기에 쇠줄처럼 보였다.

그 밧줄에 내 목도 걸리고 박선호, 이기주, 유성옥, 김태원의 목도 걸릴 것이다. 그들은 여기 어느 감방에 갇혀 있는 것인가.

교도관이 커피와 달걀, 사과를 곁들여 좀 푸짐하게 차린 아침 식사를 가져왔다. 오랜만에 구수한 커피 향이 온 몸을 감쌌다. 어느 문인은 커피 향을 낙엽 타는 냄새 같다고 했고 잘 익은 개암 냄새 같다고도 했다. 나는 커피를 선호하는 편은 아니지나 커피 향을 마지막으로 깊이 들여마셔 보았다.

하지만 여전히 아무것도 먹지 않았다.

드디어 발자국 소리가 무겁게 들리더니 감방문이 열렸다. 교도관 둘이 나를 양옆에서 끼고 보안과 청사를 나섰다. 그 교도관들은 육군교도소에서부터 나를 호송해온 하사관들이었다. 원래는 건장한 보안과 직원 3명이 사형수를 데리고 나와야 하는데 방금 호송되어온 나를 다룰 만한 직원 찾기가 힘들었을 것이었다.

지하 바깥 계단을 올라가니 서울구치소 교무계장과 종교 담당 직원이 기다리고 있다가 나에게 목례를 보내며 내 손에 들린 염주를 바라보면서 말했다.

"스님을 모시고 왔습니다. 극락왕생하시기를 바랍니다."

그들은 내가 소란을 피우지 않고 순순히 사형당해주기를 부탁하고 있었다. 교도관들이 묵묵히 내 양팔을 붙잡고 걷고 교무계장과 종교담당 직원은 내 뒤를 부축하다시피 하며 따랐다.

"몇 시입니까?"

내가 사형당하는 시각을 알고 싶었다.

"7시입니다."

구름 사이로 아침 햇살이 비쳐 시야가 조금씩 밝아졌다. 담장 너머로는 학생들과 직장인들이 등교하고 출근하는지 재잘재잘 떠드는 소리가 아련히 들려왔다. 버스와 여러 차량의 엔진 소리도 부릉부릉 들려왔다. 산 사람들이 하루를 활기차게 여는 소리였다. 그 소리들을 귀에 고이 담으려는 듯 잠시 멈춰 섰다가 주변을 둘러보았다.

오른편 저 높은 언덕에 아담한 옥사 건물 하나가 외로운 섬처럼 떠 있었다. 이전에 나환자 죄수들을 따로 수감하던 '한센병사'였다.

남한산성에서부터 따라온 헌병들은 철수했는지 보이지 않았다. 냉동차 모양의 호송차 석 대도 돌아간 모양이었다.

얼마 걸어가니 높이 4미터쯤 되는 흰 담벼락이 나타났다. 오래된 절간의 단청처럼 바랠 대로 바래 흰색을 띠고 있는지, 일부러 흰색을 칠했는지는 알 수 없었다. 담벼락 위쪽으로는 붉은 벽돌들이 그대로 드러나 보였다. 교도소와 사형장 담벼락들이 흰색을 띠고 있는 것은 달아나는 죄수의 그림자가 눈에 잘 띄도록 하기 위함이라고 했다.

나는 담벼락 옆에 서 있는 미루나무를 올려다보았다. 여전히 싱싱하고 우람한 자태를 자랑하고 있었다. 우듬지 너머로 바라본 하늘은 구름이 낀 데다 아침놀도 바래어 약간 우중충했다.

담벼락에 붙은 철문으로 들어서면서 이번에는 안쪽 마당 미루나무를 바라보았다. 이전보다 더 말라 초라한 형색을 하고 있었다. 나의 모습은 어느 쪽 미루나무를 닮았을까.

담벼락 안에는 15평 정도 되는 목제 기와건물이 서 있었다. 사형이 집행되는 집행장이었다. 건물 왼편으로 돌아가 동쪽 측면 쪽문을 통해 집행장 안으로 들어섰다. 벽면을 따라 20명가량의 교도관들이 마치 진용(秦俑)이나 저승사자들처럼 무거운 얼굴로 줄을 지어 서 있었다.

한 사람을 처형하는 데 이렇게 많은 사람이 필요한가. 아니, 오늘 한 시간 간격으로 나의 부하들도 차례로 처형당할 것이 분명했다.

집행장 천장에는 백열등이 밝혀져 있고 마룻바닥은 오랜 세월의 때가 묻어 시커멓게 변색되어 있었다. 내벽은 얼룩진 흰색이었고 남쪽 별실에는 하얀 커튼이 드리워져 있었다. 전에 시찰을 나와 본 곳이라 그 별실이 어떤 곳인지 알고 있었다.

교도관들이 하얀 커튼 앞 마룻바닥에 놓인 깨끗한 돗자리에 나를 앉혔다. 맞은편 조금 높은 강단에는 탁자가 놓여 있고 탁자 중앙에 구치소장이 앉고 그 오른편으로 검사와 입회 서기가 앉았다. 구치소장 자리 왼편 작은 탁자에는 나의 유언을 받아 적을 명적과 직원이 앉았다. 벽에 붙은 양편 긴 나무의자에는 참관인들과 승복을 입은 스님과 목사복을 입은 목사가 앉았다.

내가 돗자리에 앉자 구치소장이 나의 이름과 본적, 생년월일 등을 묻는 인정신문을 했다.

"이름이 무엇입니까?"

"김재규입니다."

내가 세상에서 마지막으로 불러보는 내 이름이었다.

이어서 검사가 소송과정에 대해 확인한 후 집행 선언을 했다.

"오늘 법무부장관의 명령에 따라 사형을 집행하겠습니다. 유언이 있으면 하십시오."

나는 하루 전에 제법 긴 유언을 녹음해놓았으므로 짧게 대답했다.

"나는 할 일을 하고 갑니다. 내 부하들은 아무런 죄가 없습니다."

종교담당 직원이 나에게 물었다.

"스님과 목사님이 와 계십니다. 집례 받기를 원합니까?"

나는 염주를 돌리며 두 눈을 감고 잠시 생각했다. 스님의 독경 소리를 듣고 갈 것인가. 하지만 내 안에 『금강경』경문들이 여전히 울리고 있었다.

"집례는 필요 없습니다. 나를 위해 마음 써주셔서 감사합니다."

내 뒤편에서 하얀 커튼이 열렸다. 집행인이 검은 안대를 가지고 와 내 눈을 가리고 하얀 보자기를 용수처럼 내 머리에 씌웠다. 나는 눈을 떠도 그저 캄캄할 뿐 아무것도 보이지 않았다.

내 두 발을 포승줄로 묶고 상체와 하체도 묶어 고정시켰다. 집행인 두 사람이 뒤쪽에서 내 겨드랑이를 끼고 커튼 안쪽 별실, 교수장(絞首場)으로 끌어당겼다.

잠시 후 도르래 돌아가는 소리가 들리고 밧줄 올가미가 거대한 염주처럼 내 목에 걸렸다. 이제 별실 뒤편에서 레버를 당기면 내가 앉은 마루 밑판이 아래로 젖혀지고 순식간에 내 목은 부러지고 내 몸은 싸늘하게 식어갈 것이다.

이승과 저승의 경계가 하늘이 아니라 바로 내 밑 마루판에 있었다. 나는 마루 밑판이 젖혀질 때 염주와 단주가 떨어지지 않도록 두 손으로 꽉 쥐었다. 어머니가 주신 염주와 단주를 잃어버려서는 안 되었다.

나무아미타불 나무아미타불.

집행인들의 소리가 급하게 들려왔다.

"비켜!"

"제껴!"

쾅!

마루판이 지하광 벽을 때리는 소리가 천둥처럼 들렸다. 사람이 죽어갈 때 마지막까지 남아 있는 감각이 청각이라고 했던가.

아라한들의 노래가 들리는 것 같고, 그 노래가 내 의식을 순식간에 빨아들여 광활한 무여열반에 점점이 흩뿌려놓는다.

역사와 권력의 이면을 들여다보다
• 작가의 말

김재규가 박정희를 왜 죽였을까 하는 문제는 영원히 풀기 힘든 화두와도 같다. 풀어도 풀어도 풀리지 않는 구석이 있어 풀어보고자 하는 시도는 끊임없이 이어져 왔고 앞으로도 이어질 것이다.

그동안 김재규에 관한 저서들이 꽤 출간되었지만 내면을 천착해 들어간 책은 드물었다.

이번 작업에서는 내면 풍경을 효과적으로 들여다보기 위해 1인칭 시점을 취해보았다. 특히 사형 당일에 한정하여 그러한 작업을 시도해보았다. 자동차 사고가 일어난 몇 초 동안에도 살아온 전 생애가 뇌리에 펼쳐진다고 하지 않는가.

또한 1인칭 시점의 설정으로 여러 어수선한 외적 사건이 좀더 일목요연하게 정리되는 이점이 있었다. 그런 가운데 박정희 18년 집권 시기를 중심으로 한 현대사의 주요한 굴곡들이 압축 요약되는 느낌이었다.

이미 그 시대를 살아온 분들은 다시금 그 혹독한 시기를 어떻게 견디어왔는지 반추해보게 될 것이다. 그 시대를 살아보지 못한 세대는 막연히 알고만 있던 역사와 권력의 이면을 들여다보고 놀라기도 하며 회의에 젖기도 하면서 역사의식에 눈뜨는 계기가 될 수도 있을 터이다.

꽤 방대한 저서인 르네 지라르의 『낭만적 거짓과 소설적 진실』에서 가장 중요한 문구는 제4장 「주인과 노예」에 나오는 구절이다.

"스탕달의 허영심, 프루스트의 속물근성, 그리고 도스토옙스키의 지하생활은, 물리적인 폭력이 존재하지 않는, 또 필요한 경우에도 경제적인 폭력이 존재하지 않는 그런 세계에서 의식들 간에 벌어지는 투쟁이 취하는 새로운 형태이다."

물리적인 폭력과 경제적인 폭력이 존재하지 않는 세상은 인류가 꿈꾸는 이상적인 세계다. 그 이상을 이루기 위해 지금껏 노력해왔으나 온전히 실현된 적이 없다.

그러나 일부 계층은 권력과 부를 차지하여 물리적인 폭력과 경제적인 폭력이 존재하지 않는 것 같은 차원의 삶을 누리기도 한다. 서민들이 볼 때 그 계층은 부럽게도 현실적인 문제들이 다 해결된 것 같다.

하지만 그런 계층에서도 '의식들 간에 벌어지는 투쟁'이 치열하다. 비교의식, 시기 질투, 비열한 암투 들이 전개된다.

박정희를 중심한 권력층에서도 여지없이 '의식들 간에 벌어지는 투쟁'이 시기를 달리하여 새로운 형태로 나타났다. 박정희가 시해된 10·26 사건도 이런 관점에서 일단 들여다볼 수 있다. 박정희와 차지철, 김재규 사이의 '의식들 간에 벌어지는 투쟁'이 결국 박정희의 죽음으로 이어졌다.

이 소설에서도 이런 내용을 주안점으로 삼고 있다.

그리고 『낭만적 거짓과 소설적 진실』에 정치상황을 예리하게 분석한 주요한 문구가 또 있다.

"정당 간의 대립을 야기하는 것은 정치강령이 아니라, 대립이 정치강령을 만들어낸다."

대개 신념이 다르기 때문에 대립이 생긴다고 추정한다. 하지만 대립이 먼저 있고 그다음에 신념으로 대립을 합리화하는 경우도 많이 있다.

10·26 사건에 적용해보면, 김재규의 박정희 시해가 먼저

벌어졌고 그다음 유신 종식이라는 신념으로 합리화하지 않았나 의구심을 가질 만도 하다. 하지만 그 반대로 생각해볼 수 있는 여지도 충분히 있다.

개인적으로는 김재규가 은인을 죽인 파렴치범으로 매도될 수도 있지만 역사적인 관점에서는 혁명적인 전환을 이룬 인물로 평가될 수 있다. 김재규의 내면으로 천착해 들어감으로써 그를 영웅으로 부각시킨다든지 파렴치범으로 폄하해버리는 양극단을 피해갈 수 있었다.

이 소설은 김재규의 일생을 요약한 연대기이면서 참회록이며 시대를 고발한 증언록이다. 역사 사실에 기초하여 상상력으로 허구를 가미한 팩션(faction)적인 요소가 많은 작품이기도 하다.

내가 김재규의 생애와 내면을 통관(洞觀)해보고 내린 결론은 시대의 흐름 자체가 박정희의 죽음을 필연적으로 불러왔다는 것이다. 다시 말해 김재규 개인이 박정희를 죽인 것이 아니라 시대의 흐름이 박정희를 죽인 셈이다.

그 시대 수없이 많은 사람들의 의지와 염원이 김재규라는 인물 속에 투입되었고 그는 그들의 의지와 염원을 대리하여 표출하고 실현한 셈이다.

한 사람의 의지로 그 일이 가능했겠는가.

이 소설을 읽고 덮는 순간 이러한 인식이 널리 공유되고 지금 이 시기의 정치 현황과 관련하여 교훈과 경고를 얻게 된다면 작업한 보람이 없지 않다 할 것이다.

어려운 시기에 출간을 감행해준 한길사에 감사드린다.

2023년 3월 1일
관악산 기슭에서
조성기

1980년 5월 24일

지은이 조성기
펴낸이 김언호

펴낸곳 (주)도서출판 한길사
등록 1976년 12월 24일 제74호
주소 10881 경기도 파주시 광인사길 37
홈페이지 www.hangilsa.co.kr
전자우편 hangilsa@hangilsa.co.kr
전화 031-955-2000~3 **팩스** 031-955-2005

부사장 박관순 **총괄이사** 김서영 **관리이사** 곽명호
영업이사 이경호 **경영이사** 김관영 **편집주간** 백은숙
편집 이한민 박희진 노유연 최현경 박홍민 김영길
관리 이주환 문주상 이희문 원선아 이진아 **마케팅** 정아린
디자인 창포 031-955-2097
인쇄 예림 **제책** 예림바인딩

제1판 제1쇄 2023년 3월 3일

값 16,500원
ISBN 978-89-356-7818-1 03810